美しくも男らしい顔が近づいてきたと思ったら、言葉もなく唇を奪われる。

「んっ……」

柔らかな感触に覆われ、織人は口の端から切なく息を漏らした。精霊たちが何体か集まってきて、夜空の下でキスを交わす二人をひやかすように円を描く。

「オリト……、好きだ。愛してる」

一度口付けを解いたシルヴィスは、熱っぽく愛を説くと織人の腰を抱き寄せ、再び唇を合わせた。

ラスボス予定《よてい》の聖騎士《せいきし》に求婚《きゅうこん》されています

村崎《むらさき》 樹《たつる》
ILLUSTRATION：サマミヤアカザ

ラスボス予定の聖騎士に求婚されています

LYNX ROMANCE

CONTENTS

ラスボス予定の聖騎士に
求婚されています

新卒で入社した生命保険会社で、営業事務として勤務し始めて二年と三ヵ月。

雀《すずめ》の涙ほどの営業手当に飲み込まれ、真っ当な賃金が発生しない残業時間が一〇〇時間×三ヵ月続いた結果、下村織人《しもむらおりと》は「辞めよう」とつぶやいた。水曜の夜、日付が変わる間際に帰宅したアパートの一室でのことだった。

「いやもうこれブラック企業と呼んでいいよな？　週一休みでこの残業量とか無理じゃね？」

玄関扉を閉めてすぐ、三和土《たたき》の上で革靴も脱がずに織人は真顔でこぼした。左手に提げたビジネスバッグとコンビニのビニール袋が指に食い込む。

「あ、無理、つらい。もう無理、絶対辞める、転職してやる！」

スーツも脱がず駄々《だだ》っ子のように捲《まく》し立てる織人だが、誰かに聞かせるための台詞《せりふ》ではなくただの独り言だった。大学のときから付き合っている彼女がピンク色のパジャマ姿で織人をそっと抱きしめ、優しく頭を撫《な》でてくれたらまだ頑張《がんば》れたかもしれないが、そんなものは存在しないので頑張れない。

ちなみに生まれてこの方二十四年、恋人などいたこともないので、大学のときから付き合っている云《うん》云《ぬん》は完全なる童貞の妄想である。

（ううっ、営業事務だからって営業の仕事も事務の仕事も押しつけられまくるしさ……。あれ絶対、俺が断れないの知ってて仕事振ってきてるよなあ）

半泣きになりながら乱雑に靴を脱ぎ、織人はしんと静まり返った１ＤＫの部屋をずんずん進んだ。ダイニングキッチンを通り抜けて寝室兼リビングに向かうと、畳に荷物を置いて押し入れの前にしゃがみ込む。中から引っ張り出したのは、引っ越してきて以来眠りっぱなしになっていた段ボール箱だった。

（確かＳＰＩ《エスピーアイ》対策の本を捨てずに残してたはず）

転職計画を立てたり求人チェックをするより先に

SPI対策本を探し始めるあたり、我ながら分かりやすく形から入るタイプだ。ごそごそと段ボール箱の中を漁《あさ》りながら、織人はぐったりと肩を落とす。

（今日のおばさん客、怖かったなあ……。俺がうまく商品説明できなくてもニコニコしてたのに、太股《ふともも》やら尻やら触ってきたからめちゃくちゃ頑張って『困ります』って言ったら、急に鬼の形相で『別にあんたなんか本気で誘ってるんじゃないわよ！』って怒鳴り散らすんだもんなあ）

　電話でアポイントを取った相手の自宅に向かい、保険の説明をして契約を取るのが織人の仕事だが、入社以来ノルマを達成できたことはほぼなかった。

　実家から持ってきたもののろくに読んでいない漫画や、趣味ではないが土産《みやげ》としてもらったために捨てるに捨てられない置物を取り出しているうちに、知らず溜《た》め息《いき》がこぼれる。

（辞めたところで、俺、転職できんのかな……）

くりっとした目が特徴の小動物系の容姿は、幼げに見えるせいかどうにも舐《な》められやすい。身長は成人男性の平均程度だが、筋肉がつきにくくひょろっとした痩せぎすであることも原因の一つだろう。けれどなによりも周囲に侮られる要因は織人の性格だ。

　運動も勉強も得意ではない織人は、高校までいわゆる陰キャだった。キラキラ輝く青春を送る陽キャなクラスメートたちを眺めながら、教室の隅で数名の同志と固まってアニメやゲームの話をこそこそ語るモブキャラ。

　とはいえ華やかな人種に憧れがないわけではなかった。地元から離れた場所にある大学に入学してからは自分を変えようと一念発起し、髪型を変えて茶色に染め、もさもさした眉毛を整え、ネットショップで洋服をマネキン買いするなどした。

　そういった地道な努力の成果か、大学では同じ講義を受けている学生に声をかけられる機会も何度かあった。けれど見た目を変えたからといって性格まで急に変わるわけではない。余裕ある受け答えなどできるはずもなく、拙《つたな》い会話で重たい沈黙を生んでしまった結果、大半が苦笑とともに離れていき織人の大学デビューは失敗に終わった。

　結局、コミュニケーション能力を育てられないまま四年が経《た》ってしまったので、当然就職活動は難航した。数えきれないほどのお祈りメールが届き、ようやく内定をもらえたのが今の会社だったのだ。辞表を突きつけたところで、他に雇ってくれる会社がなければ路頭に迷うことになる。

「あー……せっかく転職を決意したのに早速くじけそう……、……ん？」

　すっかり勢いが衰えてしまった織人は、段ボール箱の中に入れた覚えのないプラスチックケースを見つけ動きを止めた。その下にあった分厚い書籍とともに取り出す。

現れたのは、中学生の頃にプレイしていたゲームソフト『ディサピアード・セイント～遥《はる》か彼方《かなた》の記憶を求めて～』と、その攻略本だった。

「うわ、懐かしい！　えっ、なんでこんなとこに入ってたんだろ」

　ディサピアード・セイント――通称ディサピアは、中世ヨーロッパ風のファンタジー世界を舞台にした、恋愛要素を含むシミュレーションＲＰＧ《アールピージー》だ。旅の途中で出会う十名の対象キャラクターの中から三名を選び、主人公を含めた四名のパーティーを編成して冒険を進めていく。

　主人公の性別を男にするか女にするかによって、同性キャラとは友情イベントが、異性キャラとは恋愛イベントが発生し、最終的に親密度が一番高いキャラクターとのラストシーンが見られるマルチエンディング型ゲーム……のはずだ。

　というのも、織人は攻略本まで手に入れたものの最後までゲームをプレイしておらず、どのエンディングも自分の目では確かめていなかった。

（ゲームですら自分一人じゃ満足にやりきれなかったもんな）

パッケージの中で、それぞれ剣士《フェンサー》と魔導師《ウィザード》の姿でポーズを構える男女の主人公を見つめ、織人は苦笑した。昔から自分はなにをやっても中途半端だ。

段ボール箱の中にあったのはゲームソフトのみで、ゲーム機本体は見つからない。ソフトだけではプレイできないのに、どうして自分は引っ越し先にまで持ってきたのだろう。一人暮らしを始める前に荷造りを手伝ってくれた母が、大切なゲームだと思い込んで一緒に詰めたのだろうか。確かに当時にしてはグラフィックが美しく、繊細なキャラクターイラストも気に入っていたのだが。

（まだこれの本体って売ってたりすんのかな。……、あ、あった）

スマートフォンを取り出して検索すると、フリマアプリでいくつか中古品が販売されていた。いわゆるクラシックゲームの分類で、新作は一切プレイできないためどれも三千円以内で売られている。

悩んだのは一瞬で、織人は比較的状態が良いものをすぐにカートに入れた。電子決済を終え、注文完了画面を見つめ「よし」と頷《うなず》く。

それだけでなんだか任務をやり遂げた気になり、織人は段ボール箱に荷物を詰め直して押し入れに戻した。ＳＰＩ対策本を見つけるという当初の目的は、懐かしいゲームをプレイできる喜びに押し流され、どこかに吹き飛んでいた。

出品者が迅速に発送してくれたおかげで、三日後にはゲーム機が到着した。据え置き型のゲームをテレビに接続し、織人は嬉々《きき》としてディサピアをプレイし始めた。

自分の名前と年齢以外すべてを忘れてしまった主人公は、豊かな土壌と資源に恵まれた大国・ベネディルミア王国にやってくる。その日暮らしをしながら流浪の旅を続ける中で、神の啓示を受けた神官から、ベネディルミア王国こそが失われた記憶を取り戻す鍵であると告げられたからだ。

ギルドで冒険者登録を済ませた主人公は、単独任務にあたっていた聖騎士団の副団長、シルヴィス・オルブライトと知り合う。剣術や魔法を駆使してモンスターを倒しながら、シルヴィスとともに王都へ向かう主人公。

そこで、三〇〇年前に封印した『破滅の王』が復活し、ベネディルミア王国を滅ぼすという予言を知る。破滅の王を倒すには、対になる存在である『光の聖者』を見つけ出す必要があり……——。

と、おおまかなストーリーはこんな感じだ。徐々によみがえる主人公の記憶、破滅の王の正体、光の聖者は本当に現れるのか……といった謎を、冒険の中で少しずつ解き明かしていく。

相変わらずサービス残業に追われながらも、攻略本を相棒に一ヵ月ほどかけて男主人公でゲームをクリアした織人は、次に女主人公でプレイし始めた。一度クリアしたことでコツをつかみ、そちらは三週間程度でエンディングを迎えることができた。

休日の昼間。画面にスタッフロールが流れる前で、織人はTシャツとジャージの部屋着姿で畳の上にあぐらを掻《か》き、攻略本を捲《めく》っていた。

「しっかし、最初に仲間になったシルヴィスがまさかのラスボスだったのは驚きだったよなあ」

キャラクター紹介ページで序盤に登場する、金髪碧眼《へきがん》の麗《うるわ》しい聖騎士。それがシルヴィスなのだが、心の奥底で実の兄に対し強いコンプレックスを抱いていた彼は、姿形を持たない破滅の王に取り憑《つ》かれ闇堕《お》ちしてしまう。

破滅の王に乗っ取られたシルヴィスは、破壊の限りを尽くしたのち、かつての友人であった主人公に退治され命を落とす……というラストだ。

男主人公でプレイした際は彼を終盤までパーティーに加えていたが、徐々に心を病み始めたシルヴィスは途中で自らパーティーを脱退する。ならば早めに別れてみてはどうかと、女主人公でのプレイ時は出会った仲間候補キャラクターが四名を超えた時点ですぐにパーティーから外した。しかし途中でシルヴィスと再会する強制イベントが発生し、彼の闇堕ちを免れることはできなかった。

物語のラストで主人公の目の前に再び現れたシルヴィスは、漆黒の翼を持つドラゴンに姿を変えた。そのドラゴンこそが、人間の苦しみを餌に成長した破滅の王だったのだ。

（爽やかでいい奴《やつ》だったんだけどな。どうやったって、シルヴィスが破滅の王になる運命からは逃れられないってことか）

攻略本をざっくりと流し読みしていた織人は、とあるページで手を止めた。それは女主人公でプレイした際に発生する、シルヴィスとの恋愛ルートで攻略した場合のエンディングだった。

シルヴィスとの仲を深めプロポーズを受けた女主人公は、オルブライト家の花嫁に代々引き継がれる婚約指輪を渡される。直後にシルヴィスの闇堕ちイベントが発生するのだが、指輪から放たれた光により彼は再び人間の心を取り戻すのだ。シルヴィスへの処罰を恐れた女主人公は、彼と二人で国外へ逃亡。森の中に残された朽ちた教会で、二人だけの結婚式をひっそりと挙げる。

ざっと攻略本を見た限り、このシルヴィス恋愛ルート以外で彼を生き残らせる術《すべ》はないようだった。シルヴィスとの親密度が高ければドラゴンを退治したのち彼の魂が礼を述べて天に昇るが、男主人公でのプレイ時に彼の命を救うことは実質不可能なのだ。

（うーん。初めての友人を救えないなんて、なかなかの鬱《うつ》ラストな気がする……）

　攻略本を閉じた織人は、眉間に皺《しわ》を寄せゲーム本体に手を伸ばした。その拍子に、畳の上に置いていた飲料水入りのペットボトルに腕をぶつけてしまう。

　蓋を開けっぱなしにしていたペットボトルは、ゲーム機本体に向かって派手に水をぶちまけた。

「ンギャーッ！　やっちまった！」

　悲鳴をあげた織人は、慌ててボックスティッシュから数枚引き抜いて水のかかったゲーム機を拭いた。ただでさえソフトも本体も年季が入っているのだ。ちょっとした水濡れで壊れたとしてもおかしくない。

　恐る恐るテレビ画面を確認した織人は、予想外の光景に目を丸くした。暗転した画面に白い文字で
『この世界での冒険を続けますか？』

　の一文が表示されている。その下には『はい ｏｒ いいえ』の選択肢があった。

「なにこれ、隠しエンド？　男主人公でプレイしたときはなかったよな」

　隠しエンド発現の条件を達成していたのかもしれないし、もしかしたら二周目以降のプレイで現れる画面という可能性もある。まだまだ日は高く、ゲームを続行してもなんら問題ない時刻だ。

　少し前まで一人大騒ぎしていたのも忘れ、織人は機嫌良く『はい』を選択した。直後、テレビ画面からまばゆいばかりの白い光が溢《あふ》れた。

＊＊＊

　やわらかい風がそよそよと頬《ほお》を撫で、織人はようやく自分が屋外にいることに気づいた。目の前にはレンガ造りの建物が見え、尻の下にはところどころに雑草が覗《のぞ》く地面が広がっていたが、それを脳が正

しく認識するまで時間がかかった。

「えっ？」

間の抜けた声をあげ、織人は慌てて周囲を見回した。すぐ後ろには鳥の形の飾りがついた銅製のバードバスがあって、たった今鳥が飛び立ったのか水面には波紋が広がっている。

ゴーン、ゴーン、という音に驚いて顔を正面に戻せば、三角屋根の下で鐘が揺れているのが見えた。どうやら自分は教会の裏手にいるらしい。

「え、ええっと……？　俺、自分の部屋にいたはずだよな？」

両手を開いて自分の体を見下ろした織人はますます混乱する。Ｔシャツとくたびれたジャージ姿だったはずの織人は、長袖のカットソーの上に、茶色の固い革でできた胸当と肩当を装着し、同色の手袋とブーツを身に着けていた。首からは透明な石に革紐《ひも》を巻きつけたペンダントが提げられている。

「なんだこの格好……。ライトアーマーってやつ？」

すんなりとその名称が出てきたのは、つい先ほどまで西洋イメージのＲＰＧをプレイしていたからだ。腕組みしてしばし沈黙した織人は、おもむろに腰を上げると、敷地を囲む低木をよいしょと跨《また》ぎ建物の正面方向に回り込んだ。

目の前に広がっていたのは、どこかレトロでクラシックな雰囲気が漂うヨーロッパ風の町並みだった。くすんだ白やベージュを基調とした石造りの建物と赤茶の三角屋根が並び、石畳の道をのんびりした足取りで人々が進む。

女性は丈の長いワンピースのような服装で頭巾を被《かぶ》り、男性はゆったりとしたチュニックの腰を紐で縛って、下にズボンとブーツを穿《は》いていた。

のどかな空気の漂う異国の小さな町をまじまじと見つめ、織人は大きく頷く。

「うん、夢だな！」

夢だと自覚している夢……いわゆる明晰夢《めいせきむ》というものだろう。夢の中で行動するときはどこか視界がぼやけていたり、体の動きが鈍かったりすることがあるが、織人の五感はすっきりとしていた。試しに回してみた肩もよく動く。

これはなかなか楽しい夢になりそうだ、と織人は上機嫌で石畳の上に飛び出した。

「へっへー、なにしよう！　異国飯でも食ってみるかなあ。あ、でも味って感じるのか？」

ライトアーマー姿で下手くそなスキップをする織人に、道行く人が奇妙なものでも見るような視線を寄越した。普段の織人ならこれほど注目を浴びるような真似《まね》はしないが、なにせ今は夢の中にいるのだ。どんなにおかしな奴だと思われても、目覚めた途端にこの世界とはおさらばできる。

まっすぐに延びた大通りを進むうちに、円形の広場にたどり着いた。広場には露店が並び、おいしそうな匂いを漂わせる屋台もある。客と店員のやりとりは流暢《りゅうちょう》な日本語だが、店の傍《かたわ》らに設置されたA型の屋外看板には記号のような不思議な文字が羅列されていた。

（ええっと、『手のひら豚の丸焼き、三〇ブロンズ』……？　見たこともない文字だけど普通に読めちゃうあたり、いかにも夢って感じ）

体格の良い中年男性が営む屋台の前で、織人は看板と店主の手元を交互に見た。風船のように丸々太った手のひらサイズの豚が、刷毛《はけ》でソースを塗られ照り焼きになっている。ポークソテーのような食欲を誘う匂いに、織人はごくりと喉を鳴らした。

試しに革のズボンをまさぐってみるが、ポケットとおぼしき部位は見当たらない。財布を入れておくための鞄《かばん》も身に着けておらず、織人は首を捻《ひね》る。けれどすぐに「まあいっか」と開き直った。

（多分飯を受け取った瞬間どこからか金が出てくる

とか、勝手に支払ったことになるとか、そういうシステムなんだろ）

　夢の中ならよくある展開だ、と織人は勝手に納得し、店主に向かって声をかける。

「すみませーん、手のひら豚の丸焼き一つください」

　普段はファミレスで店員を呼ぶことすら緊張する織人だが、今は堂々と注文することができた。店主は「あいよっ」と威勢良く答え、織人のために豚の丸焼きを串に刺してくれる。

　ほくほくと湯気を立てる豚串を受け取ると、織人は嬉々として噛《か》みついた。弾力のある肉を咀嚼《そしゃく》すると、口の中いっぱいに肉のうまみとソースの濃厚な味わいが広がっていく。

「んーっ、うまい！　こういう夢って大抵食べる直前で目が覚めるから、ご馳走《ちそう》にありつけることなんて滅多にないんだよなあ」

「ははは、妙なこと言ってらあ。ほらほら、手のひら豚を堪能する前に三〇ブロンズを頼むよ」

　笑顔で代金を請求する店主に、織人はぽかんとした。相変わらず織人は財布を持っていないし、店主の手元に三〇ブロンズとやらが出現する気配もない。豚串を手に立ち尽くす織人に、店主が焦《じ》れた様子で指を突き立てる。

「マジックストーンがあるならそれの中に入ってるだろ。早く支払ってくれよ」

「マジックストーン……？」

　なんのことを言っているのかまるで分からず、織人はたじろぐばかりだ。するとそれまで気の良さそうだった店主が、眉間に皺を寄せ眼光を鋭くする。

「おい、まさか商品を食っておいて支払えねえなんて言わないよな？」

「えっ、え、その」

「目の前で無銭飲食を働くとは良《い》い度胸だ。憲兵を呼んでやるからこっち来い」

屋台の中から筋肉質な腕が伸びてきて、織人の貧弱な腕をガシッとつかんだ。直接向けられた怒りに、夢の中だからと気楽に過ごしていた織人も、途端に普段の気弱な自分に戻ってしまう。

「あのっ、あの、俺ッ……金を払わなきゃいけないならちゃんと払うつもりで……！」

「ふざけてんのか！　どこの世界に金を払わずに飯が食える店があるってんだ！」

　尻尾を丸めた犬のように情けない声をあげる織人だが、店主の言い分はもっともで、許してもらえる気配など微塵《みじん》もなかった。気分の良い夢だと思っていたのに、まさかこんな展開になるなんて。

　店主の剣幕に怯《ひる》んで後ずさった織人は、背中になにかがぶつかり動きを止めた。織人の体を支えるように肩に手が置かれたかと思うと、すぐ横からもう片方の手が伸びてきて店主に銀色の硬貨を差し出す。

「一シルバーで足りそうか？」

　伸びやかな印象のテノールが織人の鼓膜を震わせた。いつの間にか背後に人が立っていたらしい。店主の剣幕にすっかり萎縮してしまった織人は、縮こまるばかりで男の顔を確認することができない。

　戸惑う織人の前で、銀貨を差し出された店主が慌てて首元からペンダントを取り出した。

「待ってろ。今釣り銭を……」

「釣りはいい。その代わりこの子を許してやってくれ」

「そりゃあ俺としては金を支払ってもらえりゃなんでもいいがよ……。一シルバーももらったら手のひら豚が三つは買えるぜ、シルヴィス様よ」

「だったら次にこの町を訪れた際にサービスしてくれないか？　のどかだし食べ物はおいしいし、ぜひ再訪したいものだ。また絶品の手のひら豚を食べられるのを楽しみにしているよ」

　男が気さくな調子で褒めれば、店主はまんざらでもない様子で銀貨を受け取ったのち、「シルヴィス様に感謝しろよ」と織人をじろりと睨んだ。

店主がペンダントに銀貨を宛がうと、黄色の石に溶けるように銀貨が消えていった。織人は自分が提げている透明な石のペンダントをまじまじと見る。もしかしてこれが財布の役目を果たすのだろうか。

（いや……それより、店主のおじさんは俺の後ろにいる人をシルヴィスって呼ばなかったか……？）

どこかで聞いたことのある名前だ、と思い、織人は自分を助けてくれた男からわずかに距離を取った。改めてその容姿を確認し、思わず息を飲む。

艶やかな金髪を耳にかけたその男は、サファイアのような澄んだ碧眼を持つ美丈夫だった。

精巧に作られた人形のような完璧な美貌だが、どこか雄くささが漂う精悍《せいかん》な面立ちで、滲《にじ》み出るような男の色気を感じる。身長は、日本人男性の平均程度である織人より一〇センチ以上高かった。

男はプラチナを基調にところどころ金色の装飾が施された金属製のプレートアーマーを身にまとい、肩からは光沢のある青色のマントを羽織っていた。腰に巻いたソードホルダーに差してある片手剣を観察したところで、織人は目を丸くする。

「もっ、ももっ、もしかして、聖騎士のシルヴィス・オルブライト!?」

すぐそばに立っている男は、織人がプレイしていたゲームで最初に仲間になるキャラクター、シルヴィスそのものだった。年齢は確か二十八歳。もちろん彼はあくまで二次元の存在だが、モデルと衣装に多額の費用をかければこれくらいのクオリティのコスプレイヤーが誕生しそうだ。

「ああ、俺の名を知ってくれていたのか」

まさかと思って口にしたフルネームに、男が穏やかな微笑《ほほえ》みをのせて首肯する。

「そりゃあベネディルミア王国に暮らす人間でシル

ヴィス様を知らない奴なんていないないでしょうよ」

店主は「敬称をつけろよ」と呆《あき》れ顔を見せるが、無言でパニックに陥《おちい》っていた織人はそれどころではなかった。豚串をしっかり握ったまま、改めて自分が身に着けたライトアーマーに視線を落とす。

（そうか……これ、男主人公の初期設定の格好だ。つまり俺は、ディサピアの世界に入り込んだって設定の夢を見てるってことか？）

さては俺、ゲームをしながらうたた寝したな。と織人が一人納得していると、店主に別れを告げたシルヴィスは、さりげなく織人の背中を押してついてくるよう促した。広場の端にあるベンチまで移動すると、織人を座らせてシルヴィスも隣に腰かける。

「ぱっと見た印象でしかないが、君はなんだか悪意を持って無銭飲食を働く人間には思えないな。手持ちはなかったけれど、空腹に我慢がならなかった……ということか？」

白薔薇《ばら》を背負っているのかというほどのキラキラした美貌を振りまきながら、シルヴィスは太股の上に肘を置いて手を組み、やわらかな口調で尋ねてきた。うっかり犯罪者になりかけた自分を助けてくれたことを思い出し、織人は慌てて頭を下げる。

「ごっ、ごめんなさい！　あの、俺、こっ……この国の財布の使い方が分からなくて……！」

「さいふ？」

「あ、の……このペンダント、ですかね……？　お金を出し入れできるのかなって思ったんですけど、ち、違いまし……た？」

これほどの美形と会話をする機会など今までなかったため、どうせ夢だし、と開き直ることができず織人はすっかり動転してしまう。自分のコミュニケーション能力のなさが恥ずかしくて、ただでさえ聞き取りにくい声がますます小さくなる。

けれどシルヴィスは織人の訥々《とつとつ》とした台詞《セリフ》にも静

かに耳を傾けてくれた。

「へえ。マジックストーンを使って硬貨の保管をしない国があるなんて知らなかったな。君はどこから来たんだ？」

　興味深い話を聞いたとばかりの反応に、織人は焦りを覚えた。財布すら分からない相手に、日本から来ました、などと言って通じるとは思えない。

（もうこれはディサピアの主人公になりきるしかなくないか？　えっと……、どういう設定だっけ）

　縋《すが》るようにペンダントを握った織人は、しばらく沈黙したのち恐る恐る口を開いた。

「実は……俺、記憶がないんです」

　眉尻の下がった情けない顔で、織人は必死で自分の身の上——という名のゲームのプロローグ部分——を語った。

　失った記憶を取り戻すため、神官の助言に従いベネディルミア王国へやってきたこと。その道中で買い物をしようとしたところ、マジックストーンの使い方が分からず、支払いにまごついてしまったこと。後半は完全なる織人の事情だが、それくらいは許してほしい。

　幾度となくつっかえながらもなんとか言い切った織人は、じわじわと込み上げてくる気まずさに視線を落とした。

（なんか……なんつーか、どうやっても嘘《うそ》くさくないか？　金を払わずに飯を食っておいて、違うんです！　記憶喪失なので代金の支払い方が分からなかったんです！　なんて言われて信じる奴いる？）

　もっと滑らかにしゃべれたら印象も違うのだろうが、おどおどしながら必死に取り繕《つくろ》う織人では、話せば話すだけ分《ぶ》が悪くなる気がする。助けてくれた相手に軽蔑されるのが怖くて、織人は力なくうなだれた。こんな状況の中、串の先に刺さった豚の丸焼きがシュールで虚《むな》しい。

「そうか」

　重たい沈黙が落ちる中、すぐ隣でシルヴィスが静かに口を開いた。

「それは大変だったな。なにも思い出せないまま一人旅をしていたのでは、さぞ心細かっただろう」

　予想していなかった反応に織人は驚いて顔を上げた。織人の状況を憂いている様子で、シルヴィスは気の毒そうに表情を曇らせる。

「俺はこれから王都に帰るところなんだ。もし良かったら君も一緒に来ないか？　君もギルドで冒険者登録をするんだろ？」

「え？　え？」

「ああ、もしかして記憶を失う前にそのマジックストーンを手にしたのか？　透明なマジックストーンは、冒険者登録を希望する者に教会で配っているんだ。硬貨の他に、モンスターが生息する地域を無事に通り抜けるために必要なアイテムも保管できる。冒険者登録を済ませると、その者の魂に呼応した色に変化するようになっている」

　そう言ってシルヴィスは、ソードホルダーに革紐で巻きつけたペンダントを手のひらにのせた。その石は目と同じ青色に輝いている。

「王都にある神殿には、より高位の神官が揃《そろ》っている。君の記憶の手がかりもなにか見つかるかもしれない。どうだ？　一緒に行ってみないか？」

　おおらかな調子で誘うシルヴィスの目には、一点の曇りも感じられなかった。不審な奴だからそばに置いて監視しよう、なんて意図もなく、一〇〇パーセント善意のみで織人に声をかけたのだろう。

（えええ……この人、こんな純粋で大丈夫かよ？）

　さらりと登場して見ず知らずの織人を庇《かば》い、怪しさ満点の身の上話を語られても疑う素振りもない。けれどそんな懸念を、角の立たない台詞で指摘するトークスキルなど織人は持ち合わせていなかった。

口を開けば最後、せっかく心配してくれたシルヴィスの気分を害するような発言をしてしまいそうだ。

「あの、じゃあ……お願いします」

　結局織人にできるのは、ゲームストーリーに従ってシルヴィスについていくことだけだった。

「それでは改めまして、俺の名前はシルヴィス・オルブライト。ベネディルミア王国に仕える聖騎士団の副団長を務めているが、今は所用のため一人でこの町に来ている。どうぞよろしくな」

　手甲を装着した右手を差し出され、織人も慌てて右手を伸ばした。おずおずと手を取れば、しっかりと握り返され固い握手がかわされた。

「俺はしもむ……あ、いや、織人って呼んでもらえれば……」

　名前だけなら世界観に馴染《なじ》まないこともないが、いかにも和風な姓を口にすればますます出身地に興味を持たれそうだ。こもった声で名乗る織人にも、シルヴィスは穏やかな微笑みを絶やさない。

「オリトか。王都まで三十日ほどをともに過ごす仲間なのだから、どうか気楽に接してほしい」

　シルヴィスがわずかに顔を傾けると、黄金《きん》色の髪が揺れ隙間から深い青色の目が覗いた。どこまでも気さくで鷹揚《おうよう》なシルヴィスに、織人はひくりと口角を上げぎこちない笑みを返すことしかできなかった。


　織人が手のひら豚を食べ終えるのを待って、シルヴィスはギルドへ案内してくれた。

　ギルドはモンスターの討伐や、鉱石や植物といった資源の採集、要人の護衛といった依頼を、冒険者のランクに応じて仲介してくれる職業組合だ。施設の規模は違えど各集落に一軒設置してあり、冒険者はギルドを通じて仕事の依頼を受け、達成後に報酬を受け取ることで日々の暮らしを営むのだ。

　いわゆる「始まりの町」であるこの地のギルドは

質素なものだった。こぢんまりとした建物の中にはカウンターが設置され、物静かな雰囲気の受付嬢がいる。しかしそれだけではなく、ＲＰＧのスタートにふさわしい人物もまた居座っていた。

施設の隅のほうにちょこんと佇《たたず》んでいる、頭までフードを被った性別不詳の老人のもとへと、シルヴィスは織人を連れていった。

「冒険者登録をするには職業を申請する必要があるんだ。俺のような剣士や、弓使い《アーチャー》、魔導師、召喚士《サマナー》など、様々な職業がある。自分で決めてもいいが、その人が持つ腕力や俊敏さ、魔力などを調べておすすめを教えてくれる占い師もいるから、記憶がないなら頼ってみるのもいいんじゃないか」

実に分かりやすい説明をしてくれるシルヴィスに、織人もコクコクと頷いた。

（なーるほどぉ。いかにもゲームのチュートリアルって感じ）

シルヴィスが織人を紹介すると、占い師は薄紫色の水晶玉を取り出して早速占ってくれる。しかしながら占い師は「あ〜〜〜」「おぉ〜〜〜ん」と唸《うな》るばかりで一向に結果を示そうとしない。

「そうじゃのう……お主がピンとくる職業はあるかのう？」

あっ、これ結局俺に決めさせるやつだ。とお約束展開を感じ取りつつ、織人はゲームプレイ時に設定していた職業を口にする。

「あ、じゃあ黒魔導師なんかは……」

「おおお！　黒魔導師！　そうじゃそうじゃ、お主の攻撃系魔力に富んだ性質は実に黒魔導師向きと言えるぞ」

（いや、茶番か！）

食い気味に肯定する占い師に内心でツッコミを入れつつ、織人は冒険者登録を済ませた。

次に行商人のもとへ移動して旅に必要なアイテム

を、武器屋で黒魔導師用の防具や杖《つえ》を購入した。シルヴィスに使い方を教わったマジックストーンの中に、一式を揃えるのに十分な金額が入っていたのが救いだった。

　白いシャツにクロスタイを締め、赤色に染まったマジックストーンを首から提げる。濃紺のパンツとジョッキーブーツを穿き、深紅のローブを羽織って身の丈ほどもある杖を手に武器屋から出てくると、シルヴィスは「おっ」と眉を上げた。

「似合うじゃないか。ライトアーマーの格好も悪くなかったが、やはり魔術を使う素質があるからか、ローブを着ているほうがしっくりくるな」

「へ、へへっ、それは良かった……です」

　あれこれ世話を焼いてもらっているのに、いまだシルヴィスに慣れずに引きつった笑顔しか見せられない自分が恥ずかしい。それでもシルヴィスは大学時代の知人たちのように苦笑を浮かべたりはせず、ごく自然な態度で織人に接してくれた。

「よし、これでモンスターが現れても十分戦えそうだな。早速町を出て森へ向かおうか」

　敵と対峙《たいじ》することを前提とした発言に、織人はゴクリと喉を鳴らした。胃の底が冷えるような不安を覚えている自分を、織人は必死に奮い立たせる。

（いやいや……。だからこれは夢だろ？　モンスターに攻撃されたところで痛みなんて感じねえって。漫画やアニメでよくあるじゃん、ほっぺをつねって「痛い！　夢じゃない！」ってやつ。俺のこれは確実に夢なんだから、平気に決まってる）

　織人はおもむろに頬に手を伸ばすが、自らつねって確認することはできなかった。そろそろと下ろした手で杖を握り直す。

　夢……に、決まっていると思う。やけに五感がリアルでも、突然場面が切り替わることもなく、日常生活と同じ感覚で過ごしていたとしても、今のこの状況が現実なわけがない。プレイしていたゲームの世界に入り込んでしまったなんて、それこそ漫画やアニメのような展開が起こるはずがないのだ。

　唇を引き結び、固い表情で町の外れを進む織人を、隣を歩くシルヴィスがそっとうかがい見た。

「大丈夫だ、オリト。この町の周囲には凶暴なモンスターは生息していないし、それに俺がついている。君を危険な目に遭わせるような真似はしないさ」

　力強く励ましてくれるシルヴィスの、炭酸飲料水のCMに登場しそうなほどの爽やかさに、織人は思わず「うっ」と呻《うめ》いた。聖人が過ぎて目が眩《くら》む。

　しばし口を閉ざした織人は、深呼吸をしたのち、気合いを入れるよう両手でペシッと頬を叩《たた》いた。

「うんうん、これは夢！　怖がる必要なんてちっともねえから！　さくっとモンスターを倒してそろそろ目を覚ますぞ！」

「……？　よく分からないがその意気だ！」

　織人の決意に、シルヴィスは不思議そうにしつつ明るく応えた。二人で森の入口へ足を踏み入れる。

　凶暴なモンスターはいない、とシルヴィスが言ったように、木漏れ日が差す森はのどかな雰囲気が漂っていた。鮮やかな緑が茂り、可愛《かわい》らしい花が咲き、鳥の鳴き声が響く。

　月曜から土曜までは仕事に明け暮れ、日曜日は部屋にこもってゲームに没頭する生活を繰り返していた織人は、高校の校外学習以降味わっていなかった山の空気をめいっぱい吸い込んだ。

「あー、気持ちいい。こんなにのんびりできると、社畜生活に戻るのが嫌になるなあ」

　天に腕を突き上げて体を伸ばし、織人は機嫌良く語る。その横でシルヴィスが朗らかに微笑んだ。

「しゃちく……？　とりあえず、思ったよりリラックスできているようでなによりだ。だが、ゆったり散策ばかりもしていられないようだな」

　声音が穏やかだったのは前半だけで、後半はトーンが明らかに変わった。戸惑いながらも同じく立ち止まった織人は、前方の茂みから五〇センチほどのぶよっとした丸い塊が飛び出してくるのを見た。

　その背後からのっそり姿を現したのは、太い根を足代わりにして歩く、木の形をしたモンスターだ。織人より背は低いものの、顔のように見える樹洞がなんとも不気味だった。

「巨大な水まんじゅう……じゃなくて、これってもしかしてスライム!?　木のほうはトレントか！」

「お、よく分かったな。ベネディルミア王国へたどり着く前にも遭遇していたのか？」

「そりゃあゲームを二周する間に数え切れないほどエンカウントした敵だし……って、うわああ！」

「ほら、話しながらでいいから攻撃を避《よ》けるぞ」

　トレントが腕のように枝を振りかざして殴りかかってくる中、シルヴィスは涼しい顔で織人の腕を引き、逃げ方を教えてくれた。ぽよんぽよんと跳ねるスライムも、根の足をもつれさせながら向かってくるトレントも、動きとしてはかなり鈍い。それでも異世界のモンスターに襲われるなんて人生初の状況に、とてもじゃないが平静でなどいられなかった。

　購入した魔術書を取り出すよう指示され、織人は赤色のマジックストーンを握り慌てて振る。すると目の前に革の表紙の古びた本が飛び出してきた。

「文字は読めるか？」

「う、うん」

「じゃあ一ページ目を開いて、一段落分を読んでみてくれ。大丈夫、敵の攻撃が当たらないよう俺が誘導するから」

　焦りで心臓が早鐘を打つ中、織人は言われたとおりに魔術書を開いた。テレビの前でプレイしていたときは、表示された技名を選択するだけで自動的に魔法が発現した。けれどいざ入り込んだゲームの世界はそんなに甘くなく、三行ほどの長さで書かれた呪文を詠唱する必要があるらしい。

「あ、あ、赤き火よ、禍々《まがまが》しき者たちを燃やし尽くす灼熱《しゃくねつ》の炎よ。い、今、我が手駒の一部となりて……ギャーッ、無理無理！　スライム足にぶつかった！　にゅるってした！」

　ゼリーに片足を突っ込んだような感触に、織人は半泣きになって叫んだ。スライム相手に半狂乱になる主人公なんて我ながら鬱陶《うっとう》しくて仕方ないが、未知の体験なのだから怖いものは怖い。

　けれどシルヴィスは決して怒らず、呆れず、織人の背中をさすりながら励ましてくれる。

「よしよし、びっくりしたな。次はきっとうまく避けられるから、そう怯《おび》えなくても大丈夫だ。それに詠唱もなかなか悪くなかったぞ。落ち着けば絶対に詠《よ》み上げられるから、とにかく深呼吸だ」

　シルヴィスの言葉には一つも迷いがなかった。彼を信じれば自分にだってやれるかもしれないという気持ちが、ほんの少し、一匙《さじ》程度ではあるが織人の胸に湧き上がってくる。

「うん、うん。分かった、頑張る」

　目に涙を溜めながら頷いた織人は、なにもかも投げ出して逃げてしまいたい気持ちを堪《こら》え、紙面に目を向け直した。けれどそんなやりとりを見て、織人とシルヴィスのどちらがブレーンなのか、敵は察してしまったらしい。

　それまで織人に狙いを定めていたトレントが、二人の間に割って入るように飛びかかってきた。咄嗟《とっさ》にシルヴィスが織人を突き飛ばし、振り下ろされた木の枝をかわさせる。

　織人が前方に倒れ込んだ瞬間、巨大な水まんじゅう……もといスライムが、織人に向かってジャンプしてきた。織人は腹這《ば》いの体勢から身を翻したものの、すっかり怯んでしまい尻餅をついたまま身動きが取れなくなる。

「オリト！　君ならやれる！」

織人を奮い立たせたのは、前方からかけられた力強い声だった。織人はスライムに貼りついていた視線を強引に剝がし、死に物狂いで呪文を詠唱する。

「……今、我が手駒の一部となりて、行く手を阻む者を滅せよ！」

今度は最初から最後まで嚙まずに詠み上げることができた。右手に持った杖の先を勢い良く地面に突き立てる。すると上部を飾る円形のオブジェから、スライム目掛けて炎が噴き出た。

「やった！」

火に飲み込まれ、あっという間に溶け崩れるスライムに、織人は歓声をあげた。

その直後、炎が消えて晴れた視界に、トレントが飛び込んできた。明らかに戦い慣れていない織人から仕留めようと、シルヴィスから狙いを変えたらしい。スライムを倒してすっかり油断していた織人は、顔を歪《ゆが》めて襲いかかるトレントに息を飲む。

しかしトレントが木の枝を振り上げた瞬間、その幹が中心から斜めに切れた。トレントが目を開いたまま地面に崩れる様を、織人は呆然《ぼうぜん》と見つめる。

トレントの背後にいたのは、片手剣を引き抜き、大きく一歩踏み込んだ姿勢で剣先を宙に向けるシルヴィスだった。

「見事な攻撃魔法だった。初めてのモンスター討伐、おめでとう」

刃《やいば》全体にうっすらと金色の光をまとった剣を、シルヴィスは流れるような動作でソードホルダーにしまった。いまだ地面に座り込んだままの織人の前に、片膝をついて腰を落とす。

「怪我《けが》はないか？　……ああ、転んだときに手を擦《こす》ってしまったのか。少し血が出ているな」

トレントが紫色の煙を上げて消滅する中、シルヴィスは眉尻を下げそっと織人の左手を取った。マジックストーンから小さな壺《つぼ》に入った傷薬を取り出すと、右腕の手甲を外し指の腹で塗り込む。

「いててっ」

「傷に沁《し》みるか？　すまない、俺が突き飛ばしたせいで」

「いや……その、だって俺を守るためだろ？　平気だよ、ちょっとピリッとするくらいだし」

まだ若干のぎこちなさはあるが、ともに戦って敵を倒した達成感からか、森へ入る前よりも自然にシルヴィスと接することができた。それがなんだか嬉《うれ》しくて、気持ち良く酔っ払ったときのようなふわふわした心地になる。

傷薬の効能は素晴らしく、手のひらにできた擦り傷がゆっくりと消えていくのを織人は上機嫌で眺めた。痛みもだんだんなくなってきたな、と思い――

その途端頭が真っ白になる。

（モンスターから逃げ回ったから、俺……背中に汗を掻いてる。スライムがくっついたブーツの裏はまだぬるぬるしてるし、……擦り剝《む》いた手はちゃんと痛かった。大袈裟《おおげさ》な痛みじゃなくて、ちょうど擦り傷ができたときに感じるくらいの痛みだった）

夢だと言い切るにはあまりにリアルすぎる感覚。

それは少しずつ違和感として蓄積し、すでに無視できない大きさへと成長していた。

「オリト？　どうした、まだどこか痛むのか？」

青ざめた顔でうつむく織人に、シルヴィスが心配そうに声をかけてきた。怪しい身の上話を信じ、どんなに情けない姿を見せても優しく励ましてくれた、織人にとってこの世界で初めての仲間。

けれどそんなシルヴィスに同行してしまった事実に、急激に不安が膨れ上がり胸の内で一気に爆発した。

「おおおお俺……、もしかしなくてもディサピアの世界にトリップしちゃってんじゃん!?」

　ネット小説でよくあるやつ〜〜〜！　とのどかな森の中で織人は絶叫する。その声に驚いたらしく、バサバサッと音を立てて赤色の鳥が飛んでいった。

「なんだ!?　錯乱作用のある魔法を使われたわけではないはずだが……、もしかしてそこら辺に生えているキノコをむしって食べたのか？」

　突如としてパニックに陥った織人に、シルヴィスが焦りを見せた。いやどんな野生児だよ、と思いつつ、織人はぱくぱくと口を開閉させるしかない。

　聖騎士団副団長、シルヴィス・オルブライト。ゲームのエンディングを二回見た織人は知っている。現代日本《にほん》でいうところの十二月末……あと四ヵ月ほどで、シルヴィスがラスボスである「破滅の王」と化すことを。

　そのラスボスを倒すのは、失われた記憶を求めてベネディルミア王国にやってきた主人公——織人だ。

「って、どう考えても主人公の人選間違ってんだろ！　神様ー！　俺はせいぜい村人Aあたりが妥当な男でーす！」

　口の横に手を添え、青天に向かって訴える織人に、シルヴィスは「今すぐ状態異常回復薬を準備するからな！　もう少しの辛抱だ！」とますます慌てた。

　拝啓　父さん、母さん。ブラック企業に入社した息子は、うっかり黒魔導師に転職したうえ、ラスボス予定の聖騎士と仲間になってしまいました。

　ゲーム世界の住人になってから五日。延々と続く森を抜けた織人は、開けた視界の中に町へ続く一本道を見つけた瞬間、両腕を天に突き上げた。

「序盤の超初級マップクリアだーっ！　ううっ、ゲームだとちゃちゃっと攻略できてたマップが、実際に歩くと丸五日かかるとか聞いてねー……」

　のんきに森林浴を楽しめていたのは森に入った直後だけで、あとはモンスターとの戦いに次ぐ戦いだった。新しいモンスターに遭遇するたびにパニックになりつつ、シルヴィスに励まされ、フォローされ、織人は必死に魔法の詠唱を繰り返した。

　アニメや漫画の中で異世界にトリップなり転生なりしたキャラクターは、チート能力を使い有利な状況で戦ったり、現代日本にいた頃の経験を頼りに目を瞠《みは》る活躍をしたりしていた。けれど織人には特殊能力もなければ誇れるようなスキルもなく、ただただ地道に戦闘を繰り返し黒魔導師としての戦い方を体に覚えさせるしかなかった。

　清々《すがすが》しい思いで青空を見上げる織人に、隣を歩いていたシルヴィスがおかしそうに肩を揺らす。

「オリトは時々不思議な単語を使うなあ。それはさておき、俺から見てもオリトはよく頑張ったと思うぞ。泣き言を漏らしつつも、どの戦闘も決して投げ出さずにやり遂げていた」

「あ、えっと、へへへ……。シルヴィスが一生懸命教えてくれるから、世話になってる立場の俺が『もう嫌だ』なんて駄々をこねるわけにはいかないし」

　後頭部を掻きつつ口角を上げてみせると、シルヴィスは「そうか」と微笑んで爽やかな笑みを浮かべた。そこで会話が途切れて、織人は落ち着かない心境であちこちに視線をさまよわせる。社交性の低さからか信頼関係が築けていないからか、間ができるたびに勝手に気まずさを感じてしまうのだ。

　出会った初日よりはスムーズに会話ができるようになってきたが、織人としてはやはりまだシルヴィスに対して親しげに振る舞うことは難しかった。

（ゲームをプレイしてたときと同じ印象の、めちゃくちゃ良い人ではあるんだけど……。だからこそ余計に「俺みたいな鈍くさい奴の面倒を見させるなん

て」って恐縮しちゃうというか）

　とどのつまり、シルヴィスがあまりに爽やかで良い人で完璧なのでとっつきづらいのだ。隙のない聖人君子具合はいかにもゲームキャラクターという感じなのだけれど。

（贅沢《ぜいたく》な悩みだって分かってるんだけどさあ～！　シルヴィスが威圧的な奴だったらもっと胃の痛い旅になってたはずだし）

　そもそも、仮に織人がコミュニケーション能力に長《た》けていたとしても、この段階でシルヴィスと仲良くなっていいものか分からなかった。

　ゲーム世界に迷い込んだらしいと気づいたときは衝撃が大きかったが、そのことについて織人はあまり長く悩まなかった。仕事が楽しいと感じたことは一度もなかったし、働いて食べて寝てを繰り返すだけの毎日にうんざりしていた。

　家族とは別段不仲というわけではなかったけれど、男ばかりの四兄弟のうち三番目にあたる織人は、家族間の中でも存在感が極薄だった。出来の良い長兄、要領の良い次兄、愛嬌《あいきょう》のある弟に比べると織人は恐ろしく地味なのだ。

　去年の盆休みなんて多忙を理由に実家に帰省できなかったというのに、後日母親に謝ったところ、

『え、あんた帰ってなかったっけ？　他の子たちはみんないたから、織人もいたような気になってたわ』

とあっけらかんと返された。つまり自分は会社にとっても家族にとっても、いてもいなくてもさして困らない、可もなく不可もない存在なのである。

　そんなわけで織人は異世界に飛ばされたショックにむせび泣くこともなく、わりとすぐディサピア内での生活を受け入れた。

（主人公ポジションとしてこの世界にやってきたってことは、ゲームのシナリオどおり物語を進めて、エンディングにたどり着けばまた勝手に現代日本に

戻るだろ。多分）

　根拠なんてなに一つないが、もとより先々のことを深く考える性格ではない織人は楽観的に推察していた。しかしそうなってくると、難しいのはシルヴィスとの距離感である。

（男主人公にはシルヴィスを救済できるルートがない。だとしたら仲間にできる対象キャラクターが四人を超えた時点で、シルヴィスをパーティーから外すのが賢明だよなあ。……だって俺、「破滅の王」を倒すことができる伝説の英雄、「光の聖者」だし）

　ゲーム内での主人公の目的は、失われた記憶を取り戻すことだ。そのための旅の中で、様々なキャラクターたちと交流を深め冒険を重ねるうちに、主人公は断片的に過去の記憶を取り戻していく。そしてシルヴィスの闇堕ちイベント直後に、自分こそがベネディルミア王国を救うために神によって遣《つか》わされた存在、光の聖者だと思い出すのだ。

　その後シルヴィスが破滅の王と化し、主人公は己の使命をまっとうするべく仲間たちとともに戦いに挑み……というのがラストまでの流れだ。

　シルヴィスに情が移ってしまったら、ラスボスと化した彼を倒すことが難しくなる。かといって、シルヴィスの腹の内を探りつつ一定の距離を保って過ごすなんて器用な真似は織人にはできない。

　いずれラスボス化するはずの聖騎士をちらりと横目で見ると、シルヴィスが「ん？」と首を傾《かし》げた。

「歩き疲れたなら少し休もうか？　近くに気の良い農夫が住んでいるから、頼めばきっと農場の端で休憩させてくれるはずだ」

「あっ、ううん。疲れたわけじゃないから気にしないで」

　自分のために逐一心を砕いてくれるシルヴィスに、織人はなんとも複雑な気持ちになる。

（シルヴィスが親切なのは確かだけど、あまり情を

移さないようにしないと。……しょうがないよな？　シルヴィスが破滅の王になるのがこの物語のラストなんだから）

悶々《もんもん》とするうちに織人たちは次の町へたどり着いた。最初の町に比べると活気があるが、大きな街というほど栄えてはいない、いかにも二つ目の町といった印象だ。主人公が三つ目に訪れる街から急に規模が大きくなるのはＲＰＧあるあるだと思う。

石畳の通りを歩くと、行きかう人々がシルヴィスの存在に気づき、ぱっと表情を輝かせた。

「見覚えのある青マントだと思えば、我らが誇りの聖騎士団副団長ではございませんか！」

「あらやだ、本当だわ！　シルヴィス様、昼食は済んだ？　料金はサービスするから良かったらうちの食堂で食べていってよ。シルヴィス様が食事をしている姿を見たら、外にいた客も『少しでも近くでお顔を拝見したい！』と言って店に殺到するわ」

「ああ、誉れ高きシルヴィス様……。どうぞ教会にお立ち寄りください。神に祝福されているシルヴィス様が祈りを捧げてくだされば、きっとこの町は未来永劫《えいごう》様々な災いから逃れることができるでしょう」

老若男女を問わず、数メートル進むたびに誰かしらが駆け寄ってきてシルヴィスの足を止めた。顔の前で手を組み熱っぽく語る人々に織人は圧倒される。

（人望の厚いキャラクターなのは知ってたけど、ここまでくると単純な人気っていうより信仰に近いな）

町を歩くだけで注目されるなんて経験は平々凡々なスペックの織人にはなく、自分を見ているわけではないと分かっていてもたじろいでしまう。そんな織人の戸惑いを察したのか、シルヴィスは眉を下げ申し訳なさそうに耳打ちしてくる。

「町に着いてようやくゆっくり休めるはずだったのに、すまない。次に声をかけられた際は、できるだけ手短に話を済ませてもらえるよう善処する」

気を遣われていると思うと自分のほうが申し訳なくなってしまい、織人は慌てて首を横に振った。

「いや、いいよ。シルヴィスを神様みたいに扱う人が多いから、ちょっと驚いただけ」

素直に心境を吐露すれば、シルヴィスは苦笑を漏らし首の後ろに手を当てた。思いがけず沈黙が落ち、なにかまずいこと言ったか？　と織人は密かに焦る。

進行方向に顔を向けたまま、シルヴィスは慎重に口を開いた。

「ベネディルミア王国の騎士団は、入団の儀式の際に神殿で神の加護を受けるんだ。俺の剣が黄金の光をまとっているのは分かるか？」

「え？　うん」

「あれは神の加護を受けた、光属性の攻撃を行える者の証《あかし》だ。僧侶や修道女は光属性の防御や回復魔法は使えるが、攻撃にその力を使える者は少ない」

ディサピアの世界では、火・水・木・土・光・闇のいずれかの属性を持って生まれる人がいる。属性持ちの人間は無属性の市民に比べ運動能力や知力に秀でており、彼らはその力を活《い》かすために冒険者登録を行い、依頼をこなして国に貢献していた。

ちなみに魔導師はすべての属性の魔法を使えるが、織人が選択した黒魔導師は闇属性であるため、闇属性の攻撃や防御魔法を使った際にその威力が増す……というシステムだ。

光属性と闇属性を持って生まれる人は少ない。きっと騎士団に入団が認められた者は、神の加護とやらで後天的に光属性を得ているのだろう。

「闇属性のモンスターは他の属性に比べ圧倒的な魔力を持つ。それに唯一対抗できるのが光属性だ。だからこそ光属性の攻撃を行える聖騎士団は、我が国の民から絶大な支持を得ている。……、だが……」

流れるように言葉を連ねていたシルヴィスが、ふいに表情を曇らせた。空気が変わったことを感じ、織人も唇を引き結ぶ。

　しかしそのタイミングで、織人の背中に誰かがぶつかってきた。驚いた織人が振り返ると同時に、足元に大量の芋が転がる。

　背後にいたのは十五歳前後と思われる二人の少年で、そばには大きな麻袋が落ちていた。向かい合わせになって二人で芋入りの袋を運んでいたが、こちらに背中を向けていた子が織人にぶつかってしまったらしい。

　石畳に膝をつく形で転倒した赤髪の少年が、シルヴィスの存在に気づくと顔色を青くした。

「ごっ、ごめんなさい……！　聖騎士団副団長のお連れ様にぶつかってしまうなんて……」

　土下座しそうな勢いで頭を下げる少年に織人はぎょっとする。シルヴィスはこの程度のことで怒るような奴じゃない……と思ったが、本人以上に気がかりなのは周囲の視線だろう。ただでさえ目立つシルヴィスのそばでアクシデントを起こしてしまい、織人たちは先ほど以上に注目されている。

「いや、あの、その……っ」

「平気だよ。オリトに怪我もないようだし」

　苦手とする状況に織人が声を上擦らせると、代わりにシルヴィスが口を開きフォローしてくれた。

「な？」と確認され、織人も大きく頷く。

「あ、う、うん。全然ない、ピンピンしてる」

「ほら、こう言ってる。だからもう頭を上げてくれないか？　一緒に芋を拾おう。市場まで届ける予定だったんだろう？」

　少年たちを怯えさせないよう穏やかな声音で語ったシルヴィスが、彼らのそばに片膝をついた。そっと少年の肩に手を添えて助け起こす様に、周囲から感嘆の溜め息が漏れる。

「さすがシルヴィス様、お心が広い……」

「我々のような小市民にも慈悲の心を忘れない、聖騎士の鑑《かがみ》だわ」

　少年たちの輪に加わって腰を落とした織人は、シルヴィスへの称賛の声に聞き耳を立てつつ芋拾いを手伝った。そうやって集中を欠いていたからだろうか。ぼんやり見下ろした先で、首から提げていたマジックストーンがなくなっていることに気づいた。

（えっ、え、嘘!?　いつの間に落としたんだ!?）

　シャツの胸元には革紐だけが残り、結んであったはずの石が消え去っている。いつの間にか革紐がゆるんでいたのだろうか、と考えたが、よくよく見れば革紐の先端が斜め方向に切れていた。

（革紐を切ってマジックストーンを持ち去った奴がいる……？）

　落としたのではなく盗まれた可能性に思い至り、織人は顔色を青くした。その直後、すぐ近くでパチンッという音が聞こえた。

　見れば、隣に屈《かが》み込んでいた茶髪の少年がボトムのポケットに手を突っ込んでいた。不自然に膨らんだ太股部分を、織人は挙動不審になりつつ横目で何度も確認する。

（さっきのって、もしかして折りたたみナイフをしまった音……？　あの子のポケットに俺のマジックストーンが入ってる可能性もあったりする……？）

　まさか、いやでも、と頭の中がぐちゃぐちゃになる。そうこうするうちに麻袋がいっぱいになり、二人は「どうもありがとうございました！」と明るい声音で礼を述べた。

　シルヴィスも茶髪の少年の腰をぽんと叩き、人の好《よ》い笑顔を返す。

「丹精込めて育てた野菜が、良い値で売れるよう祈っているよ」

「はい！」

　シルヴィスと少年たちのやりとりに、周囲に和やかな空気が満ちた。織人だけがただ一人、あわあわと視線をさまよわせている。

（だ、誰か他に目撃者は？　シルヴィスは気づいてないのか？　あ、まずい、二人ともいなくなる！）

自分で少年たちに問いただせばいい話なのに、つい他力本願な考えになるのは、自信がない証拠だった。もしかしたら自分の勘違いかもしれないのに、この穏やかなムードを壊すような発言をして顰蹙《ひんしゅく》を買ったらどうしようと尻込みしてしまう。

とにかく誰かに相談したくて、織人はシルヴィスと距離を詰めた。

「あのさ、シルヴィス……」

潜めた声で名前を呼ぶと、シルヴィスが「どうした？」とこちらに顔を向けた。けれどそれと同時に、周囲の人々が彼のもとへ集まってきてしまう。

「シルヴィス様の懐の広さに感激いたしました！　さすが我が国の最後の希望。神の加護がシルヴィス様にだけ残ったことも頷けます」

「せっかくこの町に顔を出してくださったんだ、今夜は男連中を集めて一緒に酒でも飲みませんかい？　団長の目が届かない場所でくらい、たまには息抜きしましょうぜ」

「高潔なシルヴィス様がそんなことするわけないだろう！　すみませんね、シルヴィス様。どうかご気分を害されませんよう」

親しげに話しかけてくる人々に、シルヴィスは「大したことはしていないさ」「とんでもない、お誘いいただけて嬉しかったよ」と逐一丁寧に返答していた。その間にも二人の後ろ姿はどんどん遠くなっていく。

どうしよう、と織人はいよいよ焦りを募らせた。もし本当に彼らがマジックストーンを盗んだのだとしたら、織人は犯人に気づきながらもみすみす見逃したことになる。しかし確証がないだけに、嬉々としてシルヴィスに話しかける人々から彼を引き剝がすのは気が引けた。

　悩んだ末に、織人は一人で少年たちを追いかけることを決めた。

（せっかくシルヴィスに丁寧にアドバイスしてもらって手に入れた魔術書やら回復薬やらを、全部盗《と》られちゃうなんて嫌だ。だってそれってなんだか、親切にしてくれたシルヴィスの優しさまで踏みにじられたみたいじゃん）

　二人に確認して、織人の思い違いだったときは平身低頭して謝ろう。もし本当に出来心で盗んでいたとしても、周囲に人がいなければ彼らだって素直にマジックストーンを返してくれるかもしれない。

　すぐに戻るつもりで人だかりを離れた織人に、後ろから「オリト？」と困惑した声がかけられた。

「どこに行くんだ？」

「えっと、えーっと……、すぐ戻るからここにいて！」

　首だけ捻って答えると、織人は視界からほとんど消えかけている少年たちを大慌てで追いかけた。

　芋入りの麻袋を運びながらだと大した速度は出ないはず……と思っていたのだが、角を曲がった先で織人は早々に二人を見失った。やましい気持ちを抱えているとしたら、人気《ひとけ》のある場所へは行かないのではないか。そう考えて町の外れに向かうと、一軒の住宅の裏で少年たちが言い争う声が聞こえてきた。

「おい、このマジックストーン空っぽじゃねえか！」

「あれ……？　確かにあの鈍くさそうな付き人から盗んでやったはずなのに」

　二人は顔を突き合わせ、苛立《いらだ》った様子で何度もマジックストーンを振っていた。その手の中にあるのは赤色ではなくグレーの石だった。石自体に色がついているというより、煙をガラスで閉じ込めたかのように石の中でグレーの靄《もや》が渦を巻いている。

（一体どういうことだ？）

混乱しつつ織人が身を乗り出すと、タイミング悪く赤髪の少年がこちらに目を向け、視線がぶつかってしまった。二人はギクリとした様子でグレーのマジックストーンを体の後ろに隠し、にっこりと顔に笑みを貼りつける。

「ああ、先ほどはどうもありがとうございました」

　スイッチを切り替えるかのように、あどけなさを残した少年の笑顔を向けてくる二人に、織人は空恐ろしい気持ちになった。それでも太股の横で拳《こぶし》を握ると、己を奮い立たせ意を決して口を開く。

「鈍くさそうな付き人って、お……俺のことですよね？　あの、マジックストーンを返してください」

　十歳近く年下の子に抗議する状況で、弱々しい敬語しか出てこないあたりに織人の社交性の低さが表れていた。それを瞬時に察したらしく、顔を見合わせた二人は余裕綽々《しゃくしゃく》の態度を見せる。

「なんのお話をされているのか、僕たちにはさっぱり分かりません」

　しらを切る二人に、織人は反論しようとしたもののすぐに口を閉ざした。彼らの足元に目を向けたのち、慎重に問いかける。

「あの大量の芋をどこへやったんですか？」

　予想していなかった質問だったようで、少年たちがぽかんと口を半開きにした。なにを言っているんだとばかりに呆れ顔をする。

「マジックストーンに収納しましたよ。持ち運ぶのは大変なので」

「だったらなんで俺の後ろを通ったときはマジックストーンの外に出しておいたんですか？　騒動に紛れてマジックストーンを盗むために、わざと俺にぶつかって芋を散らかしたんじゃないんですか？」

　思いがけない方向から矛盾をつかれた少年たちは、呆気《あっけ》に取られた様子で目を瞠った。言い訳を考えるように視線を外すが、取り繕うのが馬鹿《ばか》らしくなったのか、忌々しげに顔を歪めて後頭部を掻く。

「なーんだ。とろそうに見えて意外と頭が回る奴だったな」

「んぐっ……」

「分かった分かった、返してやるよ。中身の入ってないマジックストーンに意味なんてねえし」

　そう言うと赤髪の少年が背後を振り返った。思った以上にスムーズに解決しそうだ、と織人はほっと息をつく。けれどこちらに顔を向けた少年は、ニヤリと口角を上げ目を細めた。

「ほらっ、こいつと遊んでろ！」

　織人の足元に放り投げられたのは、手のひらに収まるサイズのピンク色の球だった。そいつが足元に落下したと思ったら、次の瞬間煙が噴出する。

　驚いて飛び退《の》いた織人は、ピンク色の虎に似たモンスターが煙の中からむくりと身を起こすのを見た。

『グァアアアッ！』

「ぎゃああ⁉」

　ピンク色の虎に追いかけられ、織人は脱兎《だっと》のごとく逃げ出した。死に物狂いで走るうちに町がどんどん遠ざかり、先ほど抜けてきた森が近づいてくる。

　モンスターがうろつく森に一人で入って大丈夫だろうか、という不安が頭をよぎるが、それ以上に虎に襲われる恐怖が勝った。どこでもいいから早く逃げ込みたいと、織人は無我夢中で駆けた。

『オリト！　今すぐ止まれ！』

　背後から制止の声がかけられたのはそのときだった。懸命に足を動かしながら振り返れば、シルヴィスが血相を変えて織人を追いかけてくる。

「無茶言うな、止まったら虎に襲われるだろ！」

「襲われる……？　とにかく足を止めろ、一人で森へ入るな！」

　いくらシルヴィスの指示でも今回ばかりは受け入れられない。走り続ける織人の後ろで、ボンッと小さな爆発音がした。次の瞬間、目にも留まらぬ速さでシルヴィスが織人の前に回り込む。一時的に俊敏さが上がるアイテムを使ったらしい。

咄嗟に立ち止まれず、織人は正面に立つ男に突っ込んでしまった。腕を広げたシルヴィスは織人を全身で抱き留める。金属製のプレートアーマーにもろにぶつかり、織人は「いてて」と顔を歪めた。

「大丈夫か？　怪我をさせてしまったか」

「いや、平気……。はっ！　やばい、虎に追いつかれる！　ぎゃああ、もうすぐそこじゃん！」

眼前に迫る虎に、織人はシルヴィスにしがみついて悲鳴をあげた。織人の視線の先に目を向けたシルヴィスは、背中に腕を回してきたかと思うと織人を庇うように陰に隠した。けれど腰に差した剣に手を伸ばすことはしない。

虎が地面を蹴り織人たちに飛びかかってくる。シルヴィスの腕の中で織人はぎゅっと目をつむった。

まぶたで閉ざされた暗闇の中で耳に届いたのは、痛みに呻くシルヴィスの声でも、虎の獰猛《どうもう》な鳴き声でもなかった。粉をパンパンに詰めた袋が爆発したような、ボフッという音がすぐそばであがる。

思わず目を開けた織人は、自分たちの前でピンク色の粉が舞っているのに気づいた。一体どういうことだと目を丸くする。しかし突如として姿を消した虎以上に織人を驚かせたのは、至近距離から聞こえてきた「チッ」という舌打ちだった。

「あ……んのクソガキども！　人間に向かって惑わしの球を投げるとは一体どういうつもりだ！」

人形のような繊細な美貌を歪め、シルヴィスは苛立ちを露《あら》わに吐き捨てた。初めて聞く荒々しい台詞に織人はぎょっとする。ちなみに惑わしの球は幻覚を見せる対モンスター用のアイテムで……と、そこまで考えて、先ほど追いかけてきたピンク色の虎が自分だけに見えていた幻覚だと悟った。

「手癖の悪さについてあとでとっ捕まえて説教してやるつもりだったが、さすがに説教で済ませていい範疇《はんちゅう》を超えてるぞ。近衛《このえ》兵を呼んできっちりシメてもらうから覚悟しろよ」

「あの、シルヴィス……？」

「ダミーストーンを捨てなかったのが災いしたな。今も足取りを追われていることなんてあいつらは理解してないだろ。数々の悪人を捕らえてきた聖騎士団の前で、表面だけ善良な国民ぶったところで無駄だってことを思い知らせてやるからな！」

「シルヴィスさーん……？」

　悪の帝王さながらの凶悪な笑顔を見せるシルヴィスに、織人は口の横に手を添えて恐る恐る声をかけた。それでようやく織人の存在を思い出したらしく、シルヴィスは一瞬の間ののち我に返った様子で硬直する。時間が止まったかのように数秒の沈黙が流れた。

「……と、気性の荒い奴なら言いかねない状況だと思っただけで、もちろん俺は聖騎士団副団長として公正な処分を……」

「いや、よく今さら誤魔化せると思ったな!?」

　菩薩《ぼさつ》のような穏やかな微笑みを浮かべ、なにごともなかったかのように振る舞おうとするシルヴィスに、織人は反射的に激しいツッコミを入れた。さすがに無理があることは分かっていたようで、シルヴィスは額に手を当て深くうなだれる。

「やってしまった……。今まで徹底して、聖人君子の副団長で通してきたっていうのに……」

　深い後悔を滲ませるその台詞も、織人がよく知るゲームキャラクターのシルヴィス・オルブライトとは遠くかけ離れている。予想だにしない展開に織人は目を白黒させた。

　ガシガシと後頭部を掻いたシルヴィスは、眉間に皺を寄せつつばつが悪そうに視線を外した。

「十五で聖騎士団に入団するまでは、俺もまあまあやんちゃなガキだったんだよ。国民の憧れである聖騎士がこの口の利き方はまずいと散々指導されて、少しずつ矯正していったんだが、あいつらの手口に腹が立ってつい素が出たというか……」

　盛大な溜め息とともに打ち明けられ、織人は納得するどころかさらに混乱した。

（シルヴィスが元ヤン……ま、まあ、元ヤンキーじゃなくて元やんちゃくらいだとしても、とにかくそんな裏設定初耳なんだけど!?　いい奴なのに不憫《ふびん》なキャラだよなあと思って、攻略本のシルヴィスのページはしっかり読んだけど、そんなことどこにも書いてなかったぞ!?）

　誠実で心穏やかな、悲劇の結末を迎える聖騎士。そのキャラクター設定は、織人がトリップした世界でも決して揺るがないのだと思っていた。こんなオリジナル設定をぶち込んでくるなんて聞いていない。

　いまだ状況が飲み込めないながらも、途方に暮れるシルヴィスに織人はおずおずと口を開いた。

「な……なんかごめん……？　その、俺のせいで秘密を晒《さら》すことになっちゃって……？」

　織人の謝罪に、シルヴィスはじとっとした恨みがましい視線を寄越す。以前のシルヴィスだったら絶対にこんな表情は見せなかった。「いいんだ、大したことではないから気にしないでくれ」とでも言って完璧な聖騎士スマイルを浮かべていたはずだ。

「まったくだ。勝手に突っ走るからヒヤヒヤしただろうが。挙げ句、まだ戦闘に慣れてないのに一人で森に突っ込もうとするし」

「うっ」

「俺がいないところでモンスターに襲われたらどうするつもりだったんだ。魔法を使おうにも、魔術書だってマジックストーンの中に入ってるだろ？」

「だ、だからそのマジックストーンを……あああっ！　そうだ！　結局俺、マジックストーンを返してもらってない！」

シルヴィスの二面性の衝撃ですっかり吹き飛んでいたが、当初の目的がまったく果たせていないことに気づき織人は慌てふためいた。

どうしよう……、と頭を抱える織人の前に、シルヴィスの手がすっと差し出される。そこには、革紐を切られた赤色のマジックストーンがのっていた。

「えっ、ええっ!?　なんで!?」

「あいつら、さくっとマジックストーンを盗めてかなり浮かれてたからな。別れの挨拶《あいさつ》をする振りをして奪い返してやった」

言われてみれば確かに、爽やかな笑顔で少年たちに応えつつ腰にぽんと手を置いていた。あのときに盗っ……いや、奪い返したのか。

「そう言ってくれたら、俺だって一人で取り返しに行かなくて済んだのに」

「元々オリトのものとはいえ、あいつらのポケットから勝手にくすねたなんて、王国に仕える聖騎士が言えるわけないだろ」

やはり盗んでいたらしい。とんでもない聖騎士様だ。元やんちゃではなく元ヤンキーのほうなのではないかと不安になってくる。

シルヴィスもマジックストーンの取り返し方については心に負い目があるらしく、首の後ろに手を当てて気まずげに続ける。

「オリトのマジックストーンを抜き取って、代わりに追跡魔法を詰めたダミーストーンを入れておいたんだよ。人目がない場所で改めて声をかけ、こっそり説教してやるつもりだった。大勢に注目されている場で糾弾されるのは堪《こた》えるだろうからな」

その言葉に、シルヴィスの一連の行動がようやくすとんと胸に落ちた。他人の目に留まれば自分のほうが非難されかねないリスクを負ってまで、シルヴィスが遠回りな方法を取ったのは、ひとえに少年たちを守るためだったのだ。

気持ちを切り替えるかのように軽く息をついたシルヴィスは、ひょいと片眉と口角を上げた。清廉な聖騎士然としていたときには決して見せなかった、どこか悪戯《いたずら》っぽさを感じる微笑み。

「とにかくオリトが無事で良かった。一人でなんとかしようとしないで、これからはちゃんと俺を頼れ」

「これからはっていうか……俺はいつもシルヴィスに頼りっぱなしだろ。申し訳ないなって思ったんだよ。その……シルヴィスと話したい人がいっぱいいるのに、俺のためにわざわざ引き離すのが」

織人の説明にシルヴィスは「ああ」と苦笑した。なにかを迷う様子で口を閉ざすが、短い逡巡《しゅんじゅん》の末にシルヴィスは切り出す。

「あの人たちはみんな俺自身と会話したいわけじゃない。俺にはまだ神の加護が残っているから、俺を神格化して縋ってるんだ。……聖騎士団員の大半が、聖騎士じゃなくただの騎士になってしまった現状を思えば、しょうがないことなんだがな」

そう言ったシルヴィスは、ベネディルミア王国の聖騎士団を取り巻く状況を静かに語り始めた。

入団の儀式で神の加護を受けたはずの騎士たちが、一人、また一人と光属性を失い始めたのは、織人と出会う三ヵ月前のことだった。入団歴の浅い騎士から始まり、その現象は歴戦の騎士にまで広がって、聖騎士団を率いる団長までもが光属性の攻撃を行えなくなった。

しかしどういうわけか、副団長のシルヴィスだけは神の加護を失うことはなかった。聖騎士団の光属性消失事件については箝口令《かんこうれい》が敷かれたが、人々の噂《うわさ》を完全に封じ込めることなどできない。国民の間に不安が広がる中、人々はシルヴィスを「最後の希望」として信仰の対象にするようになった。

「えっ。それ、俺に話していいの？」

聖騎士団が抱える事情について思いがけないタイミングで打ち明けられ、織人は戸惑った。ゲームをクリア済みの織人は、シルヴィス以外の聖騎士団が光属性を失っている内情を実は知っていた。けれどシルヴィスがこの話をするのは、シナリオ上では王都に到着してからのはずなのだ。

「表立って口に出さなくとも、国民にとっては周知の事実だしな。それに、黙っていたところでいずれボロが出そうだ。妙なことに、どうにも俺はオリトの前だと気を張り続けるのが難しいらしい」

腕組みをして首を捻るシルヴィスに、主人公補正かなにかか？　と織人は勝手に納得した。恋愛要素のあるゲームの主人公というのは往々にして愛されキャラで、いとも簡単に人の懐に入っていく。

（とはいえ、俺がプレイしてたディサピアのシナリオとはちょっとずれが出てきてるけど……）

しかし考えてみれば、物語の流れをすべて把握している人間が主人公として降臨する事態がそもそもイレギュラーなのだ。想定外の因子によってバグが発生してもおかしくない。

一人で考え込む織人の頭に、ふいに大きな手がのった。髪を掻き混ぜるようにワシワシと撫でられ、織人は「わぷっ」と間抜けな声を出す。

「なんだろうな。『もう無理！』ってメソメソしながら一生懸命魔術書を読んでるオリトを見ると、なんとか助けてやりたくなってくる。弟ができたらこんな感じだろうと思ってな」

白い歯を覗かせ、くしゃっと顔を崩して笑う様はまるで小学生だ。隙のない聖騎士としてのシルヴィスよりも、子供っぽいその笑顔に親近感が湧いて、織人も思わずふっと表情をゆるめた。そういえば、素の状態のシルヴィスとは緊張もぎこちなさもなく自然と会話ができている。

「別に品行方正な副団長ぶらなくても、そのままのシルヴィスでも問題ない気がするけど」

胸に抱いた感想を素直に伝えれば、シルヴィスはおかしそうに肩を震わせた。

「いざこの調子でしゃべって幻滅されたら洒落《しゃれ》にならないだろ。しらけた空気になったらオリトが責任を取ってくれるんだろうな？」

「うっ、それはちょっと荷が重い……」

苦い顔で呻く織人に、シルヴィスが声をあげて笑った。屈託のない笑顔は人好きがして、やっぱりこっちのシルヴィスのほうが良いと思うけどな、と織人は内心で独りごちた。

（想定していた性格とは違ったけど、シルヴィスが良い人なのは間違いないんだよな。兄貴分で、情に厚くて、面倒見が良くて）

自分のような鈍くさい奴でも、主人公補正で勝手に好感度が上がっていくのはズルをしているようで少々気が咎《とが》めるが、シルヴィスと仲良くなれたことを思えばやはりありがたい恩恵だろう。

ほっこりした気持ちで一人頷いていた織人は、一拍ののちに真顔に戻った。

（え、仲良くなって良いんだっけ？　ラスボスになる予定のシルヴィスには、あまり情が移らないようにしないといけないんじゃなかったか？）

当初の計画からどんどんずれてしまっている現状に、織人は口を半開きにしたまま固まる。異変に気づいたシルヴィスが織人の顔の前で手を振り、「今度こそ状態異常回復薬が必要か？」と首を捻った。


とある街を訪れていた織人とシルヴィスは、地元住民御用達《ごようたし》の食堂の前にいた。店先には厳《いか》ついヘビーアーマーをまとった大男が腹を出して伸びている。

そのそばに立ち、パンパンと手を叩いて土埃《つちぼこり》を払っているのは、細身でありながら筋肉質な体型の年若い女性だった。

話は十分ほど前に遡《さかのぼ》る。昼食を取るために入店した食堂で、アルコール臭を漂わせる大男が、可愛らしい看板娘に執拗《しつよう》に絡んでいた。

「た、助けてください……！」

困り果てた看板娘が、涙目で織人に助けを求めてくるというお約束展開。しかし誠に遺憾ながら、この物語の主人公は正義感に溢れた男ではなく、小心者のド凡人なのである。

「お、おひっ、店に迷惑をかけるのはよすっ、……よせっ！」

決死の覚悟で大男に声をかける織人だが、台詞は噛むし全身はガタガタ震えているしでまるで格好がつかなかった。それでもきっちり「なんだテメェ、表へ出ろ！」というこれまたお約束の展開となり、織人はシルヴィスに励まされつつ顔面蒼白《そうはく》で外へ出た……のだが。

「あーあ、口先だけの男って本当に退屈。これだけの巨漢なら、あたしの上腕二頭筋をもうちょっと楽しませてあげられるかと思ったんだけど」

しらけた顔で大男を見下ろす彼女は、強気な面立ちの美人だった。腰に届く長さの黒髪を高い位置で結い、臍《へそ》が見えるショート丈のハイネックカットソーから割れた腹筋を露出させている。セスタスと呼ばれる革紐を巻きつけた拳の周りには、焚《た》き火から上がるような細かな火の粉が舞っていた。

喧嘩《けんか》を売ってきた大男は、外に出るなり織人に殴りかかってきた。咄嗟にシルヴィスが織人を守ろうとしたのだが、それより先に目の前に飛び込んできた彼女が、大男の胸ぐらをつかみ腕力にものを言わせて地面に叩きつけた。鍛え上げた肉体を武器に戦うことを好む拳闘士《ファイター》なのだろう。

ふーっと失望の溜め息を吐いて大男から離れた彼女は、織人の前に立つとニッと口角を上げた。

「あたしの名前はリリアーナ。火属性の拳闘士。店の中で会話を聞いてたけど、あんたたち、二人組で王都を目指してるんだって？　あたしも王都へ向かう途中だから、この口だけ大男に立ち向かった勇気を称《たた》えてパーティーに加わってあげる」

　容姿に似合う強気な発言で仲間入りを求めたリリアーナは、迷いなく織人に手を差し出した。織人は気圧《けお》されながらもその手を握り返す。リリアーナの手を見つめ、じわじわと込み上げる感動のままぽつりと漏らした。

「これ、初めてのパーティー勧誘イベントだ……」

「え？」

「〈燃え盛る闘志！　女拳闘士・リリアーナとの出会い〉だ！　なんか覚えのある光景だなーと思ったら、初期の強制イベントじゃん。うおお、今さらだけどゲームって感じ！」

　チュートリアル役のシルヴィス以外では初めての仲間となるリリアーナは、初期のパーティーメンバーだ。出会ったキャラクターが三人を超えるまでの間、シルヴィスと同様に確実に仲間入りを果たす。

　ゲームプレイ中に見たイベントの発生に織人は思わずテンションが上がった。シルヴィスに対してどうにもぎこちない態度になっていたときは、見知った光景を前にしても楽しむ余裕はなかった。

　はしゃぐ織人を前に一歩後ずさったリリアーナは、慌てて手を離すとシルヴィスを見やった。

「ちょっと、あんた聖騎士団の副団長でしょ？　こいつと行動してて本当に大丈夫なの？」

　織人を少しばかりやばい奴だと認識したらしいリリアーナが、親指でこちらを指し示した。シルヴィスは困ったように眉を下げ微かな苦笑を見せる。

「少し変わった発言が多いが、正直で一生懸命なのがオリトの良いところだ。どうか仲良くしてやってくれないか？」

国民の大多数に向ける紳士然とした振る舞いに、織人は思わずシルヴィスに目を向けた。視線がぶつかればシルヴィスは意味ありげに笑んでみせる。その整った顔に『余計なことを言うんじゃないぞ』と書かれている気がして、織人は奥歯を噛みしめ必死に笑いを堪えた。

「まあいいわ。とにかくよろしく。さ、店に戻ってご飯にしましょ。今日は特製の筋肉増強メニューを頼んでるのよねー、楽しみ楽しみ」

力こぶを盛り上げて愛《いと》しげに触れたリリアーナは、木製の扉を機嫌良く押し開いた。リリアーナは典型的な脳筋キャラなのだ。

シルヴィスと顔を見合わせた織人は、リリアーナとのやりとりでの彼の口調を思い出し必死に咳払《せきばら》いをした。笑いを誤魔化すためなのはバレバレだったらしく、シルヴィスは穏やかな微笑みを崩さないまま脇腹を小突いてくる。

「おい、笑ってるなよ」

「ぶふっ！　ちょっ……そういう牽制《けんせい》をするから余計に面白くなっちゃうんだろ」

堪《たま》らず噴き出した織人をシルヴィスが横目でじろりと睨んだ。けれどその口許《もと》に薄く笑みが浮かんでいるところを見れば、シルヴィスもまた愉快な気持ちを必死に抑えつけている最中だと分かる。

「いやー、俺は良いと思うんだけどなあ」

「お前以外の前でこんな口を叩けるわけないだろ」

「その穏やかーな顔のままで雑な口調になるの、なかなかの芸当だと思うけど一体どうやってんの？」

ヒソヒソ声で軽口を言い合うのが楽しい。けれどそんな風に感じている自分に、まずいな、という焦りもまた覚える。いずれ敵対関係となるはずのシルヴィスとどんな距離感で接するべきか、織人はいまだ決めかねていた。

（そもそもシルヴィスって本当に闇堕ちするのか？　繊細な聖騎士のシルヴィスならなんとなく分かるけど、今俺が接してるシルヴィスは結構メンタルが安定してそうに見えるけどなあ）

　ゲーム中でのシルヴィスは実の兄に対するコンプレックスが原因で心を病んでいく。親しくなるにつれ徐々に胸の内に抱える薄暗い気持ちを吐露するようになったシルヴィスは、闇堕ちイベントを機に主人公と決別するのだ。

（シナリオに則《のっと》って物語が進むんだとしたら、主人公と出会う前からシルヴィスの中にはそういう感情があったってことだよな。……今もってこと？　こうやって冗談を言い合うシルヴィスの中にも、苦しさや重圧が隠れてるのか？）

　シルヴィスとの旅が始まってまだ十日ほどで、彼のすべてを知っているとは言いがたい。けれど正直、彼がラスボス化するほど濃い闇を抱えている姿は想像がつかなかった。

　悶々《もんもん》と悩む織人に、シルヴィスがうかがうような視線を向ける。

「なにか気になることでもあるのか？」

　潜められた声音には繊細さよりも男らしさが滲んでいて、素の状態のシルヴィスが自分を心配してくれているのだと分かる。それが嬉しくて、けれど嬉しいと感じる自分に困ってもいて、織人は曖昧《あいまい》に視線を外して誤魔化すしかなかった。


　リリアーナと出会った街に滞在した織人たちは、ギルドで請け負った依頼をいくつかこなして旅の資金を貯め、数日後に街を出発した。

　三日ほど歩き、次の街に続く一本道を進んでいたところで正面から蹄《ひづめ》の音が近づいてきた。それとともに土の上を駆ける車輪の音が鳴り響く。なだらかな丘の向こうから連なってやってきたのは、豪奢《ごうしゃ》な装飾を施した三台の四輪馬車だった。

　窓から誰かが顔を覗かせたかと思うと、馬車は速度を落とし目の前で止まった。中間にいた馬車から、身なりの良い中年の男とその従者、護衛と思われる剣士が降りてくる。他の馬車からも人が現れ、十人ほどがシルヴィスのもとへ集まってきた。

　初対面の人間を前にした織人は、そそくさとシルヴィスの後ろに隠れた。

「見覚えのあるマントが風になびいていると思ったら、シルヴィス様ではございませんか！」

　嬉々として話しかけてくる中年の男に、シルヴィスはそつのない笑みを見せた。

「お久しぶりです、ルクシスドール卿《きょう》。本日はこれからお出かけですか？」

「ええ。半年ほど前に末娘に子供が生まれましてな。孫可愛さに、時間を見つけては娘の嫁ぎ先へ顔を見にいっておるのです」

「それはおめでとうございます。娘さんもお父上が訪ねていかれるとさぞ喜ばれるでしょう」

「むしろ鬱陶《うっとう》しがられておりますよ。伯爵が頻繁《ひんぱん》に領地を留守《るす》にするなんて、我が故郷はよほど平和なんですこと、などと嫌みを言われる始末で」

　冗談めかした口調のルクシスドール卿に、後ろに並ぶ家臣たちが和やかな笑い声をあげた。シルヴィスも品の良い微笑みを浮かべている。リリアーナは我関せずの態度であくびを噛み殺していた。

　織人だけが居心地の悪い思いで視線をさまよわせていると、ルクシスドール卿がシルヴィスの向こう側からひょいと顔を覗かせた。思いきり目が合ってしまい、織人は心許なさからシルヴィスの背中に手を伸ばす。

　硬質な甲冑《かっちゅう》の上で拳を握ると、シルヴィスがおもむろに織人を振り返った。おかしそうに口許がゆるむ様に、織人は眼差《まなざ》しで抗議する。リリアーナと出会って挨拶したときとは丸きり逆の立場だ。

「シルヴィス様のお弟子さんですかな？」

「友人です。王都までともに向かう途中で」

即座に答えたシルヴィスに、ルクシスドール卿は意外だと言いたげに眉を上げた。それから名案を思いついたとばかりに、自分たちがのってきた馬車を振り返る。

「でしたらこの先の街までは我々の馬車を使って移動してください。ここから歩くとなれば少々時間がかかりますので」

思いがけない提案に織人は目を丸くした。シルヴィスも戸惑った様子で元来た道に視線を向ける。

「我々が一台をお借りした場合、残り二台でお嬢様のもとへ向かうのは難しくはございませんか？」

「実は森の手前に魔方陣を仕込んであるのです。娘の嫁ぎ先の街へ着けばそこの魔方陣付近で馬車が待っておりますし、我々の馬車はもう少し走らせたところで降り、街へ戻らせるつもりでありました。ここからなら大した距離ではございませんし、数名の従者は歩かせますよ」

滑らかな弁舌で語るルクシスドール卿の後ろで、従者たちが深々と頷いた。

「オルブライト家の御次男とお会いしながら、馬車を譲らず街まで歩かせたことが領民に知られれば、私は途端に針のむしろとなることでしょう。オルブライト家の支援者に良い顔をしたいのだと思って、しがない領主の頼みを聞いてくださいませんか」

茶目っ気たっぷりに告げるルクシスドール卿に、シルヴィスは「それならばお言葉に甘えましょう」と返した。

俺だったら上司の気まぐれで移動手段を奪われたら腹が立つけど……と密かに心配していた織人だが、馬車を一台空けるため荷物を運び出す従者たちは生き生きとしていた。シルヴィスのためになにかしたいという思いは従者たちも共通らしい。

（神の加護が残っているからだってシルヴィスは謙遜してたけど、やっぱりみんなに好かれてんじゃん）

聖騎士団の光属性消失事件の影響もないわけではないだろうが、元々の人望がなければシルヴィスのために手を貸そうという考えにはならないはずだ。自分のことでもないのになんだか嬉しくて、胸が温かくなる。

そわそわした心地で隣の男を盗み見た織人は、思いがけない横顔にギクリとした。外行きの品の良い微笑みを浮かべるシルヴィスの、その青い目は、人人に慕われる微笑ましい状況には不似合いな冷ややかさを宿していた。

シルヴィスをなおざりにすると領民から反感を買う……というルクシスドール卿の発言は、決して大袈裟ではなかったのだろうと、馬車を降りて街に足を踏み入れた織人は実感した。

大きな街ではシルヴィスに寄ってくる人の数も増し、食堂を営む領民に「ぜひうちの店で」と乞われて昼食を取った。宿屋で働く領民には「今夜はぜひうちの宿にお泊まりください」と懇願されて、街一番の大きさの宿に、シルヴィスと織人用の二人部屋とリリアーナ用の一人部屋を取った。

食堂で振る舞われた料理はおいしかったし、宿は清潔で居心地が良かったが、どちらの店主も断固として料金を受け取らなかった。

「シルヴィス様にご利用いただけることが、なによりの宣伝となりますから」

とのことで、織人としては完全に棚からぼたもちだ。いいのかなあ、と思いつつ入浴を済ませて部屋に戻ると、プレートアーマーを脱いでゆったりとしたシャツにベストをまとったシルヴィスが、ベッドに腰かけ窓のほうを眺めていた。四角い窓枠の外では、陽《ひ》の傾いた空がオレンジ色に染まっている。

「夕飯、ここの食堂で食べるんだっけ？」

　織人の声にシルヴィスは金色の髪を揺らして振り返った。他の相手に見せる顔とは違う、子供っぽさすら感じさせる屈託のない笑みを織人に向ける。

「俺はそのつもりだ。だが週末の夕方は広場でナイトマルシェが行われるはずだから、そこで屋台飯を買って食べるのもいいと思うぞ。金糸羊《きんしひつじ》の放牧を眺めながら巨大鶏《どり》のチキンサンドに噛みついて、果実酒をあおるのが俺にとっては最高の癒しの時間だな」

「金糸羊？　ってなに？」

「見たことないか？　金色の毛を持つ羊で、仲間と群れて飛ぶ姿が可愛らしいんだ」

「えっ、飛ぶの？　羊が？」

「羊は飛ぶものだろ？」

「え、え、なにそれ、見たことない！　なあ、今夜はそのコースにしようよ。リリアーナも誘って三人で出かけてもいいし」

　シルヴィスと出会ってからはほとんどモンスター討伐に明け暮れていたため、観光らしい観光をしたことは一度もなかった。織人はベッドに駆け寄って声を弾ませる。だが、シルヴィスの表情は一転して苦いものに変わった。

「あ、いや……オリトとリリアーナで行ってこいよ。宿を出て道なりに進めば広場にたどり着くし、羊の放牧は森から街までの道を戻れば見られるから」

「へ？　シルヴィスは行かないの？　つか俺、まだリリアーナと二人とか無理だよ！　シルヴィスがいるからなんとか会話できるけど、二人きりだと間が持つ気がしねーもん！」

　外向きと織人に向ける顔で二面性はあるものの、どちらのシルヴィスも気さくで面倒見が良い。だからこそ織人も遠慮なく話せるのであって、誰とでもすぐに打ち解けられるわけではないのだ。

織人の訴えに、シルヴィスが精悍な顔に苦笑を浮かべた。兄貴分なシルヴィスだから、織人が駄々をこねれば「しょうがないな」と言って受け入れてくれるのではないかと思っていた。けれど予想外に、シルヴィスはゆっくりと首を横に振る。

「俺が出歩けばそこそこ注目されてしまうことはもう分かっただろ？　俺が屋台で買い食いをしたり、のんびり羊の群れを眺めることを、良く思わない人もいるんだよ。国民にとっての『最後の希望』は、俗世とは一線を引いて慎ましく生きるべきだと……そうじゃないと俺からも神の加護が失われてしまうんじゃないかと、みんな心のどこかで恐れているから」

　想像もしていなかった言葉に、織人はぽかんと口を開いた。言われた内容を正しく理解するまで時間がかかって、織人は「え？」と首を傾げる。

「仕事中だけじゃなくて、食事の内容やプライベートでの過ごし方まで、『理想の聖騎士様』でいなきゃなんないってこと……？　みんなが安心してシルヴィスに縋れるように？」

　まさかそんな大袈裟なことがあるかと、織人はへらっと笑いながら尋ねた。けれどシルヴィスは眉を下げてぎこちなく口角を上げるばかりで、決して否定の返事を寄越さない。その無言が肯定に繋《つな》がるのだと悟り、織人は言葉をなくした。

　旅の中で出会った人は、誰もがシルヴィスの名を知っていた。シルヴィスを神聖化し、彼を過剰に褒めそやす人だって少なくなかった。素のシルヴィスを知るだけに、織人はその光景を面白おかしく眺めていたが、思った以上に彼は窮屈な生活を強いられていたらしい。

（他の騎士たちの光属性が消えていく中、神の加護が残されたシルヴィスはラッキーなんだと思ってた。

こんな……常に他人の目を気にして、公私の境もなく過ごしてたなんて考えもしなかった）

　こちらに顔を戻したシルヴィスは、憐憫《れんびん》の気持ちを隠せない織人に気づき、ふっと表情をゆるめた。織人に右手を伸ばし、太股の横をぽんと軽く叩く。

「まあ……そういうことだから、せめてオリトたちは楽しんできてくれ。あとで土産話を聞かせてもらえたら、俺も観光できた気分になって嬉しい」

　この話はおしまいだとばかりに、シルヴィスは腰を上げ扉に向かって歩き出した。織人が街へ出るのを躊躇《ためら》わないよう、さっさと食堂に行くつもりなのだろう。

　こうやって今までも、シルヴィスだけが損を被ってきたのだ。その事実に納得できなくて、なんだか無性に悔しくなって、織人は離れていく後ろ姿に咄嗟に手を伸ばしていた。しっかりとした男の手首をつかむ。

「やだよ」

「え？」

「土産話だけで満足なんてすんな。一緒に行こうよ、シルヴィス」

　力強い口調で告げた織人に、シルヴィスが困惑を露わにする。織人は壁に立てかけておいた杖を手にすると、マジックストーンから魔術書を取り出しシルヴィスの正面に立った。

「買い食いしたり観光したりする姿が、他の人から見えなきゃいいんだろ？」

　そう言うと、織人はつい最近覚えたばかりの呪文を詠唱し始めた。

「――……かの者の姿を、空と大地の間に溶かし、他者の目から覆い隠せ」

　詠唱を終えて杖をトンと床に突くと、シルヴィスの姿はみるみるうちに薄らいでいった。ものの三十秒ほどで全身が見えなくなる。モンスターの存在に気づいた際、パーティーメンバーの姿を消し敵に不意打ちを食らわせる透過魔法だ。

「これなら一緒に街を歩いても平気だろ。俺、一人でふらふら街を散策できるほど行動力ねえもん。シルヴィスが一緒じゃなきゃつまんないって」

　シルヴィスが立っているはずの場所に向かって、織人は明るく笑い飛ばした。鈍くさくて物覚えの悪い自分に根気良く付き合ってくれたシルヴィスが、明るい笑顔の裏で神経をすり減らすような窮屈な生活を強いられている。それに気づきながら、距離を詰めすぎないようにと知らん顔をするなんてやはりできない。

（今夜だけでも、周りの目を気にしないで楽しく過ごしてくれたらいい）

　そんな胸の内は、シルヴィスにきちんと伝わったらしい。熱のこもった声音で「ありがとう」と漏らすシルヴィスの、その表情が見えないことを織人は口惜しく思った。

　身支度を整えた織人は、透明化したシルヴィスを腕につかまらせて廊下に出た。別室のリリアーナにも勇気を出して声をかけてみたが、「これからトレーニングの予定だから」とあっさり断られたため、結局二人でナイトマルシェに向かうことになった。

　週末の夜の街は日中よりも人が多く、大通りを行きかう人々はみんなうきうきした様子だった。普段はシルヴィスが先に進み、織人がそのあとを追う形で移動するので、自分が主体となって街を歩くことに緊張してしまう。それでも、シルヴィスが安心して観光を楽しめるようにしなくてはと思うと、心に一本芯が通ったような気持ちになった。

「エスコートされる側は初めてだが、なかなか悪くない気分だ」

「ちょっ……もう少し小さな声でしゃべってくれよ。音や感触までは消せないんだから」

「悪い悪い、なんだかわくわくしてしまって。安心しろ、清く正しくな聖騎士様が普段はこんな口調で話すことを知ってるのはオリトだけだからさ」

焦った織人がヒソヒソ声で注意するも、シルヴィスは楽しげな気配を隠しもしなかった。そんな織人を前にしても、大通りを進む人々はまるで気にする素振りがない。活気づいた夜の空気に気持ちがはやっているのか、織人の存在感がよほど薄いのか、あるいはその両方か。

通行人の間を縫って進み、ようやくたどり着いた広場は、日中よりも多くの人で賑《にぎ》わっていた。円形の広場の端に添うように複数の屋台が出店し、中央では男が変わった音色の弦楽器を奏でている。

人混みに怯みそうになる織人の耳許で、シルヴィスがそっと囁《ささや》いた。

「一人でも問題なく買い物できそうか？」

とても二十四歳の男に対する問いかけとは思えず、織人は眉を下げて肩を竦《すく》めた。

「アパート暮らしのときだって、コンビニやスーパーに行ったり、最低限の外出はしてたっつの」

「あぱーと？　こんびに？　ってなんだ？」

「あ、えーっと、ええっと……。とにかく小さい子扱いすんなってこと！」

思わずムキになってしまい、周囲の人間が不思議そうに織人に視線を向けた。しまった、と唇を結ぶ織人の後ろで、シルヴィスがくくっと喉奥から笑い声を漏らす。そのやりとりで気が抜けた。

（そうだよな。屋外だろうが客が多かろうが、コンビニで買い物をするつもりで歩けばいいんだ）

まずは巨大鶏のチキンサンドをゲットしなくてはと、織人は広場を見回し目当ての屋台を探した。右腕にシルヴィスの手の感触を覚えながら、一番長い行列を作っている店に並ぶ。チキンが焼ける匂いは食欲を誘い、ようやく順番が回ってくる頃には腹がきゅるきゅると音を立てていた。

丸パンに切れ込みを入れてレタスと玉ねぎ、トマトに、皮面をカリカリに焼いたチキンを挟んだサンドウィッチを二つ購入する。予想よりもボリュームのある一品にテンションが上がった。

それらを両手に持ちながら、織人は次に果実酒を販売する屋台を探した。

「ベリー系の酒に、オレンジ、りんごもあるな。シルヴィスはいつもなにを飲んでるんだ？」

「そうだな……普段はブルーベリーを飲んでるが、せっかくだから飲み比べでもしてみるか？」

「いいね。じゃあ俺はオレンジ酒にしよっと」

ちょっとした会話も、内緒話をするように声を潜めてかわすのが楽しい。スパイスが練り込まれた粗《あら》挽《び》きのフランクフルトや、たっぷりとバターを塗ったポテトもおいしそうだが、さすがに二本の腕では足りないだろう。透明化しているシルヴィスには持たせられないのだから。

現代日本に暮らしていたときは、飲食系の野外イベントなんて自分とは縁遠いものと思っていた。うっかり知人に遭遇しようものなら、「お前みたいな陰キャには似合わないイベントだ」と笑われるのではないかと思っていた。それはただの被害妄想でしかないけれど。

（シルヴィスがそばにいてくれるって安心感があるから、きっとこういう場所でも変に緊張したりネガティブにならずにいられるんだ）

胸にじわりと温かい気持ちが広がって、織人はなんだかくすぐったくなった。照れくささが表情に出ないよう顔に力を込めて歩いていると、果実酒を販売する店のすぐそば、花壇の脇に腰かけて飲酒していた三人の中年男が口を開いた。

「そういやぁ、この街にオルブライト家の次男が来てるんだってぇ？」

随分アルコールが回っているらしい。間延びした声から酒の臭気が漂ってくるようだった。よく見知った相手の話をされていると気づき、織人は思わず足を止める。

したたかに酔った男たちは、赤ら顔を歪め意地の悪い笑みを浮かべた。

「力を失った部下たちを放って一人でご来訪とは、副団長様はのんきなもんだ」

「エドワード様が生きてりゃ、こんな問題なんてたちまち解決してただろうに」

怪しい呂律《ろれつ》で語られた名に、織人は地面に足を縫い留められたかのように動けなくなる。エドワード・オルブライト——その人こそがシルヴィスの心を闇に堕とす要因となる、今は亡き彼の兄だった。

「あの弟ももう、エドワード様が亡くなった年と同じくらいだろ？　だというのにまだ副団長止まりだもんな」

「あれから十年か。エドワード様は二十五にして団長まで上《のぼ》りつめたっていうのに、情けないもんだ」

「所詮、顔の良さで人気を集めるしかない張りぼて騎士ってことさ！」

下卑た笑い声が辺りに響き、そばにいた客が不快そうに眉を寄せた。けれど彼らの発言を咎める者は誰もいなかった。勝手に縋って、最後の希望だなんだと理想を押しつけているのに、肝心なところで誰もシルヴィスを守ろうとしない。

呆然と立ち尽くしていた織人は、胃の底が熱くなるのを感じた。腹が減ったわけでも、胃腸を壊したわけでもない。燃え上がる怒りが、チキンサンドを持つ手を震えさせていた。

「オリト、気にするな。大したことじゃない」

すぐ横でシルヴィスが冷静に織人を宥《なだ》める。陰で貶《おとし》められている事実に、動揺する様子はない。その落ち着きぶりがまた織人の胸を刺した。

気づけば織人は、男たちの目の前までずかずかと歩み出ていた。

「あ？　なんだお前」

当然ながら、男たちは訝《いぶか》しげな顔で織人を睨んできた。なにか言ってやらないと気が済まないのに、言葉は喉の奥に詰まって出てこない。敵意の眼差しに怯んだからというより、他人に直接怒りをぶつける経験をほとんどしないまま生きてきたためだ。

「あ、あ、あ……んたらこそ、なんなんっ……ですか……っ！」

怒鳴り散らしてやりたいという気持ちとは裏腹に、しぼり出した声は情けなく震えていた。勢い良く飛び出してきたわりに態度は弱々しく、そのギャップに男たちはニヤニヤと笑っている。

腹が立つ。この期《ご》に及んで、まともに怒ることすらできない自分に。

「シッ、シル……シルヴィスは、全部、ぜんぶ……じっ、自分で引き受けてるのに。この国の最後の希望だからって、どんな息苦しさも、全部あんたらが安心して暮らせるために抱え込んでるのに……！」

一言一言を訴えるたびに脚がガクガクと震えた。そうまでして抗議しているのに、口に出した台詞は自分でも呆れるほど支離滅裂だ。話せばいい内容が決まっている分、客に保険の説明をするほうがまだスムーズにできていたと思う。

案の定、男たちは「はあ？」と顔を歪めた。必死に自分を奮い立たせて伝えた言葉が、これっぽっちも届いていないのが悔しい。自分の幼稚さにうんざりして、悲しくて苛立って、鼻の奥がツンとする。

ローブについているフードを頭に被せられたのは、そんなときだった。

「おいで」

織人にだけ聞こえる声で告げられ、姿の見えない相手に手首を取られた。決して強引ではない、けれどはっきりとした意思を感じる力強さで、織人をその場から離れさせる。

　見知らぬ相手に怒りをぶつけるという初めての経験をした織人は、全身のエネルギーを使い果たし覚《おぼ》束《つか》ない足取りでシルヴィスについていった。薄暗がりに延びる小路を、織人は叱《しか》られた子供のように唇を尖《とが》らせ、握られた手首だけを見つめて歩く。

　街中の喧噪が遠退《の》き、視界に広がるのが石畳から草原に変わる頃には、太陽が森の向こうに沈みかけていた。視界が悪くなるのとは反対に、手首に巻きついた長い指が鮮明に見えるようになってくる。シルヴィスにかけた透過魔法が解けたのだ。

　織人を小高い丘の上まで連れてきたシルヴィスは、やわらかな草の上に腰を下ろした。織人も無言で隣に座る。頭に被せたフードをそっと退《ど》けたシルヴィスは、織人がいまだふてくされていることに気づくとくしゃっと顔を崩して笑った。

「ははっ、可愛い顔をしているな」

「……シルヴィスの美醜感覚どうなってんだよ」

「可愛いだろ。注目されるのが苦手なのに俺のために怒ってくれたなんて、そんなの可愛いに決まってる」

　自分ではちっとも納得できる結果にならなかったのに、シルヴィスが満足そうに笑うから、織人は顔をしかめたままぽろっと涙を落とした。

「怒るなら怒るで、もっとちゃんと爆発できたら良かった。自分があんまり役立たずでうんざりする」

　異世界に飛ばされたアニメや漫画の主人公は、普段はどんなに情けなくても、ここぞという場面では仲間を守るためにきちんと反撃できていた。嫌味な相手を言い負かして胸がスカッとする結果を迎えていた。ゲームの主人公というポジションでこの世界にやってきたくせに、現代日本にいたときと同じ、なにもできないままの自分が織人は悔しかった。

きゅっと唇を結んで無言で涙する織人に、シルヴィスがふっと口許をゆるめた。大きな手が伸びてきてワシワシと頭を撫でられる。

シルヴィスは「もらってもいいか」と言って織人の手からチキンサンドを奪うと、その側面にガブリと噛みついた。店中の客の視線を浴びながら食事をしたときは、シルヴィスは糸をピンと張りつめたみたいに一つ一つの所作に隙がなかった。けれど今のシルヴィスにはどんな遠慮もないように感じられる。

リスのように頬を膨らませてもぐもぐと咀嚼し、口の端についたトマトの汁を親指の腹で拭う。そうやってチキンサンドを頬張って、ふう、と息をついてからシルヴィスは口を開いた。

「久しぶりに食ったけどやっぱりうまいな。チキンサンドも、金糸羊の放牧がよく見えるこの場所も、十年以上前に俺の兄貴が教えてくれたんだ」

過去を懐かしむやわらかな表情でシルヴィスは語った。遮るものがなにもない草原で、森の向こうから吹いてきた風が織人の頬を撫でる。

「少し長くなるが、俺の話をしていいか？」

風の音以外なにも聞こえない夕暮れ空の下で、織人は「うん」と頷いた。顔を正面に向けたまま、シルヴィスは深く息を吸ってから語り出す。

「俺には十歳年上の兄貴がいた。名前はエドワード・オルブライト。圧倒的な剣術の腕と、聡明《そうめい》で弁が立ち、人を惹《ひ》きつける魅力を持っていた兄貴は、二十五歳という歴代最年少で聖騎士団の団長に就任した。誰もが憧れ、慕う、すべての国民にとっての希望の象徴だった」

シルヴィスも年の離れた兄を尊敬し、聖騎士団に入団した。神の加護を受け、携えた剣に黄金の光が降り注いだときは、これで自分も少しは兄の力になれるのではないかと昂揚《こうよう》したそうだ。

しかしそれから三年後、エドワードはモンスター討伐の任務中に命を落とした。暴走したモンスターが部下を襲おうとしたため、咄嗟に庇ったエドワードが犠牲となったのだ。エドワードを失ったことに、シルヴィスはもちろん、国民全員が深い悲嘆に暮れた。

　そしてようやく悲しみが癒えた頃、シルヴィスに向けられたのは、エドワードの代わりを務めてほしいという期待の眼差しだった。

「兄貴のような強さを手に入れるため、朝は誰よりも早くから、夜は誰よりも遅くまで剣術の鍛錬をした。兄貴のようにすべての国民から信頼される人になるべく、常に他人の目を意識して自分を律した。……けれど兄貴のような人間になろうと意識すればするほど、俺は決して兄貴には成り代われないと思い知った」

　シルヴィスの言葉にはどんな悲しみも苦しみもなく、ただ静かな諦念だけが滲んでいた。それが寂しくて、やるせなくて、織人は重たい感情に胸を詰まらせる。

　ゲームをプレイしていたときから、シルヴィスのことを不憫《ふびん》なキャラクターだと思っていた。けれどそれは文字の羅列を目で追っただけの感想に過ぎなかったのだと、血の通った人間となったシルヴィスの隣にいて痛感する。

　シルヴィスは、兄がこの世を去ってからの十年間、国民からの過剰な期待を、それゆえに生まれる身勝手な失望を、一身に背負い続けてきたのだ。一挙一動を衆人に監視されるような窮屈な日々を文句も言わずに引き受け、騎士としては確かに少し荒いものの温かみのある口調も、肉汁が滴《したた》るチキンサンドにかぶりつく楽しみも封印した。それで国民の希望になり得るなら、と。

　聖騎士団から神の加護が失われてからは、ことさらその風潮は強まったことだろう。

（……破滅の王に心を蝕《むしば》まれるはずだ。こんな理不尽をたった一人で背負うなんて）

シルヴィスの完璧な振る舞いの陰に潜んでいた大きすぎる重圧に、織人は下唇を嚙みしめた。顔を歪めて沈黙する織人を、シルヴィスはちらりと見たのちふいに笑みをこぼす。品行方正な聖騎士としての微笑みではなく、織人にだけ見せる、これでもかと目尻を下げた子供のような笑顔。

「そんな顔するな、……って言うべきなんだろうな。でも嬉しい。オルブライト家の次男じゃない、ただ俺のために怒ったり悲しんだりしてくれたのはオリトだけだから」

心の底から嬉しそうに表情を綻《ほころ》ばせるシルヴィスが、織人の胸をぎゅうぎゅうと締めつけた。眉間に皺を刻んだままなにも言えずにいる織人に、シルヴィスは瞬《またた》きを一つしたのち手を伸ばしてくる。

シルヴィスは大切なものに触れるような、繊細な仕草で織人の頰に手をのせた。織人を見つめたまま、親指の腹でそっと涙の跡を拭う。

「役立たずなんて言うなよ。オリトと一緒にいることで、俺はここ十年で一番安らいだ時間を過ごせているんだ。それってすごいことだろ？」

青色の目に沈みゆく陽の光が映り込む様を、空みたいだ、と織人は思った。雄大で、すべての人間を温かく見守る、圧倒的な包容力を持つ大空。織人もまたその鮮やかな光彩から目が離せなくなる。

夕暮れ空の下で織人とシルヴィスは言葉もなく見つめ合っていた。けれどふいに視界の端でなにかがきらりと光り、二人同時にそちらに顔を向ける。山の向こうからやってきた光の群れを見つめ、シルヴィスが納得したように「ああ」と漏らした。

「ほら、放牧されていた金糸羊が戻ってくるぞ」

ぱっと見は大きな鳥に見えるが、じっと目を凝らして観察すると、その生き物は確かに羊の姿をしていた。ふわふわの毛から翼を覗かせた羊たちは、オレンジ色の空が藍色に飲み込まれていく中を気持ち良さそうに羽ばたいてくる。

　金糸の名に違《たが》わぬ輝きを放つ羊たちは、大きく旋回しながら地上で待つ牧場主のもとへ向かう。

「陽光をたっぷり蓄えた羊の毛は金色に染まるんだ。のどかで綺麗《きれい》だろ？　ここに座って、本当に食べたいものを食べながら、自由気ままに空中散歩を楽しむ羊たちを眺めるのが好きなんだ。……そういう俺の楽しみを、オリトにも知ってもらいたかった。お前にお礼をしたかったんだよ」

　国民の期待を裏切らないよう、常に気を張っているシルヴィスの、数少ない癒しの時間。シルヴィスはそれを自分と共有したいと考えてくれたのだ。世話になっているのは自分のほうなのに、織人に価値を与え、喜ばせようとしてくれた。

　シルヴィスがシルヴィスらしくいられる、極めて狭いテリトリーに、たとえ爪先程度であったとしても自分は入れてもらえている。そう思ったら、泣きたいような叫び出したいような、それでいてひどく胸を熱くする感情が込み上げて、織人は唇を震わせた。

「俺……これからもずっとシルヴィスと一緒にいる」

　湧き上がった言葉は、頭で考えるよりも早く口をついて出ていた。あ、と思わず口許を手で隠す織人に、シルヴィスはきょとんとしたのち楽しげに相好を崩す。

「そりゃありがたいな。この不憫《ふびん》な聖騎士を、できるだけ長くオリトの隣に置いてくれよ」

　冗談めかした軽口を返したのは、あくまで王都へ着くまでの間……という意味で受け取っているためだろう。道案内を終え、冒険者としての生活に慣れた織人が他人と打ち解けられるようになれば、他の相手とパーティーを組む可能性もある。そう念頭に置いているのかもしれない。

シルヴィスの考えが手に取るように分かり、自分の言葉の意図が正しく伝わらない歯がゆさに織人は下唇を噛んだ。

（ずっとって……ずっとだよ。王都に到着しても、出会った仲間が四人を超えても、俺はずっとシルヴィスと旅をする。ラスボス化する予定の相手と仲良くできないなんて、そうやって切り捨てたりしない）

シナリオどおりにゲームを進め、破滅の王となったシルヴィスを倒して、現代日本へ帰る。ディサピアの世界に迷い込んだ当初は、織人はそんな風に考えていた。シルヴィスの運命を不憫に思いながらも、あくまでゲームキャラクターとして接し、すでに決まっているエンディングに抗《あらが》おうとはしなかった。

けれど生身の人間として付き合ったシルヴィスは、やんちゃをしていたせいか案外と口調が粗雑で、国民の前と素の状態とで二面性があった。怒っているときは少々発言が過激だし、品行方正な根っからの聖人とはとてもじゃないが言えない。

けれど彼が誰よりも誠実で、どれほど祖国を愛しているのかはひしひしと伝わってくる。そんなシルヴィスの決意を、秘めたる重圧を、国民が理解していない事実が悲しくて悔しい。

シルヴィス個人に目を向ける人が誰もいないなんて、あまりにも孤独だ。

（陰口を叩かれても誰も庇ってくれなくて、どんな功績をあげても「エドワードの弟」としか認められなくて、そんなのシルヴィスは傷を負いっぱなしじゃないか）

ぎゅっと拳を握った織人は、シルヴィスに倣《なら》ってチキンサンドに噛みついた。眉間に皺を寄せたまま、弾力のある鶏肉をむしゃむしゃと咀嚼する。気を抜いたらまたうっかり泣いてしまいそうだった。

（シルヴィスをラスボスになんてさせられない）

手の甲で口許を拭いながら、心の底から湧いて出た思いを織人はしっかりと胸に留《とど》めた。その決意は、鈍くさい自分を見捨てずに励ましてくれるシルヴィスへの恩返しでもあったし、心優しく情に厚い仲間を助けたいという友愛の気持ちでもあった。

現代日本で漫然と生活していた頃には感じたことのなかった熱い思いが、織人の胸を満たしていく。

（コミュ障で、チート能力もなにもない頼りない主人公だけど、でも俺が必ずシルヴィスを守るんだ）

固い決意を胸に秘め、織人はまた一口チキンサンドを頬張ったのだった。


派手な装飾を施した槍《やり》や大剣、弓矢が並ぶ武器屋で、織人は腕組みをして「うーん」と首を捻った。

目の前には魔導師用の杖が並んでいる。魔法石などの素材を集めて手持ちの杖を強化するべきか、それとも杖自体を新調するべきか、織人はかれこれ三十分ほど悩んでいた。

「こっちは木属性の攻撃力アップ、こっちは回復系魔法を扱えるようになる杖かあ。今んとこパーティーに回復役がいないし、検討するべきかなあ。あ、待てよ。この先って確か……」

「あーもう、なんだっていいからサクッと決めなさいよ」

退屈そうに壁にもたれたリリアーナがげんなりした様子でこぼした。その隣に立ったシルヴィスが穏やかな聖騎士の顔で宥める。

「まあいいじゃないか。せっかくやる気に火がついたのだから、急《せ》かさずじっくり選んでもらおう」

「それにしても急でしょ。昨日まで魔法一つ使うのでも雛鳥《ひなどり》みたいにピーピー言ってたのに。ギルドでも張り切ってあれこれ依頼を受けようとするし」

織人の秘めた決意など知らない二人は、突如として積極的にスキルアップを図り始めた織人が不思議で仕方ないといった反応をした。少しばかり呆れられたって構わない。一人の冒険者として成長し、依頼先から広く情報を集めることで、シルヴィスを救う方法にたどり着けないかと織人は考えていたのだ。

「よし、この杖を試させてもらおう！　えーっと、店長さんはどこに……」

　店内をキョロキョロと見回すと、エプロンをまとった中年男性がモップを片手に棚の向こうを歩いていくのが見えた。シルヴィスのラスボス化を止めるぞ、という強い気持ちのまま、織人は勢い込んでその影を追いかけていく。

「すみません、魔導師用の杖なんですけど……」

　織人にしては珍しく、初対面の相手にも臆することなく声をかけることができた。けれど振り返った店主は、織人の足元を見て慌てた様子で制止する。

「そこを通ったらいかん！　うっかり氷結球を落としてしまって、今融解球を取りに……」

「ぎゃっ！」

　店主の言葉を正しく理解するより先に、凍りついた通路で織人はつるりと足を滑らせていた。視線の先にいたはずの店主が消え、目の前に天井が広がる。自分の体が今まさに、後方に向かって転倒しようとしているのが分かった。

（やべっ、これ頭を打つやつだ……！）

　後頭部に鈍い痛みが走るのを想像して、織人はぎゅっと目をつぶった。けれど恐れていた衝撃はいつまで経っても訪れない。恐る恐るまぶたを開けた先にいたのは、織人の肩を抱くようにして体を支え、心配そうな眼差しを寄越すシルヴィスだった。

「おい、大丈夫か？」

　慌てて飛び込んできたせいで、距離感がうまくつかめなかったのだろう。こちらをうかがう顔が随分と近くにある。ともすれば、さらりと垂れた金色の前髪が織人の頬に触れてしまいそうだった。

近い距離で視線がぶつかって、男同士だというのにドキッとする。美形というのは性別を問わず破壊力がすごい。

焦ったためかシルヴィスは荒い口調になっていて、店主が正面で「ん？」と首を傾げた。シルヴィスもはっとして、咳払いで誤魔化しつつ織人を床に立たせると、一歩引いてわずかに距離を取る。

「ありがと、シルヴィス」

「ん……」

ほっとして頬をゆるめる織人に、明朗なシルヴィスにしては珍しくこもった声で返事を寄越した。素の状態を知られそうになって焦ったのだろう、と思ったのだが、どうしてかシルヴィスはどきまぎした様子で視線をさまよわせる。心なしか頬が赤い。

シルヴィスの思いがけない反応に、リリアーナも興味深げにひょいと眉を上げた。

（んん？　これってどういう展開？　ってか、なんかちょっと見覚えがある光景なのはなんでだろう。まるで夢の中で見たかのような不思議な感覚……）

そもそも武器屋の店主がどうして氷結球を持ち歩いているんだ、という内心のツッコミも過去にした覚えがあった。確か、アパートの自室でゲームをプレイしていたときに……――。

「えぇえっ!?　これ、女主人公を選んだときに最初に発生するシルヴィスのれんあ……」

驚きのあまり声を裏返らせた織人は、勝手に飛び出た言葉を言い切る前に慌てて手で口を塞《ふさ》いだ。

「ん？　俺のなにが発生したんだ？」

自分の名を呼ばれ、戸惑った様子で続きを促すシルヴィスに、織人は大袈裟なほど首を横に振ってみせた。予想だにしない展開に激しく混乱するが、言いかけた内容をシルヴィスに最後まで聞かせずに済んだことだけは、自分の咄嗟の行動をファインプレーだと褒めてやりたい。

（だって……い、言えるわけないだろ）

　ゲームの序盤に出会うシルヴィスは、当然ながら他のキャラクターより親密度が上がりやすい。普通にプレイしていても、一つ目のイベントは確実に目にすることになる。男主人公の場合は友情イベントが、女主人公の場合は恋愛イベントが。

（それなのにどうして、俺に対してシルヴィスの恋愛イベントが発生してるんだ!?）

　思いがけない方向に舵《かじ》を切り始めた展開に、織人の顔は赤くなるやら青くなるやらだ。

「よく分からないけど、またオリトが一人で百面相してる……」

　というリリアーナの冷静なコメントが、慌てふためく織人の背中に投げられたのだった。

　人型の体に豚の頭をのせたモンスターのオークが、ドスドスと重たい足音を鳴らし森の中を駆けてくる。織人は左手に魔術書を持ったまま、右手でつかんだ杖を地面に突き立てた。

「伸びゆく蔓《つる》は足止めに、茂る葉は目隠しに。日の光を浴びて輝く草木よ、悪《あ》しき力をはねのけ不浄の者から我らを守りたまえ！」

　魔術書には目を落とさないまま織人が呪文を詠唱すれば、周囲の樹木に絡みついていた蔓が数本、ヘビのように滑らかに動き出しオークの前に立ち塞がった。鬱蒼と生い茂る草木の間を突風が吹いたと思ったら、円形に舞い上がった葉がオークを囲い身動きを封じる。

　ふいをつかれて慌てるオークのもとへ、疾風のような速度で駆けていく人物がいた。

「おっそいのよ、この豚頭！」

　黒のポニーテールを揺らし、オークの足元に潜り込んでニヤリと口角を上げるのはリリアーナだ。筋肉が隆起した腕を振り上げ、リリアーナはオークの頬に力いっぱい拳をめり込ませた。その瞬間に拳から炎が噴き出る。重いパンチを食らったオークは、十メートル先まで吹っ飛ばされて気絶した。

　しかし敵はオークだけではなかった。仰向《あおむ》けに転がるオークの後ろから、フクロウの頭にクマの体を持つアウルベアが、地響きのような声を轟《とどろ》かせ四足歩行で突進してくる。

「グレゴリー、リリアーナに守備魔法！」

「承知した」

　織人が斜め後ろを振り返れば、丈の長いゆったりとした祭服をまとった大男が端的に答えた。二メートル近い長身に広い肩幅、フランケンシュタインを彷彿《ほうふつ》とさせる厳めしい顔立ちはド迫力だが、彼は守備と回復に徹する修道士《モンク》だ。

　水の精霊の加護を受けているグレゴリーは光属性が多い修道士には珍しく水属性で、祈りの言葉を囁いた途端、頭上に雨雲が立ち込めリリアーナの眼前に滝のような水量の雨を降らせた。そこにアウルベアが前足を突っ込んだ瞬間、水が凍りついて動きを封じられる。

　氷から腕を抜こうともがくアウルベアに近づいたのは、木肌を蹴って樹木の間を移動し、地面と水平の状態で宙を駆けるシルヴィスだった。マントを翻し優雅な弧を描いてアウルベアの背後に降り立つと、素早くソードホルダーに手を伸ばす。

　氷の手枷《てかせ》から解放されたアウルベアが振り返った瞬間、シルヴィスが下方から斜め方向に一気に剣を走らせた。光の粒子が周囲に舞い、アウルベアの巨体がぐらりと揺れる。

　アウルベアが腹を出して倒れる中、シルヴィスがホルダーに剣を差し入れた。モンスターとの戦いが終わり、織人たち一行に平穏が戻る。リリアーナは腕を天に突き上げて体を伸ばすと、鬱陶しそうに舌打ちをした。

「終わった終わった～。ったく、もうすぐ森を抜けるってところで襲いかかってくんだもん。空気読めっつの」

「モンスターの縄張りに踏み込んだのは我々だ、リリアーナ。我々の旅は尊い犠牲のうえに成り立っているのだと、常に心に留め置いて……」

「あーあー、毎度のありがたーいご高説にあくびが出るわ。どんなに敬虔《けいけん》な修道士だとしても、あんたのその見た目じゃ神様も天使様も逃げ出すんじゃないの？　グレゴリー」

「ぐぬっ」

　好戦的なリリアーナに対し、グレゴリーは三十二歳の朴訥《ぼくとつ》な男で、花と鳥を愛《め》でながら詩を綴《つづ》るのが趣味だ。リリアーナと出会った一週間後にグレゴリーも仲間に加わり、これでパーティーメンバーが上限である四人に達した。

　リリアーナは武術の腕を上げることしか眼中になく、グレゴリーは俗世の地位や名声に興味がない。シルヴィスを神聖化する人と四六時中一緒にいては彼の心安まる時間がなくなってしまうので、その点を考えると織人たちとは相性の良い二人だと言える。

　リリアーナにはすっかり慣れたし、グレゴリーともあまり時間がかからずに打ち解けることができた。二年在籍した会社では親しい同僚を作ることができなかった織人としては、なかなかの進歩だと思う。もっとも、シルヴィスが常に隣にいてくれる安心感があるから……という理由も大きいのだけれど。

　すっかり馴染みの光景になった二人のやりとりを苦笑交じりに眺めていると、織人のすぐそばにシルヴィスがやってきた。

「髪に葉が絡んでるぞ」

　木の葉を舞い上がらせたことで乱れた髪に、シルヴィスがそっと指を差し入れた。潜められた声は自分だけに向けられるもので、繊細な手つきで髪に触れられる感覚と相まって織人はどぎまぎしてしまう。

「あ、わ、悪い。自分で取るからいいよ」

「いいって、任せろ。ただでさえ鳥の巣みたいな頭になってるのに、オリトがやったら悪化しそうだ」

「どうせ不器用ですよ……」

　正直すぎる返答に織人がぼやけば、シルヴィスは青色の目を細めおかしそうに肩を揺らした。モンスターと対峙するときは一切の隙がないのに、織人を前にしたシルヴィスは悪戯《いたずら》を企《たくら》む子供のようだ。もしくは、気になる子をからかう小学生男子のような。

（って、いやいやいや！　気になるっていうのは危なっかしくて放っておけない的な！　決して変な意味ではなく！）

　心の中で必死に言い訳して、織人はあわあわと視線を泳がせた。落ち着きのなさを咎めるように織人の顎に指が添えられ、くいっと掬《すく》い上げられる。顔の位置を固定され、シルヴィスと視線がぶつかった。

「じっとしてな」

　ふっと目許をゆるめ、シルヴィスはどこか楽しげに囁いた。繊細な造形の容姿に男くさい声音や眼差しが混ざると、そこに強烈な色香が生まれる。黙っていても目を引く男の魅力が五割増しになり、あまりに強烈なオーラに織人は心の中で「ぎゃっ」と悲鳴をあげた。

　武器屋で恋愛イベントらしきアクシデントが発生して以降、シルヴィスの言動が以前とは変わってきていた。一応声のボリュームを抑えはするが、リリアーナとグレゴリーの前でも素の調子で堂々と話しかけてくる。世話の焼ける弟分だとばかりに織人を構い、頻繁にスキンシップを図った。

　親しい友人としての距離感だと言われればそれまでだが、ゲーム設定ではありえなかった展開がちょ

くちょく発生していることを思えば、先日の恋愛イベントがさらに発展してしまう可能性もある。

（シルヴィスみたいなハイスペックイケメンが俺を恋愛対象にするなんて、そりゃ普通に考えればありえないけど！　でも今の俺はゲーム主人公じゃん!?　愛され属性がついてて、シルヴィスから見た俺に勝手にキラキラ補正がかけられてたらどうしよう……）

　同性愛に偏見はない。けれど恋愛経験が皆無の織人にこの完璧な聖騎士を宛がうのは、離乳食を終えたばかりの幼児にフレンチフルコースを与えるようなものである。

　そんな風に織人が一人でウンウンと唸っているうちに、シルヴィスは葉を取り除き、指を差し入れて手櫛《てぐし》で丁寧に髪を整えてくれた。「ありがと」と礼を述べると、小首を傾げて織人を見つめるシルヴィスから、まばゆいばかりの笑みが返される。

「オリトの髪、ふわっふわしてるなあ。巨大鶏の後ろをついていくヒヨコを思い出す」

「ああ、猫っ毛なんだよ。絡みやすくて困る」

「俺は好きだけどな、可愛くて」

　澄んだ瞳をまっすぐ織人に向けて告げるシルヴィスに、髪の話だと分かっていても心臓が跳ねてしまう。居たたまれず視線を外した織人は、先ほどまでギャンギャン騒いでいたリリアーナとグレゴリーが、じっとこちらを見つめていることに気づいた。

「え？　なに？」

「いやー？　そうきたか～と思って。戦闘中は結構冷静に指示を出すくせに、いまだ魔術書を手放せないポンコツ黒魔導師なのにやるわね」

　リリアーナは片眉を上げ、ニヤニヤと頬をゆるめて冷やかしてくる。ばつの悪さに織人はふいと顔を背け、拗《す》ねた子供のように唇を尖らせた。

「別に魔術書を読まないと詠唱ができないわけじゃねえし。ただちょっと、ないよりはあったほうが安心っていうか」

「そこがポンコツだって言ってんのよ。杖を持つ分どうやったって片手が塞がるんだから、暗唱できるならもう片方の手は極力空けとけっつーの」

口をついて出た言い訳に即座に反論され、織人は「うっ」と呻いた。グレゴリーも同意らしく、リリアーナの隣で腕を組み深々と頷く。

「ほら、通路を塞ぐ敵もいなくなったことだし、先に進もう。アウルベアたちが飛び出してきた場所の背後に、聖騎士団専用の魔方陣があるんだ。そこが王都への近道になっている」

落ち着き払った聖騎士の顔に戻ったシルヴィスが、会話がすっかり脇道に逸《そ》れている織人たちを急かした。誰のせいでいじられてると思ってんだ、と心の中で恨み言を漏らしつつ、織人もおとなしく従う。

木々の後ろには少し開けた場所があったが、岩崩れにより道が塞がれていた。本当にここに魔方陣があるのか？　と織人たちがキョロキョロ周囲を見回す中、シルヴィスが剥き出しの地面に腰を落としおもむろに手を翳《かざ》す。小さな声でシルヴィスが呪文を唱えれば、途端に地面に青白い光の線が浮き上がり、複雑な文様を描き始めた。

円形の魔方陣の中央に立ったシルヴィスは、織人たちを振り返り手招きした。全員がその中に踏み込むと、足の下に広がる魔方陣が輝いた。

周囲を包むまばゆい光に思わず目をつむり、次にまぶたを開けたときには、石造りの巨大な城壁が眼前に広がっていた。その向こうからは賑やかなざわめきが聞こえてくる。街ごとぐるりと壁で囲った城郭都市なのだろう。

シルヴィスが正面入口に向かうと門番が敬礼し、リング状の取っ手を引いて木製の重たい扉を開けてくれた。その先に広がる景色に織人は思わず感嘆の声をあげる。

「うわあ……ここがベネディルミア王国の王都か……！」

ライトグレーとベージュが入り混じった石畳の上には、黄色に黄緑、ピンクといったカラフルな漆喰《しっくい》壁の住宅が軒を連ねていた。各家の出窓や、街灯の足元を飾る樽《たる》製のプランターには花が溢れ、華やかな街にさらなる彩りを添えている。

通りを歩く人々は老若男女様々で、剣や弓を背負った冒険者らしき人物も多く見られた。中央広場に向かって延びた道を、馬に荷車を引かせる行商が何人も歩いていく。これまで立ち寄った街より明らかに規模が大きい、活気溢れる城下町だ。

（王都の扉が開かれるシーン、ゲームでは確かムービーが流れるんだよな。あれもグラフィックが繊細で綺麗だったけど、実物はやっぱり迫力が違う。まるでおとぎ話の世界に紛れ込んだみたいだ。あ、いや、実際に紛れ込んでるんですけど……）

織人がすっかり圧倒される中、シルヴィスの帰還に気づいた国民が「シルヴィス様だ！」と声を弾ませた。当の本人はそつのない笑顔で手を振ってそれに応えつつ、さりげなく織人に耳打ちする。

「これからまっすぐ神殿に向かっても大丈夫か？」

「うん？　別に構わないよ」

「良かった。実はオリトたちに打ち明けたいことがあってな。……俺が聖騎士団を離れて一人で旅をしていた理由について、この機会にきちんと話しておきたい」

より一層トーンを落として告げたシルヴィスに、織人は「きたか」と心の中で身構えた。ゲームのメインストーリーに関わるこの展開を、織人はテレビ画面を通して目にしていた。

シルヴィスに導かれ、織人たちは城に向かう道中にある神殿へと足を踏み入れた。世界史の教科書で見たパルテノン神殿を思わせる石造りの建物は、ひんやりとした印象でおごそかな空気に包まれている。

　白い石柱が並ぶ正面入口を入ってすぐ、羽を生やした英雄の石像が中央に設置された広間で待っていると、神殿に仕える修道士が司祭を連れて戻ってきた。

「ああ、シルヴィス様……。ご無事のお戻り、なによりでございます」

　見事な白髪を整髪料で固めた司祭は、老齢ながらかくしゃくとした印象だった。シルヴィスが一人ではないことに気づくと、はっとした様子で目を見開く。

「もしやそちらの方々が……！」

「いや……。しかしともに旅をする中で、彼らは腕の立つ冒険者だと分かった。ぜひとも我が国の力になってもらうべく、この国に起きている非常事態について、彼らにも伝えたいと思っている」

　固い面持ちで語るシルヴィスに、リリアーナとグレゴリーは顔を見合わせた。織人だけがこの先待ち受ける事態を——確かめなくてはならない事実を思い、緊張で湧き出た唾液を密かに飲み下した。

　神妙な面持ちで「承知しました」と答えた司祭は、火を灯《とも》したランプを修道士に持ってこさせると、おもむろに石積みの壁に近寄った。その一部に司祭が手を置くと、石がボタンを押したかのようにへこみ、ゴゴゴゴ……と音を立てて中央に立つ英雄像が真横に動く。

　英雄像の下から現れたのは、一メートル四方の穴から下に延びる階段だった。司祭に促され、織人たちはそれを下りて地下に広がる隠し部屋に向かった。

　現れた八畳ほどの部屋には、その面積に似つかわしくない巨大な箱が設置されていた。上から黒い布がかけられていて、それ以外のものは特に見当たらない。日光に当てておけば常時発光してくれる貯光ホオヅキが、照明代わりに複数設置されているくらいだ。

司祭は部屋の大部分を占める箱の前に立つと、光沢のある布の端を摘《つま》んで取り外した。現れたのはガラス製のショーケースで、その中には巨大なコウモリの羽……らしきものが飾られている。

羽だと断言できないのは、まるで砂がこぼれ落ちるかのように下から三分の一ほどがさらさらと崩れて、ケースの底に漆黒の粒子を積み上げていたからだ。

「これは三〇〇年前にベネディルミア王国を襲った、『破滅の王』と呼ばれるブラックドラゴンの羽です」

慎重な口調で切り出した司祭は、ベネディルミア王国と破滅の王の戦いについて語り始めた。

平穏な日々を送っていたベネディルミア王国に突如としてやってきた破滅の王は、森を燃やし家を踏みつぶし、破壊の限りを尽くした。このまま為《な》す術なく滅ぼされてしまうのかと誰もが絶望する中、破滅の王の前に現れたのは、のちに『光の聖者』と呼ばれる英雄だった。

数名の仲間を引き連れて果敢に破滅の王に立ち向かった光の聖者は、人目につかない森の中に宿敵を追いつめた。森から戻ってきた光の聖者一行は、ブラックドラゴン討伐の証として、一対の羽を掲げて見せた。

『破滅の王は我が力のもとに屈した。悪しき者を倒した証であるこの羽が、未来永劫この国を守る光を与えるだろう』

光の聖者の指示により、ドラゴンの羽は神殿の隠し部屋に飾られた。すると、その年に行われた騎士団の入団の儀で、騎士たちに神の加護を受けた印である黄金の光が降り注ぐようになったのだ。

破滅の王を倒した強く清らかな国——その功績を神がお認めになり、騎士団に特別な力を与えたのだと言われている。

「……しかし、どこからか漏れ伝わっているとおり、いまや聖騎士団の力は大半が失われております。破滅の王を倒した証が消えつつあることで、神がベネディルミア王国を見放してしまったのでしょう。さらに……」

　眉間に皺を刻んだ司祭は、正面から見て左側の壁に歩み寄った。手にしたランプで照らすと、壁面には長々とした文章が彫られていた。古代文字のようで、さすがの織人も読むことができない。

「この壁面には、その時々に合わせ、ベネディルミア王国の未来を表す神託が刻まれます。聖騎士団から神の加護が失われるまで、壁面にはこう書かれていました。『未来永劫、ベネディルミアは美しく輝き、豊かな国であることだろう』と」

「いまは別の内容が刻まれている……ということでございますか？」

　すかさず尋ねたグレゴリーに、司祭は重々しく頷いた。

「『最後の希望は両の手をすり抜けた。新たなる年の幕開けを待たずして、黄金の光は闇に堕ち、清らかな青は漆黒に染まり、破滅の世が舞い戻る』……。……これは、新年を迎える前に破滅の王が再来することを示唆しているのです」

　その告白にリリアーナとグレゴリーは言葉を失った。織人もまた固い表情で唇を引き結ぶ。しかし破滅の王の再来自体はとっくに知っていた織人は、二人とは別の部分にショックを受けていた。

　最後の希望、黄金の光、清らかな青。これらはシルヴィスを遠回しに表した言葉だ。ゲーム内でも一語一句違わぬ神託があり、ラスボスとのバトルで「あの神託はこういう意味だったのか……！」という主人公のモノローグが表示されていたのだから間違いない。

　神の加護を最後まで受けていたはずのシルヴィス

は、闇堕ちイベントで剣にまとった黄金の光を振り払い主人公の前から立ち去る。その際に彼の青色の虹彩《こうさい》は深い闇のような黒に変わるのだ。

（そりゃあ簡単に物語の結末が覆るとは思ってなかったけど。でも俺と一緒にいることでシルヴィスの心の負担を少しでも減らせるんじゃないか……なんて考えてた分、やっぱショックだな）

　自分のために怒ったり悲しんだりしてくれるのは織人だけだと、自分の密かな楽しみを織人とは共有したいと、シルヴィスはそう言った。自分と一緒にいる間のシルヴィスは安らいだ表情を見せてくれていたから、彼を破滅の道へ誘《いざな》う闇は多少なりと薄らいでいるのではないかと考えていた。

　けれどシルヴィスがラスボス化する神託が変わっていないところを見ると、自分はまだ少しも彼の心を救えていないらしい。落ち込む織人の肩に、シルヴィスがぽんと手を置いた。

「絶望するのはまだ早い。古文書によると、破滅の王と光の聖者は必ず対の状態で出現するらしい。つまり破滅の王が復活するとき、光の聖者もまたベネディルミア王国に再来するということだ」

　自分がその破滅の王と化すなどとは露ほども想像していないシルヴィスは、力強く語って織人を励ました。それから背筋を正し、胸に手を当てる敬礼のポーズを取って表情を引きしめる。

「俺は国王陛下の命により、光の聖者と思われる人物を探すため国内を渡り歩いていた。そしてその人物は、オリトなのではないかと推測している」

「えっ？　……えっ⁉」

　シルヴィスの発言に織人は激しく動揺した。その場にいる全員のざわめきが、織人を光の聖者と考えるシルヴィスの意見に仰天している証拠だろう。しかし織人が驚いたのはまた違うポイントだ。

（主人公＝光の聖者だって判明するのはゲーム終盤

……破滅の王と化したシルヴィスと対峙するシーンだよな？　今はまだシナリオ的に三分の一くらいの進行だし、俺が光の聖者だと気づくには早すぎる）

またもやゲームシナリオと展開が変わっている事実に織人は困惑する。それを、突如名をあげられたせいだと受け取ったらしいシルヴィスは、織人の肩に手を置いたままそっと顔を覗き込んでくる。

「ベネディルミア王国を訪れるまでの記憶がない、と語ったオリトの言葉を、少しも疑わなかったといえば嘘になる。けれどオリトと同じ時間を過ごす中で、彼が誰よりも純粋で、他者のために心を砕いてくれる人間だと伝わってきた。記憶を失ったという言葉はきっと本当だろう。そしてそんなオリトが、光の聖者を探す俺の前に現れたのには大きな意味があるのではないかと考えている」

つまりシルヴィスは、現時点で元々のゲームシナリオ以上に織人に信頼を寄せているために、織人が光の聖者ではないかと考えたというわけだ。

「いやいや……、そりゃあオリトがドジっ子ピュアっ子なのは分かるけどぉ？　だから伝説の英雄である光の聖者はオリトです！　なんて、いくらなんでも話が飛躍しすぎじゃない？」

至極真っ当な指摘をしたリリアーナは、身の丈に合わない評価をされている織人をからかおうとしたらしく、脇腹を小突いてきた。しかしながらそこは肉弾戦を好む拳闘士、「ちょっと小突く」の威力が常人のそれではない。

脇腹にドスッと重たい肘鉄を食らった織人は、鈍い呻き声を漏らしよろめいた。咄嗟に神の神託が刻まれた石壁に手をついてしまう。

その途端、壁に刻まれた文字が黄金色に輝いた。薄明かりの中にあった部屋にまばゆい光が溢れる。

「な、な、なに!?」

動転した織人が慌てて手を離すと、石壁から放たれていた光は文字の中に飲み込まれ、なにごともなかったかのように消え去った。思いがけない展開に織人はいよいよパニックになる。

（なんだよ、どういうこと!?　こんなイベント、ゲームではないはずなんだけど!?）

設定にはないシルヴィスの二面性、予定よりもずっと早い段階で明かされる秘密、初めて目にする展開。それでいて女主人公での恋愛イベントを男主人公の織人にぶち込んでみたりと、想像していなかった事態ばかりが起こっている。

混乱のあまり誰も言葉を発せずにいる中、神官がわなわなと身を震わせ興奮を露わにした。

「こっ……、このような奇跡は神殿に仕えるようになって初めて目にいたしました！　シルヴィス様のおっしゃるとおり、きっとあなた様がベネディルミア王国を救う光の聖者でございましょう！」

織人の手を両手で力強く握り、司祭が鬼気迫る顔で訴えた。その迫力にすっかり気圧される中、シルヴィスが右手で織人の肩を抱き、反対の手を司祭に向け身を離すようたしなめる。

「司祭、そのような勢いで話してはオリトが困惑してしまう」

シルヴィスは騎士然とした振る舞いで織人を庇うが、声にいやに迫力があるように感じるのは気のせいだろうか。司祭ははっとした様子で織人を解放すると、「申し訳ございません。つい興奮してしまって……」と謝罪した。

「とにかく、光の聖者らしき人物が見つかったと一刻も早く国王陛下にご報告しましょう。私は先に王城に向かいますので、シルヴィス様方もご準備が整い次第いらしていただけますようお願いします！」

興奮を隠しきれない司祭は、早口に告げると慌ただしく階段を駆け上った。あとは頼むとでも言われたのか、入れ違いに修道士が現れて広間に戻るよう促す。

　大変なことになってしまった……と、自分がこの物語の主人公であることを今さらながら実感した織人は、シルヴィスたちの視線を背中に浴びつつ溜め息を飲み込んだ。

　街の東側にあるベネディルミア城はベージュの石造りで、水色の円錐《えんすい》形の屋根がのった塔がいくつも連なっていた。城壁で囲まれた建物の周囲には水で満たされた堀があり、正門の前には跳ね橋が設置されている。

　深紅の絨毯《じゅうたん》が敷かれた謁見の間で、織人はあまりの場違い感にこうべを垂れたままぷるぷると震えた。そんな織人を、鳶《とび》色の髪を持つ五十歳過ぎの国王は熱烈に歓迎した。

「待望の光の聖者が見つかるとは、でかしたぞシルヴィス！　たとえ破滅の王が復活したとしてももう我が国は安泰だ。今夜は英雄・オリト殿の来訪を祝して、盛大な宴《うたげ》を執り行おうじゃないか！」

　気が早いし荷が重い。おまけにめちゃくちゃ楽観的なのだが、それでいいのか一国の王。

　織人の内心のツッコミなどつゆ知らず、国王は見る間に従者に指示を出し晩餐《ばんさん》会の準備を始めてしまう。今夜は城内の客室に泊まるように言われ、晩餐会に参加するための衣装を揃えられ、あれよあれよという間に夜になった。

　長テーブルが並ぶ大食堂で、フランスの宮廷服を思わせる丈の長いジャケットと胸元にフリルがついたシャツをまとった織人は、生きた心地がしないまま葡萄《ぶどう》酒入りのグラスを口許に運んでいた。

（入社後に全支社の新入社員と上層部メンバーが集められて、ホテルの宴会場で懇親会をしたときも心の底から「死にそう……」って思ったけど、あれを余裕で上回るしんどさだ……）

少なくとも会社の懇親会は円卓の上にのった大皿から取り分けるスタイルだったので、好きなものを好きな分だけ食べれば良かった。割り箸があったし乾杯はビールだったし、テーブルマナーはそれほど気にする必要がなかった。なにより数多く採用された新人の一人に過ぎない自分など、大した注目を浴びるわけでもなかったのだ。

けれど今夜の晩餐会は見るからに高級品であるカトラリーが揃えられ、人生で一度も食べたことがないようなコース料理が登場していた。緊張を紛らわすためにビールをがぶ飲み、なんてこともできない。おまけにメインゲストが自分ときた。

破滅の王が到来する神託は伏せながらも、国王は織人について「いずれこの国を救う、神に選ばれし英雄」と胃が痛くなるキャッチコピーをつけて紹介した。爵位持ちの貴族たちがいかにも興味深そうに相槌《あいづち》を打つ中、織人は今にも気を失いそうな顔色で味のしない料理を黙々と口に運び続けた。

（とにかく……、とにかく時間さえ過ぎてくれれば……）

と、考えていたのが甘かった。

「我が身に背負った使命を知ったときの気持ちはいかがなものだったか、我々にもぜひ聞かせてもらえないでしょうか、オリト殿」

国王からのありがたい紹介が終わるや否や、斜め向こうに座っている紳士が意気揚々と声をかけてきた。同じテーブルについた参列者の視線が織人に集まる。それで一気に頭が真っ白になった。

アウェーな状況にいることで、元々雀の涙ほどしかないコミュニケーション能力がマイナスまで降下してしまっている。自分の役割については神殿での一件が起こる前から知っていたし、今さら感想なんて求められても困る。

けれど彼らは織人の口から、英雄らしい感動的な言葉が出ることを望んでいるのだ。

「え……っと……」

いくらそれっぽい台詞を捻り出そうとしても思考の一切が停止してしまい、口をぱくぱく開閉するばかりでなにも出てこなかった。ドレスアップをして正面に座るリリアーナとグレゴリーが、織人の性格を知るだけに心配そうな眼差しを寄越している。

背中に冷や汗を掻く織人に助け船を出したのは、右隣に座るシルヴィスだった。

「オリト殿は過去の記憶のすべてを失いながらも、国民を守ろうという純粋な気持ちだけで一心に王都を目指した、志の高い方です。しかしながら庶民の心に寄り添い、日々を慎ましく生きてきたために、現在のこの状況に混乱もされている。どうか今夜はその謙虚なお人柄だけお感じいただき、彼がその責務をまっとうする日まで心身を健やかに保てるよう、そっと見守っていてはくださいませんか」

正装をしたシルヴィスは、滑らかな弁舌で完璧な受け答えをした。織人はなに一つ答えていないのに、質問をした紳士も他の参列者も、目を輝かせ納得した様子で深く頷く。

「歴史に名を残すであろう偉大な人物でありながら、なんという遠慮深さ……！　やはり国民を救う英雄というものは、むやみやたらと己の功績を語らないものなのですね。大変失礼しました」

シルヴィスの口車にのせられて良いように解釈する紳士に、リリアーナとグレゴリーがふーっと安堵《あんど》の息を漏らした。おしゃべり好きな貴族にシルヴィスが別の話題を振ったこともあり、テーブル内の注目も織人からすぐそちらに移った。

細く息を吐き出した織人は、隣に座るシルヴィスにちらりと目を向けた。それに気づいたシルヴィスがやわらかく目許を綻ばせる。

「大丈夫か？」

潜められた声は温かく、ほんのりと甘くて、眠れない夜に作るホットミルクを思い出させた。常に自分のそばに寄り添い、助けてくれるシルヴィスの存在に、全身をこわばらせていた緊張が少しずつ解けていく。

「シルヴィスのおかげでなんとか。……ありがと」

織人は小さくはにかみ、シルヴィスを見つめ同じく潜めた声を返した。

金色の糸で刺繍《ししゅう》が施された紺色のジャケットに、スカーフタイとベストをまとった正装は、シルヴィスの端正な容姿を引き立てていた。冒険をしているときのプレートアーマー姿も精悍で男らしいが、今夜は貴公子としての一面まで垣間見《かいまみ》え、どんな服装をしていても格好良いなとしみじみ思う。

天井から下がるシャンデリアのきらびやかな輝き、食卓に並ぶ燭台《しょくだい》の優しい火、部屋の入口から聞こえてくる音楽隊の優雅な演奏。そんな中でシルヴィスと密かに視線をかわす行為は、奇妙な甘酸っぱさを織人の胸に広げた。

シルヴィスもまた、食事を中断したまま織人から視線を逸らさなかった。澄んだ青色の瞳に淡い熱のようなものを灯し、時が止まったかのように織人に見入る。自分なんて衣装に着られているにもほどがある状態なのに、どこをそう凝視する必要があるのだろう。

さすがに気恥ずかしくなって織人が唇を結ぶと、正面から「ンンッ」と咳払いの音が聞こえた。はっとして顔の位置を戻せば、グレゴリーが口許に拳を添えている。

カーッと顔に熱が上り、織人はむっつりと口を噤《つぐ》み牛すね肉の煮込みをナイフで黙々と切り刻んだ。

（なんだ……なんだ今の？　少女漫画のときめきシーンみたいに、キラキラしたエフェクトがかかってた気がするんだけど？）

たった今織人を包んでいたのは、シルヴィスにだけ意識が集中して周囲の景色がぼやけてしまうような、雑音が遠退いていくような不思議な感覚だった。そんな心境を「ときめきシーン」などと例えて、織人はますます居たたまれなくなる。ときめきって、俺がシルヴィスに？

　そのあとは右隣に座る男のことばかり意識してしまい、あんなに緊張していた晩餐会は一瞬で過ぎ去っていった。

　やっと解放される……と織人は肩から力を抜くが、アルコールが入ったせいでますます機嫌を良くした国王は、参列者に向かって声高く告げる。

「音楽隊を隣の広間に移動させている。心地よい演奏を楽しみながら食後酒を味わい、この素晴らしい夜を存分に楽しんでくれたまえ」

　こう言われてしまえば客だってすぐには帰宅できない。ロングドレスを身に着けた淑女たちを紳士方がエスコートする中、織人もシルヴィスにくっついて仕方なく広間に向かった。

　豪奢な調度が並ぶ広間では少数編成の音楽隊による演奏が始まっていて、男女のペアが自然と手を取り踊り出した。絵に描いたようなファンタジー世界の社交界だ。

　音楽にのって華麗なダンスを披露する貴族たちを「すごいなあ……」と眺めていると、いつの間にかそばに来ていた国王が、斜め後ろに控えていた女の子を隣に呼んだ。

「シルヴィス、我が娘の相手をしてやってくれないか。晩餐会にお前を招待すると言ったら、舞踏会は催さないのかと詰め寄られてしまってな」

「も、もうっ、お父様！　そのことは内緒にしてくださいと申しましたのに！」

　頰を赤らめて抗議する王女はまだ十六、七といったところか。ふんわりとしたピンクのドレスを身に着け、父と同じ色の髪をハーフアップにしている。可憐で愛らしい王女様だ。

「もちろん。私でよろしければ、ぜひ王女殿下にダンスのお相手をしていただきたく存じます」

シルヴィスが整った顔に微笑みをのせれば、王女はぱっと表情を輝かせた。差し出されたシルヴィスの手を取り、嬉々として広間の中心に向かう。

国民から熱い支持を受ける容姿端麗な聖騎士と、大人への階段を上り始めた愛らしい王女。華やかな組み合わせに参列者が注目する中、二人は広間の中心で身を寄せ合い優美なステップで踊り始めた。

（あのくらいの年齢の王女様でも、この世界ではもう結婚適齢期なんだろうな。ゲームの中でのシルヴィスは恋人や奥さんはいなかったはずだけど……、ラスボス化を逃れる未来があったら、いずれ誰かと結婚することもあるってことだよな）

ごく自然な展開を想像して、なんとなく気持ちが沈む。この世界にやってきてからというもの、当たり前のようにシルヴィスが自分の隣にいてくれたから、すっかり二人で一つのような気分になっていた。

（……とてもじゃないけど対等なんて言えない立場にいる俺が、仲の良い友人を盗られた気持ちになるなんて、おこがましいにもほどがあるだろ）

心に翳《かげ》りが差し、織人は溜め息を飲み込んだ。どうにも自分はシルヴィスに依存しすぎている。

落ち込む織人の肩に手を置いたのは、にこにこと上機嫌に笑む国王だった。

「オリト殿はダンスは嗜《たしな》まれますかな？　こちらのご令嬢は舞踏に長けておりましてな。たとえダンスの記憶がなかろうと、オリト殿をリードしてくれること間違いなしですぞ！」

そう言って国王は二十歳前後の美人を紹介してきた。もはや完全にお節介仲人《なこうど》おじさんである。

国王に半ば放り込まれるようにして広間の中央に

出された織人は、おっかなびっくり令嬢の手を取りぎこちなく踊り始めた。ダンスの嗜みなど皆無だし、学生時代の体育は散々な有様だったし、晩餐会同様ただただ苦痛だ。女性の腰を抱いて踊るというのも織人にはハードルが高い。

　けれど自分のことでいっぱいいっぱいになっているおかげで、シルヴィスと王女が華麗に踊る様を見なくていいのは助かった。

　わたわたと必死に足を動かしている間、何度かシルヴィスと視線がぶつかった。そのたびにシルヴィスは、戸惑いと悲しみが入り混じるような複雑な顔を見せる。少なくとも表面上は王女と踊れたことを喜ぶべき場面なのに、取り繕う方法すら忘れてしまったかのような、シルヴィスらしくない表情だった。

　どうにかこうにか一曲踊り終えた織人は、令嬢と別れぐったりと広間の隅へ向かった。国王が他の参列者と話しているうちにそそくさとバルコニーへ避難する。手前に下がったベルベットのカーテンが目隠しとなっているので、ここにいれば誰かに絡まれる心配はないだろう。

　半円形のバルコニーに設けられた手すりに腕をのせ、織人は疲労を吐き出すように息を漏らした。

「つっかれた……」

　どんなモンスターと対峙するより、今夜の出来事のほうが何倍も疲労困憊《こんぱい》した。頬を撫でる風は少し冷たくて心地よい。日本でいうと九月の末くらいだろうか。こちらの世界は夏場もそれほど気温が上がらないらしく、やってきたときから厳しい残暑とは無縁だったが、こうして夜風にあたっていると着々と秋が近づいてきたんだなと感じる。

「ここにいたのか」

　星が瞬く夜空をぼんやり眺めていると、背後から慣れ親しんだ声がかけられた。カーテンを手で押し退けてやってきたシルヴィスが織人の隣に並ぶ。

「いいのか？　シルヴィスまでこっちに来ちゃって」

「今夜の主役が堂々と抜け出しておいて、その言い草はないだろ」

「俺はいてもいなくても変わんないって。実際、誰の目にも留まらなかったし」

「俺だって変わらないさ。とりあえず礼儀として一回だけ踊っておけば、あとはダンスが好きな人同士で勝手に楽しくやるだろ。あー、肩が凝る」

「シルヴィス、俺の前だと開けっぴろげに話すのに拍車がかかってきたなあ……」

　出会った当初は一点の曇りも感じられない聖人だと思っていた。それが自分の前では遠慮のない口調で話し、屈託のない笑みを見せ、くつろいだ様子で過ごしてくれていることを知った。今はこうして、貴族ばかりの窮屈な行事を抜け出し、密かに毒づくずるさも見せてくれる。

　手すりの上に肘をのせたシルヴィスは、頬杖をついて織人を見つめ、悪戯を思いついた子供のように楽しげに目を細めた。

「まずかったか？　今からでも品の良い聖騎士様の態度で接してやろうか」

「ははっ、もう遅いって！」

　ただのゲームキャラクターだったはずのシルヴィスが、織人の中でどんどん一人の人間になっていく。それがなんだか嬉しくて、胸がトクトクと音を立てる。

　シルヴィスのことをもっと知りたい。理解したいと思った。

　くしゃっと顔を崩して笑う織人を、シルヴィスは穏やかな表情で見つめていた。ふいに伸びてきた手が、風になびく織人の髪に触れる。指先で毛先を捕らえ、するりと潜り込むように織人の頭に手を置いて、壊れものを扱うかのごとく優しく撫でた。それがただただ心地よい。

「オリト」

「うん？」

　夜風に溶ける程度の声で名前を呼ばれ、織人は首を捻った。淡い笑みをたたえたままじっと視線を送ってきたシルヴィスは、頭から手を離して体ごと織人に向き直り、手のひらを差し出してくる。

「俺と踊ってくれないか？」

　思いがけない発言に織人はぽかんとした。またからかわれているのかと思ったが、向けられる眼差しには一切の迷いがない。

「え……、えー？　ダンスの練習だったら、どっかのご令嬢と踊る前にしてくれたら良かったのに。ダンスなんて初めてだったから、俺もう大変で」

　あえて冗談めかしたのは、たかがダンスの誘いで動揺している自分を悟られたくなかったからだ。体を寄せ合って踊るくらい、この世界の社交界では当たり前に行われている。礼儀みたいなものだとシルヴィスも話していたのに、彼が相手だと思うと無性に気恥ずかしくなってしまう。

　誤魔化し笑いを浮かべる織人にも、シルヴィスの真摯《しんし》な瞳は決して揺るがなかった。形の良い唇で弧を描き、囁くように返す。

「そうだな。オリトが初めて踊る相手は俺であってほしかったと、他の相手の腰を抱く姿を見て思った。……あの瞬間の悔しさを、少しでも取り戻させてくれないか？」

　鼓膜に触れる静かな声音に、熱がこもっているように感じるのは思い過ごしだろうか。なぜ悔しいのかと、聞き返したいのに口を開けることができない。騒ぎ始めた心臓が飛び出してしまいそうで。

　目を逸らさないままシルヴィスが「嫌か？」と駄目押しで尋ねるので、織人はそれ以上なにも言わず、差し出された手のひらに自分の手を重ねた。

　シルヴィスの手が腰に添えられ、体を引き寄せられる。男同士で身を合わせると、ドレスのボリュームを気遣う必要がないため、男女のペアで踊るより距離が近くなった。少しばかり香水をまとったのか、シルヴィスの首筋からは花のような芳香がした。

　分厚いカーテンの向こうから微かに流れてくる音楽を頼りに、シルヴィスがステップを踏み始めた。腰に当てられた手に従い、織人も躊躇《ためら》い気味に足を動かす。見知らぬ令嬢と踊ったときのようなプレッシャーはなく、ただ頬が熱くて、心臓がドキドキしていた。

（慣れないダンスを踊ってるから、だろ……？）

　そうでなくては困る。男同士でこんな、胸が高鳴る理由なんて。

「上手じゃないか」

　甘いテノールが耳朶《じだ》をくすぐり、織人は肌を震わせた。

「シ、シルヴィスの教え方がうまいから……」

「俺はただオリトを抱いて踊ってるだけだ。緊張さえしなければ、オリトは誰に教わらなくても周りを見て動ける賢い奴だからな」

　シルヴィスの褒め言葉はいつもまっすぐでくすぐったい。ふふっと思わず笑ってしまい、それで幾分か肩から力が抜けた。

「そんなこと言ってくれる人、シルヴィスの他にはいなかったよ」

　ゆったりとしたシルヴィスの動きに合わせて踊りながら、織人は胸に込み上げる温かい感情に任せぽつりと漏らした。シルヴィスが自分のことを特別枠に置いてくれているのは感じていたが、織人にとってもまた、シルヴィスは自分を認めてくれる唯一無二の存在だった。

「記憶が戻ったのか？」

「ん？　まあ……ほんのちょっとね」

　少しばかり驚いた様子のシルヴィスに織人は軽く

流す。そんな自分の言葉にチクリと胸が痛んだ。

自分がどうやってこの世界に来たかなど、伝えたところで信じてもらえないだろう。そう踏んで、織人はゲーム主人公の設定に則り「記憶がない」と告げた。当初はそれが最善だと思っていたのに、今はシルヴィスに嘘をついているのが心苦しい。

（かといって、シルヴィスを救う方法が見出《みいだ》せない状態ですべてを打ち明けてもな……）

破滅の王の正体が自分だと知れば、シルヴィスは大きな衝撃を受けるだろう。国民のために自分の心を殺すことも厭《いと》わない男なので、国王に報告し自らの投獄を求める可能性もある。そんな事態は絶対に避けたかった。

一体どうするのが正解なのか。自問する織人の頬に、腰にいた手が移動してきてそっと触れる。

「本当は先ほどの広間で堂々と、こうやってオリトと踊りたかった」

滑らかなステップを踏む足はいつの間にか動きを止めていた。すぐそばにある顔を見上げれば、青色の虹彩に織人だけが映っている。

ぎゅっと胸がしぼられた心地になり、織人は思わず息を飲んだ。ふいに頭の中に浮かんだのは、女主人公でプレイした際に見られるとあるシーンだった。

今夜とは別の流れではあるが、ゲームを進めていくうちに、国王主催の舞踏会に招待されるイベントが発生する。その時点で一番親密度の高い異性キャラクターと踊るのだが、女主人公の場合、シルヴィスとダンスをするルートも存在するのだ。

（俺が女主人公だったら、みんなの前でシルヴィスと踊ることだってできたわけか）

仮定の話をしても仕方がないと分かっている。それでももどかしく感じてしまうのは、シルヴィスが胸に湧いた感情を噛みしめるような、ひどく切ない顔で織人を見つめているからだ。

「オリト」

青白い月が漆黒の絨毯《じゅうたん》の上で輝く中、シルヴィスは切々とした声で織人の名を呼んだ。

「お前と一緒にいることで、俺は初めて呼吸ができる気がする」

肩を引かれ、織人はされるがままシルヴィスに身を寄せた。背中に食い込む腕の強さに息を飲む。

そんなにぎゅっと抱きしめられたら苦しいだろ。だからこんな、胸が騒いで仕方ないんだと、誰に聞かせるでもない言い訳を心の中で繰り返しながら。

王都の中央に設置された円形の建物は二階建てで、一階がギルド、二階が武器屋・防具屋になっていた。円の端に添うように複数設置されたカウンターには受付嬢が座っていて、ごった返している冒険者の相手をしている。

背丈ほどもある槍を携えた槍使い《ランサー》に、垂れ耳ウサギを肩にのせた小柄な獣使い《ビーストテイマー》、長い布で頭と口許を覆った盗賊《シーフ》。体型も年齢も様々な冒険者を、織人は新鮮な気持ちで見ていた。王都に来るまでもいくつかギルドに立ち寄ったが、これほど規模が大きいのは初めてだ。

「じゃあ今回はマンドラゴラ採集の依頼を引き受けるってことでいい？」

クエストボードの前に立ち、受付中の依頼一覧を確認していたリリアーナが、ポニーテールを揺らして織人を振り返った。キョロキョロと周囲を見回していた織人は、慌てて正面に視線を戻す。

「あっ、うん、いいんじゃないの？」

「ちょっと！　ちゃんと聞いといてよ、うちのパーティーのリーダーなんだから」

「え、俺が!?」

胸に人差し指を突き立てられて織人はぎょっとした。自分などパーティーの中でも影が薄いと思っていただけに、それほど重要なポジションに置かれているなどまったくの予想外だ。

「戦闘中のオリトの指示は的確だ。状況判断能力に長けていて迷いもない。普段もあれくらい自信を持って発言できればいいのだが」

リリアーナとのやりとりを見守っていたグレゴリーまでもが平淡な口調で同意した。

自分がパーティーメンバーに冷静な指示を出せているとしたら、それは単純にゲームを二回クリアしたことで、効率の良い戦い方をある程度会得したからだ。その方法だって攻略本の内容を大いに参考にしていて、とてもじゃないが持ち前の能力だとは言えない。

「いや全然、俺のことを買い被りすぎだし、そもそも俺の意見だってそんなに耳を傾けるほどのもんでもないし……」

織人への評価が激甘なシルヴィスならまだしも、二人にまでこんな風に褒められるとは。身の丈に合わない評価だと、織人は降参するように顔の前で両手を上げ苦笑をこぼした。思わず一歩後ずさったタイミングで、すぐ後ろにいた相手にぶつかってしまう。

「あ、すみませ……」

「おい、どこ見てやがるんだ」

分かりやすい悪役台詞とともに睨みを利かせてきたのは、巨大な戦斧《せんぷ》を背負った斧使《アクサー》いだった。体格が良く厳めしい風貌の男で、そばにいる仲間たちもニヤニヤと意地の悪い笑みを浮かべている。どうやらガラの悪いパーティーと接触してしまったようだ。

「はあ？　この人だかりの中で、場所を取りまくっていつまでもだらだらおしゃべりしてるあんたらに言われたくないね。十代の女の子なら周りが見えなくてもしょうがないかもしれないけど、良い年のおっさんばかり集まってんだからもう少し己の図体《ずうたい》に気を配れっつの」

男の横柄《おうへい》な態度に、不服そうに顔を歪めたリリアーナが反射的に言い返した。「おい」と織人は慌てて制止するが時すでに遅く、斧使いの男は不愉快そうに眉を寄せる。

「随分とパーティーメンバーの躾《しつけ》がなってないようだなあ、リーダー？　確かにここじゃ狭いようだし、もっと広い場所で話をしようか」

先ほどの織人たちのやりとりを聞いていたらしい。決して逃がすまいとするように、男は丸太のような太い腕を織人の肩にずっしりとのせた。

（どうしよう。なんとかしてリリアーナとグレゴリーを守らないと……っ）

パニックになりながらも織人は必死に頭を回転させて策を練った。その肩が前触れなく軽くなる。同時に、金色の装飾が施されたプラチナの手甲が胸の前に回され、織人を後ろから抱き寄せた。

織人の背後に立ち、片手で軽々と男の腕を押し退けていたのは、遅れてギルドにやってきたシルヴィスだった。

「俺が在籍するパーティーになにかご用かな？」

シルヴィスは国民向けの完璧な笑みを浮かべているが、穏やかな声音の裏に言い知れぬ迫力を匂わせていた。それを感じ取ったのは斧使いの男も同じらしく、ギクリと顔をこわばらせて後退する。

男とそのパーティーメンバーは、織人との間に割り込んできた人物が誰なのかをすぐに悟り、あからさまな焦りを見せた。

「おいおい、あのオルブライト家の次男が一般人のパーティーに混じってるってどういうことだ？」

「随分軟弱な冒険者だと思ったが、あの黒魔導師、実はすげえ奴なのか……？」

「と、とにかく騎士の前で揉《も》めごとを起こすのはやべえって！」

織人に絡んできたときの勢いはどこへやら、男たちは冒険者たちの冷ややかな視線を浴びてそそくさと退散した。シルヴィスの腕の中に閉じ込められたまま、織人は背後に立つ長身の男を見上げる。

「おかえり。聖騎士団への報告ってやつはもういいのか？」

「ああ。国王陛下の意向もあって、聖騎士団全体の業務が入らない限りは、当面オリトたちと一緒に行動できることになった」

光の聖者と思われる人物は見つかったが、依然として破滅の王の正体は明らかになっていない。織人たちは王都を拠点に一冒険者として依頼をこなしながら、国内の自然環境やそこに生息するモンスターの変化を探り、異変が起きていないか調査することになった。

織人の失われた記憶もきっと鍵を握っているはず。そう考えたうえで、報告係としてシルヴィスを引き続き同行させる方向で話がまとまったのだという。本当は失われた記憶部分が「自分こそが光の聖者である」という点だと知っている織人は、その事実をいつ打ち明けるべきかタイミングをはかりかねていた。なにせ予定外の早さで織人＝光の聖者の構図が成り立ってしまっている。

シルヴィスに嘘をついている事実がずっと胸に引っかかっているが、それでも彼が一緒にいてくれるのはやはり心強かった。

「さっきも助かったよ。シルヴィスが来てくれたおかげで大きな騒ぎになる前に済んだ……し……、……あの、いつまでこの体勢でいるんだ？」

聖騎士団とのやりとりを報告する間も自分を胸に抱いたままのシルヴィスに、織人は頬に熱を上らせ視線を床に落とした。

「ん？　ああ、悪い。随分無遠慮にオリトに触れるんだなと思ったら腹が立って」

　にこやかに告げられた台詞には織人に対する執着が滲んでいた。すべての国民に平等に接していたこれまでのシルヴィスにはありえない発言で、織人はますます恥ずかしくなる。ようやくシルヴィスの腕から解放されたものの、彼がどんな表情で語っているのか確認することはできなかった。

　少し離れた場所で、リリアーナとグレゴリーが

「同じパーティーに加わるまでは清廉潔白な聖騎士様のイメージがあったけど、シルヴィスってなかなか独占欲が強めじゃない？」

「地頭が良い分、標的にされたら逃げられないだろう。オリトは難儀するな」

　と、こそこそ話しているのがまた居たたまれない。おい、聞こえてんぞ。

「も、もう、さっさと依頼受注の手続きを済ませてギルドを出るぞ！」

　斧使いの男とのトラブルに、織人のパーティーの一員であるというシルヴィスの発言、そこからの長めのバックハグで、織人たち一行はすっかりギルド内の注目を集めていた。頭から湯気が出そうな思いで織人は訴える。

　晩餐会の夜以降、織人に対するシルヴィスのスキンシップの量は、今までの比ではないくらいに増加した。頭を撫でるなんてのは序の口で、さりげなく肩に触れたり腰を抱いたりと、否定しようがないほど明確に距離感が近くなったのだ。

　以前も無意識に織人を甘やかしていたところはあったが、今は織人を特別扱いしている旨を言葉でも匂わせるようになり、余計に織人を困らせた。

　恋愛経験のない織人は、そんな言動をされると勘違いしてしまう。シルヴィスが自分に対し、恋愛の意味での好意を抱いているのではないかと。

（いやでも、あれ以降恋愛イベントらしき展開は起こってないし。そりゃ確かに、舞踏会イベントに近い状況はあったけど……）

ぼんやりと思い返すうちに、星空の下で二人きりでダンスをした記憶がよみがえり、胸がドキドキと騒ぎ出した。それだけで顔が火照《ほて》り、こぼれた吐息まで桃色に染まるような心地になる。

ディサピアが発売されたのはもう十年以上前だ。現在でこそ同性キャラクターとの恋愛模様を描くゲームも珍しくなくなったが、当時はまだ、恋愛イベント＝異性キャラクター限定のゲームのほうが圧倒的に多かった。

だからきっと、同性のシルヴィス相手に恋愛イベントらしき展開が発生したのは一時的なバグかなにかなのだ。そんな風に考えながら、俺は一体どういう目的で必死に自分に言い聞かせているんだろう、と織人は自問した。シルヴィスとの恋愛イベントが今後起こらない可能性に安心したいからなのか、ショックを受けないよう身構えるためなのか。

（もしシルヴィスに恋愛対象として見られていたとしたら……、俺、どうしたいんだろう）

まだ確定したわけでもないのにあれこれ考えてしまい、織人は一人悶々とするばかりだった。

そうやって雑念を抱いていたのが良くなかったのかもしれない。モンスター討伐に比べ、あまり難易度が高くないはずの植物採集依頼で織人がやらかしたのは、その日の午後のことだった。

森の奥深く、木々が生い茂るマンドラゴラの生息地にたどり着いた織人たちは、地面から生えた大きな葉の周囲に立っていた。道中で食人植物のマンイーターが暴れていて予想外の戦闘を強《し》いられたが、マンドラゴラ採集さえ完了すればあとはアイテムを使って王都までテレポートすればいい。

織人はマジックストーンから取り出したオトケシ草を千切り、三人に手渡しながら口を開く。

「じゃあ、もう一回流れを確認するぞ。みんなでオトケシ草をかじって一時的に音が聞こえない状態になったら、リリアーナがマンドラゴラを引き抜く。マンドラゴラが逃げる前にグレゴリーの氷結魔法で凍らせて採集完了。これで問題ないな？」

薬の材料として使われるマンドラゴラは根茎《こんけい》が人型の植物で、地面から引き抜かれた瞬間すさまじい音量の悲鳴をあげ、人間が気絶した隙に二股に分かれた根を足代わりにして逃げ出すという。

氷結魔法なら織人も使えなくはないが、水属性の魔法はグレゴリーの専門分野だ。聴力を失った状態で呪文の詠唱を行うなら、慣れている術者が行うべきだと判断しグレゴリーに指示を出した。

「凍らせちゃっても品質には問題ないわけ？」

「瞬間冷凍ならむしろおいしさをそのままお届けって感じでいいんじゃないの？」

織人だってマンドラゴラの栄養成分について詳しくはないが、加熱するよりましだろう。多分。

「オリトの案が最善だと思う。それじゃあ始めようか」

シルヴィスの合図に頷いた織人たちは、マンドラゴラを見下ろしてオトケシ草の葉を口に含んだ。

オトケシ草は文字どおり一時的に周囲の音を聞こえなくさせる効果のある植物で、モンスターの口に放って混乱させるために使用するのが一般的だが、自ら食べればマンドラゴラ採集に使えそうだと踏んで提案した。今回口にしたのは一センチほどの欠片《かけら》なので、効果としては精々数分だろう。

ピリッとした痺《しび》れが舌の上に広がり、ややあって森に満ちる葉擦れの音が徐々に遠退き始めた。ものの一分ほどで、水の中に入ったときのように耳が塞がる感覚があり、音が完全に遮断された。

グレゴリーが顔の前で両手を組み、詠唱に備える。リリアーナが腰を曲げて葉を束ね、根元をつかんで織人を見た。織人が親指を立ててゴーサインを出すと、リリアーナは自慢の筋肉を活かし、マンドラゴラを一気に引き抜いた。

土をまとって現れたマンドラゴラの根茎は、四つに分かれた根が確かに人間の手足を彷彿《ほうふつ》とさせた。眠りから覚めた悪魔のように、マンドラゴラは目をカッと見開くと、口を開け小さな白い牙を見せた。ギャピ――――ッ！　と、叫んでいるのだと思う。

残念ながら聴力を消している織人たちには効果がなく、打ち合わせどおりグレゴリーが呪文を詠唱し始めた。マンドラゴラはなんとか逃げ出そうと手足をばたつかせるが、りんごを片手で捻りつぶせるほどの握力を持つリリアーナの手から抜け出せるはずがない。

このまま滞りなく採集が完了するだろう、と織人が肩の力を抜いたときだった。

マンドラゴラが唐突に体を捻り、織人に向かって樹液のようなものを吐きかけた。咄嗟に両腕で顔を庇うが、完全に防ぎきることはできず飛沫《しぶき》がかかってしまう。ぐらりと目眩《めまい》がして、織人はその場に尻餅をついた。

『オリト！』

口の動きしか分からないが、血相を変えたシルヴィスが自分の名を呼ぶのが見えた。

リリアーナが織人に顔を向けた一瞬の隙をつき、マンドラゴラがその手から逃げ出した。両腕を力強く振って駆ける姿はまさにスプリンターで、その速度に唖然《あぜん》とする。

（まずい、見失う！）

我に返った織人は焦るが、そのときにはすでに、マントをたなびかせて猛然と追随するシルヴィスがマンドラゴラの正面に回り込んでいた。

冷えた表情にどこか怒りを滲ませたシルヴィスは、マンドラゴラの葉をつかみ地面に叩きつけた。ダンッという鈍い音が聞こえ、聴覚が戻ってきたことを察する。すぐさま駆け寄ったグレゴリーが再度詠唱を行い、無事マンドラゴラの瞬間冷凍が完成した。

「ふーっ、終わった終わったぁ！」

リリアーナも機嫌良く声を弾ませ、シルヴィスとグレゴリーのもとへ向かった。織人だけが地面に座り込んだまま、腰を上げることができずにいた。体の奥底がじりじりと熱を持ち、その火照りが全身に広がっていく。

「おい、大丈夫か？　マンドラゴラにかけられた樹液が目に入ったとか、皮膚がただれたとか、どこか負傷でもしたのか？」

グレゴリーにマンドラゴラを託したシルヴィスが、すぐさま織人のもとへ戻ってきて地面に片膝をついた。膝を立てて体育座りをした織人は、慌ててローブの前を合わせて裾を引っ張り体を隠す。

小さなテントのようになったローブの下では、ドッ、ドッと心臓が激しく脈打っていた。こめかみに汗を浮かべながらも、シルヴィスの顔を見ることができず織人はうつむく。

「や……、別に、大したことじゃないんだけど……」

「そんな真っ赤な顔で、大したことないわけないだろ。熱が出たのか？　発疹《はっしん》かなにかが現れたとか？　隠されていたら確認できない」

確認されたくないから隠してんだよ！　と訴えたかったが、それより先にシルヴィスの手が額に触れて、織人は思わずびくりと身を跳ねさせた。熱を測ろうとしたのだろうが、肌が敏感になっていて、ちょっとした接触で過剰な反応をしてしまう。

あとからやってきたリリアーナとグレゴリーも、不思議そうに顔を見合わせて首を捻った。

「マンドラゴラってなんの薬の原材料になる植物だ

ったっけ？」

「ええと……、主に精力剤や媚薬《びやく》といったところだな」

「媚薬～？　でもあれって煮詰めて濃縮してようやく効果を発揮するやつでしょ。ちょっと樹液がかかった程度で体に変化が出るなんて、生娘《きむすめ》か童貞くらいなもんじゃない？」

　わはは、と二人は明るく笑い飛ばすが、織人はむっつりと口を閉ざしぷるぷると身を震わせた。それで三人は織人の身に起こった変化をすっかり悟ったらしく、周囲にわずかな沈黙が生まれた。

「童貞なのか……」

「童貞なのね……」

「うううるさいなあっ！　いいだろ別に、俺が童貞だろうがそうじゃなかろうが！」

　茹《ゆ》でダコのように顔を真っ赤に染め、織人は半泣きになって叫んだ。つまり織人は公衆の面前で勃起《ぼっき》してしまったがために、動くに動けず体育座りで下腹部を隠しているのだった。

「グレゴリー、状態異常用の回復魔法をかけてやってくれないか？」

　シルヴィスだけが真摯に織人を気遣ってくれて、落ち着いた面持ちでグレゴリーを振り返った。グレゴリーも「ああ、待っていろ」と答えるが、手を組み始めてすぐに眉を寄せる。

「しまった。マンイーター戦の影響か、魔力切れで状態異常用の回復魔法を使えそうにない」

「嘘だろ!?」

　まさかの展開に織人は声を裏返らせた。モンスター討伐の依頼ではないし、と軽く考えていたせいで、状態異常の回復薬を補充せずに森へ入っていたのだ。

　予期せぬトラブルがあればテレポートアイテムで王都に戻ればいいと思っていたが、神殿で治してもらおうにも、このままでは股間を漲《みなぎ》らせたまま修道士に会う羽目になる。すでに羞恥のあまり気絶しそうなのに、そんな事態になれば自分は確実に昇天するだろう。

「待っててやるから木の陰ででもちゃちゃっと抜いてきなさいよ」

親指で森の奥を指し示したリリアーナが身も蓋もない言い方をする。だがそもそも足に力が入らず、立ち上がれそうになかった。発熱したときのように体が重い。

涙目で「うう……」と呻く織人の体が、ふいにふわりと浮き上がった。驚いて顔を上げたときには、織人は背中と膝の下を支えられ、シルヴィスにお姫様抱っこをされていた。

「へっ？　えっ、うわ……っ」

「二人とも先に王都に戻ってくれ。テレポートアイテムなら俺も持っているから、あとでオリトと一緒に追いかける」

目を白黒させる織人を軽々と抱き上げ、シルヴィスは颯爽《さっそう》とその場をあとにした。

「ごゆっくりー」と背中に向かってかけられたリリアーナの声は、すべてを察したような楽しげな調子だった。

森の中を十分ほど移動すると、やがて洞窟が見えてきた。あまり深さはないようだが人目を避けるのには十分で、シルヴィスはその中に踏み入ると地面にそっと織人を下ろした。

岩肌に織人をもたれさせ、クロスタイのピンを外してシャツの襟元をゆるめてくれる。自分の首元で長い指が動くのを、織人は熱に浮かされた状態でぼんやりと眺めた。

「自分でできそうか？」

織人のそばに屈み込んでいたシルヴィスが淡々とした口調で尋ねてきた。どこか感情を抑え込むような声音だと思ったが、頭の働きが鈍っていて深く考えることができなかった。

　できそうかもなにも、自慰をしないことにはこの気だるさは解消されない。織人は小さく頷き、ローブの下で手を動かしてのろのろとベルトに触れた。穴からピンを引き抜こうとするが、力が入らないうえに手元が見えないせいでどうにももたついてしまう。

　すると、そのうち洞窟の外に出て行くのだろうと思っていたシルヴィスが、突然ローブの上から織人の手に触れた。制止されきょとんとする織人を、シルヴィスは再び抱き上げてそのまま腰を下ろす。

　壁に背中を預け、地面に足を投げ出す体勢となったシルヴィスは、横抱きにした織人を膝に座らせた。なにがなんだか分からずにいる織人の前で手甲を外すと、左腕を腰に回して体を支える。

「俺が代わりにしてやる」

　告げられた言葉を理解するより先に、シルヴィスの大きな手がローブの前を開いた。片手で器用にベルトを外していくシルヴィスに、織人はその意図を察し動転する。

「そっ、そんなことしなくていいって！」

「出すものを出さないことには王都に帰れないだろ？　別に気にすることじゃないし、ただ楽にして身を任せてくれればいい」

「無茶言うな……っ、ぁ……ッ」

　ボトムをくつろげようとした拍子に、シルヴィスの指が布地を押し上げる欲望に触れた。その刺激に織人は息を震わせる。掠《かす》れた声はシルヴィスの耳にも届いたらしく、ボトムにかかった手は一瞬だけ停止したが、すぐに動きを再開し手早く前をくつろげた。

　下着の中に入り込んだ手がささやかな下生えに触れ、その流れのまま織人の雄に指を絡める。下着をずらされると固く上向いた性器が簡単に顔を出し、織人は全身が沸騰するような感覚を抱いた。

　普段は剣を握る男らしい手が、織人の浅ましい雄を握り、ゆっくりと上下し始める。マンドラゴラの樹液の影響もさることながら、初めて他人に触れられる快感は、自分で慰めるときとは比べものにならなかった。刺激された途端に早く射精したくて頭がいっぱいになり、織人は羞恥も忘れて喘《あえ》ぐ。

「あっ、ぁ、はあッ……」

「……気持ちいいか？」

　織人の耳の縁に唇を寄せ、シルヴィスが低い声で尋ねてきた。普段は髪で隠れている場所に唇の表皮が触れる感覚、耳をくすぐる吐息、そしてなにより男らしく響く情欲にまみれた声音にゾクリとする。

　織人はコクコクと頷いて、シルヴィスの手の動きに集中した。節くれ立った長い指は織人の中心を丹念に撫でさすり、筒状にした手のひら全体を使い裏筋を刺激した。

　気持ちがいいのにもどかしくも感じるのは、きっとシルヴィスの触れ方に遠慮があるからだ。セックスの経験がないと聞いて、優しくしなくてはと考えたのかもしれない。

「んっ、ん、あッ……ふっ……」

　中途半端な快楽を与え続けられるのが耐えがたく、織人は自ら腰を揺らしシルヴィスの手に雄を擦りつけた。ゴクリと唾液を飲み下す音がすぐそばで聞こえ、欲望に触れる手の動きが大胆になる。

　ぎゅっと握り込まれれば、同性に生殖器をつかまれていることへの本能的な恐れで腰が引けた。けれどそうやってシルヴィスに急所を晒している事実に、織人は倒錯的な昂揚《こうよう》もまた覚えていた。

　張り出た部分から丸い先端にかけてをしぼり出すように指で擦られると、鈴口から溢れた透明な体液がくちゅくちゅと音を立てた。その淫靡《いんび》な水音も、織人の荒い呼吸も、静まり返った洞窟内ではすべてが響き渡ってしまう。

「あ……っ、も、イきたいっ……シルヴィス……」

ひんやりとした肩当に手を置き、織人は上体を捩《よじ》ってシルヴィスの首筋に顔を埋めた。国民を守るためにある手で張りつめた織人の性器を扱《しご》く様など、居たたまれなくて見ていられない。

「このまま出せよ」

潜めた声で応えたシルヴィスは、追い上げるように手の動きを速めた。全身に散らばっていた熱が急激に中心に集まっていく。

「ぁ……ぅあッ……！」

脊髄《せきずい》を駆け上がった快楽は、濃く煮詰まって脳内にドッと溢れた。織人は火照った肌を汗で湿らせ、ビクビクと身を震わせながらシルヴィスの手の中に射精した。

まるで体から毒が抜けるように、精を吐いた途端に体中に広がった熱と重さが薄れていく。シルヴィスに密着したまましばし息を乱していた織人は、絶頂の余韻が徐々に引いていくと同時に、とんでもないことをやらかしたという思いで青ざめた。

恐る恐る振り返れば、シルヴィスの手は白濁した体液で汚れていた。

「ごっ、ごめんな！　俺が童貞なばかりにちょっと樹液を浴びたくらいでこんなことになって、シルヴィスにまで迷惑をかけて……！」

なにか拭うものはないかと、織人はマジックストーンを何度も振る。その肩に、シルヴィスが後ろからトンと頭をのせた。ゆるく織人の腰を抱いたまま、艶やかな金髪を落としうつむいている。

「あ、の……、シルヴィス？」

「……痛い……」

「えっ」

「……俺も勃《た》った」

思いがけない報告に意表をつかれ、織人は口を薄く開けて硬直した。直後に首から額までを真っ赤に染める。

（確かに金属製のアーマーを装着した状態で勃ったら痛いだろうけど……、お、俺が気持ち良くなってるのを見て興奮した、ってこと？）

　ゲームパッケージに描かれていた可愛い女主人公ならまだしも、織人は主人公を名乗るのも憚《はばか》られる平々凡々な男だ。なにがそれほどシルヴィスの情欲を煽《あお》ったのかはてんで見当がつかない。

　はあ、と劣情を持て余した息が肩にかかり、織人はギクリと身をこわばらせた。

「なにもしない。しないから、もう少しだけこうしててもいいか……？」

　シルヴィスの切なげな声が静かな洞窟内にこぼれた。いまだ赤面したままの織人は、言葉が出てこない代わりに、ぎこちなく頷いてその問いに答えた。


　ベンチの背もたれに身を預けた織人は、青く澄んだ秋空をぼんやりと見上げた。中央に噴水が設置された広場は四方に花壇が置かれ、鮮やかな花を咲かせている。

　その視界に前触れなくリリアーナが入り込み顔を覗いてきたので、織人は「うわっ」と身を跳ねさせた。いつの間にかベンチの後ろに立っていたらしい。

「なにやってんの、ぼーっとしちゃって。森の中だったらモンスターに一撃でやられてるわ」

　慌てて居住まいを正す織人に、呆れ顔のリリアーナは腰に手を当てて溜め息を落とした。

「シルヴィスとしばらく会えてないからって気を抜きすぎ。ったく、あんたら本当に二人で一つって感じよね」

　突然耳に飛び込んできた名前にドキッとする。

マンドラゴラ採集依頼をこなしたタイミングで、

シルヴィスは聖騎士団の公務が立て続けに入ってしまい、一時的にパーティーを抜けていた。おかげでもう二週間ほど顔を合わせていないが、そのことに織人は内心ほっとしていた。

　ずっと仲間として過ごしてきた相手に手淫を施され、痴態を晒してしまって、シルヴィスの前でどう振る舞えばいいか分からなかったのだ。

（別に……不快だったとか、そういうんじゃないけど……）

　行為以上に気がかりなのは、その真意が汲《く》み取れないことだ。いくら織人が樹液の催淫成分でヘロヘロになっていたとしても、自慰くらいは一人でできたはずだ。ベルトを外すのだけ手伝って、あとは洞窟に放置すれば良かったのではないかと思う。

（もしかして本当に、シルヴィスは俺を恋愛対象として見てるってことか……？）

　その可能性を頭に浮かべながらも、一方で、マンドラゴラの樹液程度で勃起してしまった織人を憐《あわ》れんだだけという可能性も否定できなかった。親切心ゆえの行為に対し織人が恋愛感情の有無を確かめてきたら、シルヴィスはきっと返答に困るだろう。

「いや、そういうつもりじゃなかったんだが……」

と苦笑されたら、恥ずかしさのあまり……——。

「ねえ。オリトとシルヴィスって付き合ってんの？」

「どあぁっ!?」

　ぐるぐる考え込んでいた内容をリリアーナに直球で尋ねられ、織人はビクッと身を跳ねさせて激しく動揺した。リリアーナは指で耳栓をしながら「うっさいわね」と眉をひそめる。

「なっ、なん……付き合ってないけど!?」

「はあぁ～？　あの聖騎士、あんだけ分かりやすく牽制しといてまだオリトに手出してないわけ？」

「手!?　……手!?　出されてないし、そもそも牽制ってなんだよ」

「めちゃくちゃ牽制してんでしょ。オリトに対してだけ砕けた調子になって、気安い笑顔を見せて、それをあたしたちの前で隠しもしないんだもの。オリトは自分にとって特別だって見せつけてるようなもんじゃない」

　見せつけなくても盗らないっつーの、とリリアーナが苛立たしげに舌打ちした。確かに最近のシルヴィスは、リリアーナとグレゴリーの目も気にせず織人に対し素の態度で接するようになっていたが、そんな意図がある可能性なんて想像もしなかった。二人にも気を許し始めているんだなーという程度に考えていた。

「だっ……、第一、ベネディルミア王国ってそういうのどうなってんの？」

「そういうのって？」

「その……男同士の恋人、とか」

「いるわよ、普通に。冒険者は他国と行き来することがざらだから、ギルドだったり複数のパーティーで討伐に挑むときは、親しげにしてる男同士や女同士の恋人たちを目にすることはわりとあるわね。まあベネディルミア王国内での同性婚はできないから、国に認められていない関係なのに……なんて面倒くさいことを言う奴もちょっとはいるけど」

　あっけらかんと答えるリリアーナに、織人はほっと胸を撫で下ろした。ひとまず同性同士の恋愛について極端に差別感の強い国というわけではないらしい。安堵の表情を見せる織人に、リリアーナが心得顔で目を細める。

「それをわざわざ確認するあたり、オリトも少しは……」

　織人の肩を人差し指でつつきながら、リリアーナがなにか言いかけたときだった。

「ここにいたのか」

　聖騎士団の正装なのだろうか、クラバットと呼ばれる白いスカーフで首元を飾り、ベストの上にロイヤルブルーのコートを羽織ったシルヴィスが、正面から小走りで近づいてきた。

　その姿を認めただけで鼓動が速くなり、織人は動揺を隠せず視線を泳がせた。背もたれに肘を置いて頬杖をついたリリアーナがニヤニヤとこちらを見るのが分かったが、反応を返せるほどの余裕はない。

「オリトなら広場にいるとグレゴリーから聞いて来てみたんだが、会えて良かった。このあとなにか予定はあるか？」

　問いかける口調がどことなく慎重なのは、シルヴィスもまた洞窟での一件を意識しているからだろうか。目を合わせられず、織人は視線を落としたまま「特にないけど……」とこもった声で答える。

「それなら、今から俺の家に連れていきたいと思ってるんだが、どうだ？」

「シ、シルヴィスの家？」

「ああ。オリトに会わせたい人がいる」

　思いがけない誘いに織人は戸惑った。二週間ぶりに顔を合わせたのに、いきなり自宅に招くだなんてどういう展開だろう。

　正直に言えば、リリアーナもグレゴリーもいない中でシルヴィスと話すのは、今の織人にはハードルが高い。それなのに、鷹揚《おうよう》な笑みの裏に懇願を滲ませるシルヴィスを前にすると、なんとかその願いを叶《かな》えてやりたくなってしまうのだ。

「……いいけど」

「良かった。ありがとな、我《わ》が儘《まま》を聞いてもらえて嬉しい」

　織人の短い返事にも、シルヴィスは心の底からほっとしたように目許を綻ばせた。そんな反応をするのはずるい。織人のほうまでそわそわして、落ち着かない心地になってしまう。

　リリアーナと別れた織人は、シルヴィスが手配した馬車にのって彼の実家へと向かった。王都の西側にある大きな屋敷は、品の良いライトグレーの石造りで、派手な装飾を施しているわけでもないのに不思議と威厳を感じさせる佇まいをしていた。

美しく手入れされた庭を通り、馬車は屋敷の前で止まった。門番からシルヴィスの帰宅を告げられていたらしく、玄関扉を開けた先には、二人の女中を連れた五十過ぎくらいの年齢の女性が立っていた。

「お帰りなさい、シルヴィス」

「お久しぶりでございます、母上。突然の帰宅で驚かせてしまい申し訳ありません」

「まったくです。普段は聖騎士団の寮にこもりきりなのに、ようやく顔を見せに帰ったかと思えば、連絡もなくお客様を連れてくるなんて」

首の後ろで髪をまとめたオルブライト夫人は凛《りん》とした印象の女性だった。つんとした調子で文句をこぼしたものの、本当に気を悪くしているわけではないらしく、織人にはシンプルなロングドレスの裾を持ち上げて丁寧なお辞儀をした。

「初めまして。シルヴィスがいつもお世話になっております。このとおり、真面目な風を装って突飛な行動を取ることがある子ですが、ご迷惑をおかけしてはおりませんか？」

「あっ、い、いえっ、こちらこそシルヴィスさんにはお世話になりっぱなしで……」

いつまで経っても初対面の相手には緊張してしまい、織人はあたふたと落ち着きのない挨拶を返した。それでもオルブライト夫人は美しい笑みを見せ織人を歓迎してくれる。シルヴィスが外向きの口調で会話しているため気難しい人なのかと身構えたが、息子と同様どっしり構えるタイプのようだ。

シルヴィスの父はかつて聖騎士団の団長を務めていたが、六十歳を過ぎた今では主に若手の指導に回っているらしい。シルヴィスと同様に今も聖騎士団の寮を生活の拠点にしていることから、この屋敷は基本的にオルブライト夫人が管理しているそうだ。

「夕飯を食べていけるのなら、お客様がいらしている分腕によりをかけるよう料理長に伝えますが」

「いえ、夕方からまた聖騎士団に顔を出す必要がございますので。私の部屋で一時間ほどオリトと話をしたら、すぐにお暇《いとま》します」

「まあ、慌ただしい子ね」

　呆れた調子のオルブライト夫人に苦笑を返したシルヴィスは、カーブを描いた階段を上り、長い廊下を通って織人を自室へ案内した。

　白い壁に紺色の絨毯が映える部屋は広々としていた。しかし室内にあるものといえばローテーブルにソファ、デスクくらいで、どれも上品で高価な調度であることがうかがえるが、あまりに簡素なインテリアで生活感がない。聖騎士団の寮にこもりきりだというオルブライト夫人の言葉は、決して大袈裟ではないようだ。

　その中で唯一目を引いたのが、暖炉の上に飾られた男性の肖像画だった。笑顔で椅子にゆったりと座る彼は、うねりのある赤茶の髪の間から表情とは裏腹の野性的な眼差しを寄越していた。

　暖炉の前に立った織人は、あとからやってきたシルヴィスに顔を向ける。

「もしかして、この人がシルヴィスのお兄さん？」

「ああ。あまり似てないだろ？　俺は母親似、兄貴は父親似だから」

「いや、そっくりでしょ！　確かに髪色や顔の造りはちょっと違うけど、笑ったときの雰囲気なんかはシルヴィスそのままだよ。あ、完全無欠な聖騎士のシルヴィスじゃなくて、口を大きく開けてワハハッて笑う豪快なほうのシルヴィスな？」

　思ったままの感想をベラベラと語った織人は、まずいかな、と直後に少し焦った。エドワードと比較されてきたシルヴィスにとって、彼と似ているという発言は禁句だっただろうか。

　しかし横目でちらりとうかがった先で、シルヴィスは朗らかな笑みを浮かべていた。

「そう言ってもらえると嬉しい。兄貴に対して劣等感を抱いたこともあったが、オリトと出会ってからは、そういやエドワードは俺にとって憧れの存在だったな……と思い出すようになったから」

　兄について語るシルヴィスはやわらかな空気をまとっていて、その変化に織人は内心驚いた。

　亡き兄の代わりを務める重圧について初めて打ち明けられたとき、シルヴィスはもっと、様々なことを諦めたような表情を浮かべていた。自分の心の赴《おもむ》くままに行動することや、自分は兄とは違うのだと主張すること、そして……慕っていた兄に今も変わらぬ家族愛を抱くことを。

　シルヴィスは暖炉を囲うマントルピースの上に手を置くと、温かな憧憬の眼差しをエドワードの肖像画に向けた。

「思い出したんだよ、子供の頃に兄貴とした約束を。だからオリトをここに連れてきた。会わせたかったのは俺の兄貴なんだ」

　シルヴィスが言う「約束」がなんなのか分からず、織人は首を傾げる。そのタイミングで扉をノックする音が聞こえた。シルヴィスが返事をすると、オルブライト夫人が顔を覗かせる。

「シルヴィス、聖騎士団団長から伝書鳩《でんしょばと》が来ておりますよ」

　その言葉に、シルヴィスは「少し待っていてくれるか？」と織人に言って部屋をあとにした。オルブライト夫人もそれに続くかと思いきや、なぜか織人が残る部屋の中に足を踏み入れた。歩く姿すら優雅で、自分のような庶民とは明らかに家柄の異なる女性に、織人はどうしたらいいか分からなくなる。

「ごめんなさいね、あなたとお話がしたくて図々しくも残ってしまいました」

「えっ、あ、その……」

「ふふ、お気になさらないで。わたくし、これでなかなかおしゃべりなんです。きっと一人でベラベラ話してしまうから、時折相槌を打ってくだされればそれだけで嬉しいわ」

　織人の様子から、慣れない相手との会話が不得手だと察したのだろう。うまく話せなくても構わないと、さりげなく気を回してくれる心遣いが嬉しかった。気配り上手な点はシルヴィスとよく似ている。

「実はね、今、年甲斐《としがい》もなく浮かれているのです。シルヴィスが誰かを家に呼ぶなんて、聖騎士になってから初めてだから」

　そう切り出したオルブライト夫人は、懐かしい記憶を掘り起こすような顔で語り始めた。

「子供の頃はあれでなかなかきかん坊でね……、友人と取っ組み合いの喧嘩をしたり、広場で営業する屋台に悪戯をしかけてこっぴどく叱ったこともあったわ。それはもう手を焼いたのだけど、聖騎士団に入団してからはすっかり落ち着いて」

　元々のシナリオにはないシルヴィスの過去を聞かされ、織人もまた自然と表情が綻んだ。昔はやんちゃだったと打ち明けたシルヴィスの言葉が、オルブライト夫人が語る思い出によってどんどん肉づけされていく。シルヴィスが一人の人間であることを感じられるのが無性に嬉しかった。

　けれど和やかな空気の中で、オルブライト夫人はふいにもの悲しげな微笑みを見せる。

「……十年前にエドワードが亡くなってからは特に、シルヴィスは少しの綻びもない完璧な聖騎士として振る舞うようになった。背負うことになったエドワードの名声を決して傷つけまいとするように。たとえそれが家族相手だとしても」

その言葉に織人はなにも言えず口を噤んだ。シルヴィスの家族は、彼の重圧と孤独をきちんと察していたのだ。家族の前でも決して気を抜かず、徹底して理想の聖騎士であろうと努める息子をどんな風に労《いたわ》ればいいのか、家族もまた模索していたのだろう。

（ちゃんと分かって心配してくれる人がいること、シルヴィスは気づいてたのかな。……気づいていなかったんだろうな）

少なくとも、テレビ画面で見ていた——織人と出会っていない世界でのシルヴィスには、そんな人々の思いは届いていなかったに違いない。

「あ、あの、エ……ドワードさん、って……ど、どんな人だったんですか？」

シルヴィスが抱える苦しみを少しでも軽くしたい一心で、織人はたどたどしい口調ながらも懸命に尋ねた。オルブライト夫人は少し驚いた様子で瞬きしたのち、やわらかく表情をゆるめる。

「豪胆で、頭の回転が速くて、誰とでもすぐに打ち解けて……親馬鹿を承知で言わせてもらうなら、みんなに愛されていたわね。シルヴィスにとっても誇るべき兄だったのだと思う。わたくしたちの説教は口うるさいとばかりに聞く耳を持たなかったシルヴィスも、エドワードの言葉はしっかりと受け止め、あとを追うように聖騎士団に入ったくらいだもの」

——けれど兄貴のような人間になろうと意識すればするほど、俺は決して兄貴には成り代われないと思い知った。

諦念を滲ませた横顔がふいによみがえり、織人の胸をチクチクと刺す。きゅっと唇を噛みしめた織人は、エドワードの肖像画を仰ぎ見た。強い憧れを抱いていたからこそ、シルヴィスの心に影を落とした男が、絵の中で悠然と笑みを浮かべている。

「エドワードには婚約者もいたの。我が家のことは気にせずあなたの幸せを見つけてほしいと伝えたのだけど、彼女はエドワードの死から立ち直るのに随分時間がかかってね。三年ほど前に、ご縁があって他の男性と結婚されたと聞いたときは嬉しかったわ」

婚約者、という単語に反応して織人の頭に浮かんだのは、この世界にやってくる直前に見た攻略本だ。

女主人公でシルヴィスルートを進めていくと、ゲーム後半に彼からプロポーズされ、両親に婚約者として紹介されるイベントが発生する。女主人公を気に入った彼の母は、オルブライト家に嫁いできた女性に代々引き継がれるという婚約指輪を贈る。それこそが、破滅の王と化したシルヴィスを人間に戻すキーアイテムとなるのだ。

織人と同じく肖像画を見上げていたオルブライト夫人が、整った横顔にふと寂しげな笑みをのせた。

「でも……勝手だと分かっていても、エドワードがあのお嬢さんと結婚していたら、エドワードの血を引く孫を腕に抱けていたらと時折考えてしまうの」

それは、十年という年月を経て悲しみと折り合いをつけたのであろうオルブライト夫人の、心の奥底に隠した紛れもない本心だった。どうしてか織人はその発言に胸がざわりとする。奇妙な罪悪感が込み上げて、オルブライト夫人からさりげなく視線を外した。

シルヴィスが戻ってきたのは直後のことだった。

「あれ？　母上もまだこちらにいらしたんですか」

驚いた顔で部屋を覗き込むシルヴィスに、オルブライト夫人はわざとらしく顔をしかめた。

「わたくしを邪魔者扱いするとは良い度胸ですね」

険のある台詞に織人はハラハラするが、近寄ってきたシルヴィスは顔色を変えず平然と返す。

「そういうわけではございませんが、母上は少しばかり迫力がありますので……。オリト、怖い思いはしてないか？」

「えっ⁉　い、いや、全然⁉」

「まあ、しばらく帰らないうちに随分態度が大きくなったこと」

「失礼。オリトと一緒にいるとつい気持ちがゆるんでしまって」

「え、俺!?」

　母子の口論に巻き込まれた織人は、青い顔を勢い良くシルヴィスに向けた。その反応がおかしかったのか、シルヴィスは顔をくしゃりと崩して白い歯を覗かせ、声をあげて楽しそうに笑った。砕けた態度で織人に接するシルヴィスに、オルブライト夫人はふっと目許をゆるめ安堵の表情を見せる。

　どうやら悪い空気ではなかったらしい、と織人がほっと息をつくと、オルブライト夫人は「それではわたくしはこれで」とお辞儀をした。

「シルヴィスのこと、よろしくお願いしますね」

　最後に穏やかな表情で告げると、オルブライト夫人は今度こそ部屋をあとにした。暖炉の前でシルヴィスと並び、なんとなく沈黙が落ちる。

「母上となにを話してたんだ？」

　落ち着かない様子の織人を気遣ってか、シルヴィスは当たり障りのない質問を投げかけてきた。

「エドワードさんってどんな人だったんですかって聞いたんだよ。シルヴィスからはちょろっと聞いてたけど、俺、顔を見るのも今日初めてだから」

「ああ、褒めてただろ？　兄貴は誰からも愛される人格者だったからな」

　遠いものを見るかのような眼差しを肖像画に向けるシルヴィスに胸が軋《きし》んだ。言おうか、いやでも、と悩んだ末に、織人は意を決して口を開く。

「シルヴィスだって愛されてると思うよ。……お母さん、頑張りすぎてるシルヴィスを心配してた」

「母上が？」

　予想外の発言だったのだろう。シルヴィスは驚いた様子でわずかに目を見開いた。「そうか……」と漏らすと顎に手を添え、思案する様子を見せる。

やがてシルヴィスは織人に体の正面を向け、穏やかに目許を和らげた。

「教えてくれてどうもな。母上がそんな風に思っていたこと、俺はちっとも分かっていなかった」

素直に礼を述べるシルヴィスに、織人もまた頬をゆるめた。ぎこちなさが消えて和やかな空気が漂うが、はたと動きを止めたシルヴィスは、しまったとばかりに後頭部に手を当てた。

「悪い。自分がどうやって育ったのかを思い出せないオリトに、家族を紹介するなんて無神経だった」

その反応に織人は口を閉ざし、ぐるぐると渦巻く迷いを噛みしめた。いくらゲームストーリーに則ったとはいえ、記憶がないと訴え続ければシルヴィスに余計な気を遣わせてしまう。

破滅の王の正体までは伝えずとも、せめて織人の身の上くらいは話しておきたいと思った。

「ごめん。俺、シルヴィスに嘘をついてた」

深く息を吸い込んでから織人は静かに切り出した。

「今までの記憶は全部覚えてるんだ。ただ……その、どの国で生まれ育って、どうしてこの国にやってきたのかを説明するのが難しいから、記憶喪失の振りをした」

はっきりとしない説明に、シルヴィスは案の定戸惑った様子を見せた。「説明するのが難しいってどういう意味だ？」と控えめに尋ねられ、織人は慎重に言葉を選びながら返す。

「信じてもらえないかもしれないけど、俺……、まったくの別世界からきたんだ」

それから織人はぽつぽつと語り出した。織人にとってこの世界は、テレビゲームの中で展開する空想の物語のはずだったこと。ひょんなことでその物語の中に入り込んでしまったこと。聖騎士団が陥っている状況も、自分に与えられた光の聖者という役割も、最初から分かっていたこと。

　この先起こる展開を知っていることまでは口にしなかった。どんな未来が待ち受けているのかを問われれば、きっと自分は追及から逃れられずシルヴィスの身に起きる出来事を話してしまうだろう。

　織人が語る内容に、シルヴィスは困惑を滲ませつつ耳を傾けていた。シルヴィスに疑いの目を向けられるのが怖くて、織人の視線は自然と下がっていく。

「なに馬鹿なこと言ってんだって、そう思うかもしれないけど……でも俺、もうシルヴィスに嘘をついていたくない」

　織人は純粋だから、記憶喪失という話もきっと本当だろう。神殿でそう語ったシルヴィスの顔に泥を塗る結果となったのが申し訳なかった。シルヴィスはうなだれる織人の前に回り込むと、右手でそっと頬に触れてくる。

　大きな手に促されゆっくりと顔を上げた織人は、目の前に立つシルヴィスが、印象深い目を細め慈愛に満ちた表情を浮かべていることに気がついた。

「話してくれて嬉しい。記憶がないことを話題に出されるたび、申し訳なく感じてたんじゃないか？……苦しかったな」

　騙《だま》していたのかと怒るでも軽蔑するでもなく、ただ気遣ってくれるシルヴィスに、鼻の奥がツンとして織人は堪らず唇を噛みしめた。信じてもらえたことに心の底から安堵して目が潤んでしまう。

　顎を引いてシルヴィスの手から逃れ、織人がわたわたと視線を泳がせると、正面からくすりと笑い声がこぼれた。

「オリトがこっちの世界にきてるってことを、元いた世界の人は知ってるのか？」

「いや、知らないと思う。一人で部屋にいたときに突然こっちに飛ばされたから」

「だったら家族や友人は心配してるだろうな……」

眉を下げ胸を痛める様子を見せるシルヴィスに、織人は肩を竦め苦笑を返した。

「俺、家族の中でもいまいち存在感がなかったし、必要とされてる実感っていうの？　そういうの、どこにいてもあんまり感じられなくてさ。仕事を放り投げてどこ行ってんだって呆れられることはあっても、そんなに心配されてない気がする」

意識しないまま自嘲がこぼれ、そのネガティブな内容に織人はドキッとする。俺、自分のことをそんな風に思ってたんだ。

シルヴィスを心配させないよう明るい表情を作った織人は、すぐに軽いトーンで笑い飛ばした。

「だからこっちの世界は結構気に入ってるんだよ。シルヴィスはもちろん、リリアーナもグレゴリーも良い人だし。依頼をこなすのは大変だけど、協力して目標を達成できるのは楽しいなって思う」

自虐する織人にシルヴィスはなにか言いたげな表情を見せたが、次の言葉を聞くと力を抜くように口許をゆるめた。一度まぶたを伏せて思案したのち、青色の虹彩に再び織人を映す。

「オリトがこの世界に悲観してないなら良かった。それに……正直に言ってしまえば、元いた世界にあまり未練がないっていうのは俺としては安心する」

思ってもみなかった発言に、織人はぱちぱちと瞬いて目の前の男を見つめた。無言で視線を返したシルヴィスは、深呼吸を一つしてから口を開く。

「オリトが記憶喪失だって言ったとき、疑う気持ちとほっとする気持ちが両方あった。俺の立場をまるで知らない相手なら、少しは肩の力を抜いて話せるんじゃないかと考えたんだ。……あのときの俺の判断は正解だったと思ってる」

いざ二人旅が始まれば織人は本当にこの世界の知識がなく、隠れた目的を持って自分に近づいたわけではないとすぐに分かった。最初は見るからに緊張していた織人が徐々に自分に打ち解け、頼ってくるようになったのが嬉しかったとシルヴィスは語る。

「けど……、いつからだろうな。オリトに頼られているつもりで、俺のほうがオリトを頼るようになっていた。どんなに気を張って過ごしていても、オリトの隣にいるときはほっと息をつくことができる。いつの間にかお前に心を預けていた自分に気づいたんだ」

丁寧に紡がれる言葉は織人の内側にじわりと染みて、名状しがたい感情を胸に湧き上がらせる。ドキドキして、落ち着かなくて、けれどその鮮やかな瞳から目が離せない。

「幼い頃、兄貴が言ったんだ。『もしシルヴィスが大きくなって、結婚したい相手ができたら、そのときは真っ先に俺に紹介しろよ』って」

尊敬する兄の肖像画を背負い、シルヴィスは真摯な口調で告げた。

「お前が好きだ、オリト。お前が隣にいない人生なんてもう考えられない。俺と結婚してくれないか」

誤魔化しようもないまっすぐなプロポーズに、織人は返事も忘れて呆気に取られた。焦りと緊張と羞恥が追いついたのは三秒ほどあとで、織人は一気に全身が火照るのを感じながら慌てふためく。

「け、結婚!?」

「ああ、俺のパートナーになってほしい」

きっぱりとした口調で言い切るシルヴィスに、織人はなにからツッコミを入れたらいいのか分からない。もしかして恋愛の意味で好かれているのかな、と考えてはいたが、告白と同時に求婚までされるとは想定していなかった。

「パートナーって……、いやでも、ベネディルミア王国って同性同士の結婚は認められてないだろ?」

額に汗を掻きつつ震える声で尋ねる織人に、シルヴィスは「知ってたのか」と驚いた様子で返した。

国王としても同性同士の恋愛があることは把握しているらしいが、政略結婚や世継ぎ問題等、貴族たちが水面下で様々な策略を練っている現状を考えれば、混乱を生じかねないからと同性間の結婚を許可することに二の足を踏んでいるのが実状だという。

「確かに現状では同性との婚姻は許可されてない。だが男同士で結婚した実例はある。三〇〇年前に破滅の王を倒した光の聖者と、その仲間だ」

　破滅の王が消滅したあと、光の聖者は恋愛関係にあった男性との婚姻を認めるよう王に求めた。王国を救った英雄の願いを断るわけにはいかず、彼らの挙式は特例として行われた。

「神殿の壁に浮かび上がる神託は一度も外れたことがないと聞く。あと二ヵ月で破滅の王が現れるのは確実だろう。けれどその破滅の王さえ倒せば、三〇〇年前と同様、オリトとの結婚を認めてもらえるはずだ。もちろん、オリトの返事次第だけどな」

　そう言うとシルヴィスはただでさえ近い距離をさらに詰めてきた。焦った織人は慌てて後退するが、シルヴィスがそれ以上に踏み込んでくるので、結果的に暖炉の前に追いつめられてしまう。

　マントルピースに手をついたシルヴィスは、織人を腕で囲って逃げ場を奪い顔を覗き込んできた。

「俺のこと、オリトはどう思ってる……？」

　熱っぽく問われ、甘い声音に心拍数が上がった。面倒見の良い兄貴分だったはずのシルヴィスが、雄の顔で自分に迫っている。その事実にくらくらと目眩がした。頬が熱くて、胸がぎゅっとして、頭がうまく回らない。

「わ……、分かんない……。知ってるだろ？　俺、童貞なんだよ。……誰とも恋愛したことないから、シ、シルヴィスのこと好きかどうか、自分でもよく分かんなくて……」

　しどろもどろになりながらも、織人はなんとか本心を打ち明けた。

　同性であるシルヴィスからはっきりと好意を告げられても、不快感は少しも湧かない。けれど自分がシルヴィスをどんな風に見ているのかは、正直に言って確信が持てなかった。学生の頃はクラスメートの女の子を可愛いなと思うことはあったけれど、恋とも呼べない一方的な憧れでしかなく、本当に誰かを好きになったときにどんな心境になるのかは見当もつかない。

　そもそもシルヴィスは、自分のような鈍くさい奴の一体どこに惚《ほ》れたというのだろう。ちょっとした言動ですぐに好感度が上がる主人公補正が働き、ゲームシナリオに則って強制的に織人に恋愛感情を抱かされただけなのではないか。

「俺に好かれてるのが嫌なわけじゃないんだな？」

　真っ赤になって縮こまる織人に、シルヴィスはさらに身を寄せた。胸が触れ合いそうな距離に、心臓が騒いで仕方がない。自分が機械だったらとっくにオーバーヒートを起こしている。

　まともにシルヴィスを見ていられず、固く目を閉じてコクコクと頷く織人に、シルヴィスがふっと息をこぼした。閉ざされた視界の中でシルヴィスが身じろぐ気配がして、顎に指を添えられる。

　顔を上向けられ、織人は焦りのあまり目を開けた。キスをされるのかと思ったのだ。

　鼻がぶつかりそうな位置まで迫っていたシルヴィスと視線がぶつかる。その途端に、清廉潔白かつ品行方正なはずの聖騎士は、澄んだ色の目を細め形の良い唇にニヤリと悪い笑みを浮かべた。

　圧倒的な雄の色香を漂わせるシルヴィスに、織人はひゅっと息を飲み込む。

「だったらオリトが好きになってくれるまで、俺はお前を口説くぞ」

　初めて聞く艶めいた声で告げると、シルヴィスは顔を傾け織人のこめかみに口付けた。耳の縁に唇が触れ、織人は大袈裟なほど身を跳ねさせる。

（ままま……待て待て待て待て！　この流れはまずいって！　だって……）

　顎に添えられていた右手が織人の腰に落ち、抱き寄せられて体が深く密着した。ぱくぱくと口を開閉して、織人は声にならない叫びを心の中であげる。

（だって破滅の王を倒したら結婚って、そんなのシルヴィスがラスボス化してもしなくても、絶対に達成できない目標だろ⁉）

　どうすりゃいいんだ、と織人が胸の内で天を仰いでいることなど知らず、シルヴィスは織人を腕の中に閉じ込め、機嫌良く抱きしめ続けた。


　神殿から一人出てきた織人は、首の後ろに手を当て「うーん」と唸り声を漏らした。頭上に広がる空は分厚い雲が広がっていて、先行きの不透明さを表すような天候に思わず溜め息が漏れる。

「神託はやっぱりまだ変わってないか……」

　人見知りをする性格ながら相当な勇気を振り絞って一人で司祭に会いにいったのだが、残念なことに期待した結果は得られなかった。

　シルヴィスの亡き兄に対するコンプレックスは徐徐に和らぎ始めたように見えたし、母であるオルブライト夫人の愛情にも気づけたので、これはもしやラスボス化エンディングを回避できたのでは？　と考えていたのだけれど。

（となると、やっぱり婚姻ルートで破滅の王になったシルヴィスを人間に戻すしか方法はないってことになるよなあ）

　そこで重要になるのが、オルブライト夫人から婚約指輪を贈ってもらえるかどうかということだ。亡くなった長男の結婚を楽しみにしていたオルブライト夫人に、次男が男の恋人を紹介したら彼女は一体どう思うだろう。おまけに自分たちが暮らす国は同性婚が認められていないときた。

　オルブライト夫人は聡明で懐の広い印象の女性だったが、シルヴィスとの結婚を喜んでもらえる自信はなかった。同性であることもそうだが、シルヴィスのような完璧な男の婚約者がよりによって自分だなんて……とつい自虐的な考えが頭に浮かんでしまう。

（婚約指輪が手に入ってシルヴィスを助けられるなら、別にシルヴィスとの結婚に抵抗はないんだけどな……）

　ガシガシと後頭部を掻いた織人は、一拍の間ののち「ん!?」と目を白黒させた。

（えっ、俺、シルヴィスと結婚してもいいって思ってんの？　結婚だぞ結婚！）

　シルヴィスから求婚されたとき、織人は自分の気持ちが分からないと答えた。その返事に嘘はない。四六時中一緒にいて、友人と密な時間を過ごした経験など今までなかったから、告白された瞬間のじわりと染み出るような喜びを恋愛感情と呼んでいいのか判断がつかないのだ。

　けれど織人は今、ごく自然にシルヴィスと結婚する未来を考えていた。いくら彼を救うためとはいえ、自分の人生をすべて捧げるような選択を、恋愛感情のない相手にできるものだろうか。幾度となくシナリオからずれが生じている現状を考えれば、エンディングを迎えたあとも現代日本に戻れず、ディサピアの世界で暮らし続ける可能性もあるというのに。

（男同士といえど、結婚したら夜の生活なんかも待ち受けてるわけだし。……シルヴィスは……だって、ちゃんと勃つじゃん。……俺で）

　織人の痴態を前にして欲望を漲らせてしまい、金属製のアーマーに当たって痛いとこぼす姿が頭に浮かぶ。シルヴィスの手に導かれて射精した事実までもが思い出され、織人は頭を抱えて「あーッ！」と両足をばたつかせた。神殿の前を掃除していた修道士がビクッと肩を跳ねさせる。

　自分は一体シルヴィスをどう思っているのだろう。シルヴィスに向けるこの気持ちはただの友情なのか、……それとも。

「オリト」

　悶々とする織人に声をかけてきたのは、神殿に行くと事前に伝えていたグレゴリーだった。リリアーナも一緒にいるところを見ると、なにかめぼしい依頼でも見つけたのだろうか。

「シルヴィスからお呼び出し。まあ今回はあたしとグレゴリーもだけど」

「呼び出し？　って、ギルドかどこかにか？」

「聖騎士団本部にだそうだ。シルヴィスからというより、今回は我々に聖騎士団からの依頼が入っているらしい」

　立ち入ったことのない場所の名があがり、織人は困惑する。どういう依頼かちっとも予測できないまま、織人は二人とともに神殿を離れた。


　大理石の床にロイヤルブルーの絨毯が敷かれた聖騎士団本部の会議室で、コの字型に配置された長テーブルについた織人は、リリアーナとグレゴリーの間ですっかり萎縮していた。

　テーブルについているのは、聖騎士団の正装姿の騎士たちだ。いわゆる上座の位置にいる四十歳前後とおぼしき男性は、シルヴィスが胸に飾ったものよりも大振りな勲章を着けている。その勇ましい雰囲気や、他の騎士たちの言動からも、彼が聖騎士団団長であることがうかがえた。

　副団長のシルヴィスは、議長らしき眼鏡《めがね》男子を中心に団長とは反対側に座っていた。目が合うと微かに口許を綻ばせるので、織人は照れくささを誤魔化すべく「仕事に集中しろ」と内心で毒づく。

　会議の準備が整うと、議長は中指の腹で眼鏡のブリッジを押し上げ、「それでは始めましょうか」と切り出した。

「一昨日、コンティミア鉱山手前に出現したヒッポグリフが採掘に訪れた者を襲って軽傷を負わせたとして、聖騎士団に捕獲要請がありました。この件につきまして、オルブライト副団長から詳しく説明がございます」

　議長から話を振られ、シルヴィスが口を開く。

「ヒッポグリフはグリフォンと比較すると温厚な気質だ。誇り高い生き物なので、危害を加えられていないにもかかわらず人間を襲ったことに疑問が残る。馬肉を主食としていながら、野生の馬が生息していない鉱山に居座っている理由も謎だ」

　シルヴィスのよく通る声を聴きながら、織人はゲームのグラフィックを頭に思い描いた。鷲《わし》の上半身と獅子《しし》の下半身を持つグリフォンに対し、ヒッポグリフは下半身が馬だ。翼を広げ悠然と空を舞う姿は威厳に満ちている。

　グレゴリーの巨体に隠れるようにして座る織人に、シルヴィスがちらりと目を向けた。どうしたんだろう、と織人が瞬く中、シルヴィスは朗々とした調子で告げる。

「今回のヒッポグリフ捕獲作戦には、俺が所属しているパーティーの仲間である、オリト・リリアーナ・グレゴリーにも加わってもらいたいと思っている。そしてこの作戦の総指揮を、オリトに任せたい」

　その言葉の意味を織人はすぐには理解できなかった。石のように固まる織人を他所《よそ》に、会議に出席していた騎士たちが「おおっ、光の聖者が指揮官とは心強い！」「ヒッポグリフ捕獲計画の成功は約束されたようなものだな！」と興奮した様子で口々に言う。

リリアーナとグレゴリーだけは、織人に憐れみと困惑の混じった視線を寄越した。

「やってくれるか？　オリト」

まっすぐにこちらを見つめて尋ねるシルヴィスに、織人はどんな感情を向ければいいか分からなかった。騎士たちの期待の眼差しを一身に浴びる中ではとてもじゃないが嫌だとは言えず、織人は「はい……」と消え入りそうな声で答えた。

ヒッポグリフの生態調査書を渡され、とりあえず三日後に次回の会議を行うことになった。それまでにざっくりとした捕獲計画案を考え、聖騎士団と共有して人員配置や必要物資についてさらに計画を練るという流れだ。

（うっ、まさかゲーム世界に来てまで会社員みたいな仕事をするなんて……）

会議が終了し、騎士たちがぞろぞろと退出する中、織人はガックリと肩を落としつつ書類をまとめた。そこに議長と話し終えたシルヴィスが近寄ってくる。

「お疲れさま、オリト。急な呼び出しに対応してくれてどうもな」

なに食わぬ顔で声をかけられ、織人はすかさず怨念のこもった目を向けた。

「ちょっと今話せるか？　話せるよな？　なっ？」

引きつった顔で誘い出せば、シルヴィスは苦笑を漏らして「場所を変えようか」と言った。

リリアーナたちには先に外に出てもらうことにして、織人はシルヴィスに連れられて聖騎士団本部の広い廊下を進んだ。昼食どきということもあり、勤務中の騎士たちが一階にある食堂を目指す中、織人たちは上階に向かって階段を上る。

三階の突き当たりへやってきたシルヴィスは、資料室というプレートがついた扉を開いた。中に人がいないことを確認してから織人を招き入れる。室内には書籍が詰め込まれた本棚が整然と並んでいた。

「相談もなしに、いきなりオリトを指揮官に推薦して悪かったよ」

織人が機嫌を損ねている理由を、シルヴィスはきちんと把握しているらしい。織人は眉間に皺を寄せ、ぶすっとしたままシルヴィスから顔を背ける。

「事前にオリトに伝えていたら、確実に断られると思ったんだ」

「当たり前だろ。聖騎士団に指示を出す指揮官なんて、俺なんかに務まるはずない。俺がどんな性格かなんて、シルヴィスが一番分かってるだろ？」

慣れていない相手を前にすると緊張してまともにしゃべれないし、注目されることは苦痛でしかなかった。それをよく知っているから、織人が衆目を浴びるような場面ではいつもシルヴィスが助け船を出してくれた。

その気遣いをありがたく思っていただけに、なんだか裏切られた気分だ。

「……なんでこんなことするんだよ。俺のこと好きって言ったの、嘘だったのか……？」

漏れ出た言葉は拗ねた子供のような調子だった。

それがみっともなくて、ショックで悲しくて、織人は奥歯を噛みしめ睫毛《まつげ》を震わせる。シルヴィスはいつだって自分の味方でいてくれると思っていたのに。

……好きだって言ってもらえて嬉しかったのに。

「嘘じゃない。オリトが好きだよ」

宥めるような声で返したシルヴィスは、繊細な手つきで織人の髪に触れた。指の間に髪を通し、怯える子ウサギを撫でるかのような慎重さで梳《す》いていく。

「オリトは自分を随分と卑下してるみたいだが、お前は自分が思っている以上に周りから必要とされる人間なんだと分かってほしいんだよ。いつも俺に助けられてるなんて、そんな風に引け目を感じないでほしい」

　真摯な言葉はまっすぐ織人の胸に落ちて、勝手に傷ついていた心に優しく染み込んでいく。シルヴィスがなんの考えもなしに無茶な配役をするなんて、織人だって本当は思っていなかった。

　それでもなんだか悔しくてシルヴィスの顔が見られないのは、すべて当たっているからだ。癖のように自分を卑下することも、シルヴィスに助けられないとなにもできないと考えていたことも。

「オリトの冷静な判断力と、機転を利かせて戦法を変化させられる順応性は強力な武器だと俺は思ってる。本来は知性的で温厚なモンスターのヒッポグリフがどうして人を襲ったのか、その原因をしっかりと解明したい。もしかしたら、ベネディルミア王国の未来に関わる……破滅の王に関わる、重要な手がかりが隠れてるかもしれないだろ？」

　誠実に祖国を想《おも》うシルヴィスの発言には、一点の曇りも感じられなかった。この男が破滅の王と化して王国をめちゃくちゃにするなんて今でも信じられない。以前見たときと少しも変わっていなかった神託を頭に浮かべ、織人は複雑な気持ちで顔を上げた。

　視線が合ったことに安堵した様子で、シルヴィスが目許を和らげる。

「オリトならきっとできると俺は確信してる。どうか聖騎士団に力を貸してくれないか」

　副団長としての言葉で締め、シルヴィスは織人に触れていた手を下ろし、すっと差し出した。

　端正な美貌には不似合いな、無骨な印象さえある手のひらから、シルヴィスが国民を守るために日々鍛錬を積み重ねてきたことがうかがえた。深く息を吸い込んだのち、織人はその手を握り返す。

「分かった」

　いまだに自信なんてものはない。それでもシルヴィスが信じてくれるなら、少しだけ織人も自分を信じてやってもいいと思えた。

今度は拒みきれなかったからではなく、はっきりとした決意を胸に織人は頷いた。

その後の調査により、ヒッポグリフはコンティミア鉱山の中でも特定の場所に留まり、激しい威嚇で他のモンスターを追い払っていることが分かった。黄金がある場所を探ってそこを守るとされているグリフォンならまだしも、ヒッポグリフがどうして餌も捕れないような場所に固執しているのか。

現在は周辺を立ち入り禁止にしているらしいが、鉱石は冒険者の武器や防具にも使われる重要な資源であり、いつまでも鉱山を封鎖し続けることはできない。

ヒッポグリフは知能の高いモンスターだ。織人は自分を指揮官としたチームでヒッポグリフと交渉を行いつつ、グレゴリーを中心とした別チームで背後から挟み撃ちする計画を立てた。守っているものに近寄られたことでヒッポグリフの逆鱗《げきりん》に触れないよう、グレゴリーチームはあくまでも内密に動く。

襲われたという負傷者は怒って嘴《くちばし》でつつこうとするヒッポグリフから逃げようとして転倒し、手足に擦り傷を負ったと聞く。だが立ち入り禁止区域に面白半分で踏み入る輩《やから》がいれば、今度は擦り傷程度の怪我では済まないかもしれない。二度目の会議から三日ほどで、織人は聖騎士団を引き連れてコンティミア鉱山へ向かうことになった。

ヒッポグリフは基本的に昼行性のモンスターであるため、織人たちは動きが鈍り始める夕方に聖騎士団専用魔方陣を使ってコンティミア鉱山へ向かった。

コンティミア鉱山は地面をすり鉢状に掘った露天掘りの鉱石場で、最深部に向かって壁面に螺旋《らせん》状の足場が作られていた。普段はまだ鉱山労働者たちが忙しく働いている時間帯だそうだが、今は薄暗がりの中でひっそりと静まり返っている。

　ヒッポグリフはその最深部にいた。羽を広げてうずくまっているが、織人たちに気づくとすっくと首を持ち上げる。十五メートルほどの距離まで詰めたところでヒッポグリフが嘴を開いて威嚇を始めたため、織人はシルヴィスと顔を見合わせてその場で足を止めた。

　鋭い眼光を放つ鷲の目を見つめ返しながら、織人は杖をぎゅっと握り、肩にのるキキマネ鳥に小声で話しかける。

「こちら織人。ヒッポグリフが隠しているものは見つけられたか？」

『コチラ織人。ヒッポグリフガ隠シテイルモノハ見ツケラレタカ？』

　ツバメほどの大きさの鳥が織人の声真似をした。

聴覚に秀でたキキマネ鳥は、すぐそばにいる生き物の鳴き声を真似て、半径三〇〇メートル以内にいるつがいに聞かせる習性がある。それをつがいが復唱する性質を持つことから、この世界ではトランシーバー代わりに使われていた。

　織人側にいる雄のキキマネ鳥が、ヒッポグリフを挟み反対側にいるグレゴリーの返事を復唱する。

『こちらグレゴリー。足元に薬草らしき葉が積み上げられているが、もう少し近づいてヒッポグリフを立ち上がらせないとはっきりとは分からない』

　その内容に織人は無言で首を捻った。

（足元に薬草を敷き詰めてるってことは負傷してるのか？　負傷しながらも、近くの森まで飛んで自ら薬草を摘んできて、療養に使った？　だったら最初から薬草が生えている森で休めば良くないか？）

　傷を抱えながらわざわざこの場所まで戻る理由が分からない。とにかくヒッポグリフとの距離を詰めるしかないと、織人は再び歩を進めた。

　織人たちが近づくにつれ、ヒッポグリフが警戒を露わに身を起こした。その拍子にわずかによろける。モンスターの攻撃に遭ったのか、前足の根元から趾《あしゆび》にかけて血が滲んでいるのが見えた。

同じくヒッポグリフの足元を確認したグレゴリーが、キキマネ鳥を通じて報告する。

『ヒッポグリフが隠しているものが分かった。薬草の山の中にいるのはヒッポグリフの子供だ。ひどい怪我を負っているらしい』

緊迫した空気を孕《はら》む声に、織人もはっとしてシルヴィスに顔を向けた。キキマネ鳥の声はシルヴィスにも届いたらしく、織人を見つめて深く頷く。

「ヒッポグリフは子供を守るためにここに留まっているんだ！」

「ああ。自身も足に怪我を負ったせいで、子供を抱えて飛べないんだろう。コンティミア鉱山まで来たところで子供が動けなくなり、せっせと薬草を運んで看病している、ってとこだな」

しかし子供が身を起こさないところを見れば、順調に回復しているとは言いがたい。傷の影響で発熱している可能性もある。織人はすぐさま背後に控える聖騎士団を振り返った。

「修道士の方々を前に。ヒッポグリフ親子の回復をお願いします！」

その指示に、聖騎士団も「はっ！」と返事をして後方にいる修道士たちを呼び寄せた。あとはヒッポグリフに回復魔法を施せば、親子ともども怪我を治してやることができるのだが。

「まずいな……、大勢の人間が来たことで気が立ってる」

織人の隣に立つシルヴィスがヒッポグリフを前に渋面《じゅうめん》を作った。「ギョア！　ギャアッ！」と大きな声で鳴くヒッポグリフは翼を広げて前傾姿勢を取り、これ以上近づけば攻撃すると警告している。

「より強力な回復魔法を使うには、対象者と近づいて術を施す必要がある。しかしこれ以上踏み込めば俺たちに危害を加える可能性がある。……どうする？　オリト」

　鉱山封鎖の要因となっているうえ、人間に大きな怪我を負わせたとなれば、そのモンスターは討伐対象となってしまう。織人は唇を結んでしばし黙り、まっすぐヒッポグリフを見据えたまま口を開く。

「ヒッポグリフの子供を治療させてほしいと交渉してみる」

　力強く宣言した織人は、手にしていた杖をシルヴィスに差し出した。敵意がない旨を伝えるために丸腰で近寄ったほうがいいと考えたのだが、その行動にシルヴィスが表情を固くする。

「待て。交渉なら俺がする」

「駄目だよ。いくら剣を置いていったとしても、見るからに手練《てだ》れのシルヴィスが近寄ったんじゃヒッポグリフが警戒する。俺なら一蹴りで吹っ飛びそうだし、多少はヒッポグリフも安心できるだろ」

「だが……！」

　織人の言うことは筋が通っているが、とはいえ危険な目には遭わせたくないと葛藤しているのだろう。苦しげに顔を歪めるシルヴィスに、織人は場違いにも穏やかな気持ちになった。

「心配してくれて嬉しい。でも俺、シルヴィスの役に立ちたいんだよ。シルヴィスと対等な立場で隣に並んでるんだって、胸を張って言いたい」

　自分を信じてくれたシルヴィスの気持ちに、織人も応えたかった。助けられている引け目など感じないでほしいと言われて、図星をつかれた恥ずかしさはあったけれど嬉しかった。シルヴィスがきちんと自分を見ていてくれたのだと感じられたから。

　決して気持ちを曲げない織人に、シルヴィスは渋い顔で悩んだのち、「……よろしく頼む」としぼり出すように言った。

シルヴィスに杖を預けると、織人はヒッポグリフに向かって慎重に歩き始めた。ヒッポグリフは怒りを露わに声を荒げ、馬の後ろ足で体を支え鷲の前足を振り上げる。まだ攻撃の間合いには入っていないが、馬の脚力で突撃されたらひとたまりもない。ドッ、ドッ、と心臓が音を立てるのを感じながら、それでも織人は前に進み始めた。

あと五メートルの位置まで近づいたところで、ヒッポグリフが「ギョァーッ！」とけたたましく鳴いたため、織人はそこでようやく立ち止まった。

「お願いだ。あなたの子供を俺たちに治療させてほしい」

威嚇音が止まった一瞬の隙をつき、織人は目を逸らさずに告げた。荒れ狂っていたヒッポグリフが動きを止め、目玉をギョロリと揺らして織人を睨む。そこに友好的な雰囲気は微塵《みじん》もない。

「俺たちには回復魔法を使える仲間がいる。薬草を宛がうよりずっと強い治癒力が見込めるはずだ。あなたも、あなたの子供の怪我も必ず治る」

鉱山の乾いた空気の中、織人の声だけがはっきりと響き渡った。ヒッポグリフは猛禽《もうきん》類特有の鋭い目を織人に向け、真意を探るように見つめ続けた。射抜かれそうなほどの強い視線を浴びながらも、織人は決して怯まない。

「ギョアッ、ギャアァ！」

しかし織人の懇願も虚しく、ヒッポグリフは再び激しい威嚇を始めた。今すぐにでも間合いを詰め、鋭利な爪で織人を引き裂かんばかりに。

「オリト！　それ以上は危険だ、すぐに戻れ！」

焦った様子のシルヴィスが背後で声を張り上げた。カシャッという音が聞こえたのは、腰に携えた剣の柄を握ったためだろう。

聖騎士団とヒッポグリフ、互いが完全に臨戦態勢に入ったことを悟り、織人は悔しさに息を詰めた。

結局ヒッポグリフは、人間が自分たちを治療するという話を信じてくれなかったのだ。

　無言でヒッポグリフに背を向けた織人は、元来た道をゆっくりと戻っていく。しかしあと数歩でシルヴィスの隣に並ぶ場所までたどり着くと、織人はその場で足を止めた。不思議そうにこちらを見やるシルヴィスに小さく口角を上げ、深く息を吸い込んで気合いを入れる。

　よし、と頷いた織人は、地面に向かって全力でヘッドスライディングを決めた。驚いたキキマネ鳥が織人の肩から慌てて飛び立つ。

「いっ、ててて……」

「なっ……、なにやってるんだ!?」

　聖騎士団が唖然とする中、真っ先に我に返ったシルヴィスがすぐさま織人を抱え起こした。自分の意思とはいえ、派手に転倒した織人の服は土で汚れている。手のひらには擦り傷ができているし、鼻の下を手の甲で擦れば鼻血が垂れているのが分かった。我ながらなかなかにボロボロだ。

　呆気に取られたのはヒッポグリフも同じで、先ほどまでの怒りなどどこかに吹き飛んだ様子で固まっていた。地面に手をついて立ち上がった織人は、今度は軽い足取りでヒッポグリフに近づいていく。

「ほら、全身傷だらけだろ？　膝見る？　いててっ。な？　こっちも血が出てる」

　声を弾ませながらボトムを捲り負傷した膝を見せる織人に、ヒッポグリフは明らかに困惑を示した。くるりと聖騎士団を振り返った織人は、大きく手を振って合図を送る。

「すみませーん、俺のこの怪我を治してもらってもいいですかー？」

　一連の流れを呆然と見守っていた修道士が、はっとした様子で前に進み出た。顔の前で手を組み祈りを捧げると、織人の頭上から光が降り注ぎ、全身の傷がみるみるうちに癒えていく。軽傷を治す程度であればこのくらい距離が開いていても問題ない。

　再びヒッポグリフに向き直った織人は、両腕を開いて全身を見せ、歯を覗かせて笑った。

「ほらほら、すっかり良くなっただろ？　修道士さんの祈りはすごいんだよ。あなたの足の怪我だってすぐに良くなるし、そっちの小さい子だってちゃんと元気になる」

　織人がどうして自ら怪我をしてみせたのか、賢いヒッポグリフはきちんと察したらしい。驚いた様子で目を見開いたヒッポグリフは、今度は静かに織人の言葉に耳を傾けてくれる。

「大切な人が苦しんでたらつらいよな。……自分が代わってやれたらって思うよな」

　眉を下げ、苦い笑みを漏らしてヒッポグリフに語りかける織人の頭の中には、一人の男が浮かんでいた。今もなお心配そうに織人を見守っている、優しくて誠実で、自分だけですべてを抱え込むことしかできない不器用な聖騎士の姿が。

「だからさ、大変なときは誰かに頼って大丈夫なんだよ。みんながみんな、あなたを傷つけることなんてないよ」

　彼の眼差しが背中に注がれているのが、振り返って確認しなくても分かる。それを織人は幸福だと思った。たくさん与えてもらった慈愛の分だけ、自分も誰かに優しくしたいと思えた。胸を温かな感情が満たし、織人は知らず目許を綻ばせる。

　シルヴィスのことが、好きだと思った。

「少なくとも俺は絶対に、あなたを傷つけたりしない」

　揺るぎない言葉を一心に注ぎ、織人は目を細めて口角を上げ、とびきりの笑顔を見せた。

　長いこと子供のもとから動かずにいたヒッポグリフが、沈黙ののち、ゆっくりと足を前に踏み出した。

織人のそばまで寄ると、敵意がないことを示すように頭を下げ、「ピギュ、ピギュ」と小さな声で鳴く。それから慎重な動作で織人の腹に頭をすり寄せた。

「信じてくれてありがとう」

織人もその頭をぎゅっと抱き返し、湧き上がる喜びにまぶたを伏せた。


織人の合図で駆け寄ってきた修道士たちとグレゴリーは、すぐにヒッポグリフ親子の治療に移った。予想どおり、子ヒッポグリフは傷の化膿《かのう》で熱を出していたが、グレゴリーたちの懸命な回復魔法によってすっかり元気を取り戻した。

「ピキョッ！　キョピッ、キョピッ」

寝込んでいたのが嘘のように、大型犬くらいのサイズの子ヒッポグリフは織人の周りをぴょんぴょん跳ね回った。親ヒッポグリフも織人の傍らに脚を折り曲げて座り、くつろいだ様子を見せる。

嘴をすり寄せてくる子ヒッポグリフの頭を撫でていると、金属が触れ合う音とともにすぐ近くに人影が落ちた。織人が顔を上げれば、微笑ましいものでも見るかのような、和やかな表情を浮かべるシルヴィスと視線がぶつかった。

「すっかり懐かれたもんだな。あれだけ威嚇されてたのが信じられない」

穏やかなテノールが鼓膜を震わせる。プレートアーマーの胸当てが織人の肩にぶつかり、距離の近さをまざまざと感じさせた。どれもこれも今さらだというのに、美しい色の瞳に自分だけが映っているのだと思うと、織人の心臓は一気に騒ぎ始める。

カーッと頬に熱が集まるのを感じ、織人は慌ててシルヴィスから顔を背けた。

「そっ、そう、だな……」

まるで初めて会ったときのような緊張感の漂う返答になってしまい、織人は今すぐ逃げ出したくて堪らなくなった。案の定、シルヴィスも不思議そうに「どうかしたか？」と尋ねてくる。

（どうかって……どうかって……、だって、好きな人がこんなに格好良く見えるもんなんだって知らなかったんだよ）

　もちろん、シルヴィスは誰も文句のつけようがない美形だ。人形のような端正な面立ちに、騎士としての精悍な印象が混じり合い、男として完璧な美貌を持ち合わせている。

　それは手に入らないものへの憧れというか、写真集に掲載されている観賞用の美しさに近かった。

　けれど彼が好きだと自覚した途端、表面的な格好良さとはまた異なる、内面の魅力まで外側に滲み出してシルヴィスをキラキラと輝かせる。今まで恋の経験などまともになかった織人は、初めて味わう感覚に戸惑いを隠せなかった。

「副団長！　出発の準備が整いました」

　悶々とする中、聖騎士団の一人がシルヴィスに声をかけてきた。「分かった、今行く」とシルヴィスが返事をするのを聞き、織人はほっと肩の力を抜いてヒッポグリフたちに向き直った。

　当初は捕縛予定だったヒッポグリフは、コンティミア鉱山にこもっていた理由が判明し、今はもう人間への敵意がないという理由から、危険性なしと見なされてそのまま解放されることになった。

「これからも親子で元気に暮らすんだぞ」

　寂しさを覚えつつも、織人はヒッポグリフの頭を撫でて別れの挨拶をした。するとそれまで座り込んでいた親ヒッポグリフが、わざわざ正面に移動して再び上半身を屈めてみせた。子ヒッポグリフも「キュッ」と鳴きながらローブの裾を嘴で摘み、親ヒッポグリフのほうへ誘導する。

「え？　なに、乗れってこと？」

　突然の行動に織人が困惑する中、シルヴィスがすぐそばでくすりと笑った。

「助けてくれたお礼がしたいんじゃないか？　せっかくだから行ってこいよ。彼らならオリトを悪いようにはしないはずだ」

　そう言うとシルヴィスはぽんと織人の頭に手を置き、「あまり遅くなるなよ」と告げて立ち去ろうとする。シルヴィスは帰ってしまうのか、と思ったら、織人は反射的にその腕をつかんでいた。

「シ、シルヴィスも一緒がいい……！」

　口をついて出たのは駄々をこねる子供のような台詞だった。シルヴィスだけではなく他の騎士たちもぽかんとした様子でこちらを見ていて、織人は半ばパニックになりながら必死に言い訳を考える。

「あ、えっと、俺、馬の乗り方なんて分からないし、途中でうっかり落ちたら大変だし」

　楽しい経験は二人でしたいと、ただの友人だった頃なら言えたはずだ。それなのに今は、口にする一語一句になにかおかしいところはないかと過敏に意識してしまう。

　自分の物慣れなさが恥ずかしくて織人は視線をさまよわせるが、気の良い騎士たちが後押しするように声をかけてきた。

「そうですよ、副団長も行ってきてください」

「たまの息抜きは必要ですよ。副団長はいつも一人でなんでもこなしすぎです」

「報告は俺たちで済ませておくので！」

　彼らの言葉はシルヴィスにとって予想外のものだったらしい。驚いた様子でしばし口を閉ざしたシルヴィスは、一拍の間ののち表情を和らげる。

「ありがとう。優秀な部下たちで助かる」

　そのやりとりでまた一つシルヴィスの心の負荷が軽くなったように感じられ、織人も自然と口角が上がった。

　織人が前、後ろにシルヴィスの形で馬の背中に跨がると、鷲の翼を広げたヒッポグリフは力強く地面を蹴った。ふわりと体が浮き上がる感覚があり、織人は慌ててヒッポグリフにしがみつく。シルヴィスが後ろから織人の腰に腕を回してつかまえてくれたため、うっかり転げ落ちずに済んだ。

　すっかり暗闇に沈んだ夜のコンティミア鉱山を、ヒッポグリフはゆったりと羽ばたいてあとにする。傍らでは子ヒッポグリフもぱたぱたと羽を揺らして飛んでいた。聖騎士団一行の姿はみるみるうちに小さくなっていき、織人たちは鉱山を抜けて秋の夜空に飛び出した。

「うわ、すごい……！」

　宝石を散りばめたような満天の星空を風を切って飛ぶ感覚は、今まで味わったことのない感動を織人に与えた。どんなに豪華なイルミネーションも敵《かな》わないほどの美しい夜景を、シルヴィスと二人で堪能している時間の、なんと贅沢なことだろう。なんだか本当に鳥になった気分だ。

「馬に乗って走ることはよくあるが、空を飛んだのは俺も初めてだ」

　織人をしっかり腕に抱きながら、シルヴィスも昂揚した調子で告げた。楽しんでくれているんだと思ったら、花が咲くように織人の胸にも喜びが湧く。無意識にではあったが、シルヴィスを引き留めて本当に良かった。

　しばらく夜の空中散歩を楽しんでいると、やがてぼんやりと発光する場所が眼下に見えてきた。ピンクや黄、水色といった様々な色の光が木の間からぽつぽつと放たれている。暗くて分かりづらいが、いつの間にか森の上まで来ていたらしい。

　織人たちは光の発生地に向かってゆっくりと下降していった。ぽっかりと開けたその場所は湖になっていて、バスケットボールくらいの大きさをした数え切れないほどの光が宙を漂っている。ヒッポグリフが湖の畔《ほとり》に着地し、子ヒッポグリフもその近くに元気良く舞い降りた。

　ヒッポグリフから先に下りたのはシルヴィスで、織人に手を差し出しつかまるよう促した。助けを借りて地面に下りた織人は、シルヴィスの手を握ったまま周囲を見渡す。

「なんだこれ……精霊？」

　川辺を飛ぶホタルの群れを思わせる光景だが、ホタルにしては光の球が大きすぎるし、色のバラエティだってこれほど多くはない。精霊の加護を受けたグレゴリーに時々水色の光の球が寄ってくるのを目にしていたが、このように大量の精霊が集まっているのは初めて見た。

「精霊を包む光の球は、鮮やかに光るほど魅力的に映るらしい。新月の夜は自分を包む光がより綺麗に見えるから、湖に集まって求愛活動に勤《いそ》しんでるんだろうな。さながら精霊たちの舞踏会ってとこか」

　説明するシルヴィスの顔の横を、水色の光の球が悪戯に通りすぎていった。織人たちの存在にも精霊たちは一切怖がる様子を見せない。精霊というのはなかなか肝が据わっているらしい。

「ヒッポグリフはこの光景をオリトに見せたかったんだろう。自分のお気に入りの場所だから、恩人であるオリトにも紹介したいと思ったんだ」

　精霊が飛び交う湖を前に、シルヴィスは自分のことのように嬉しそうに目尻を下げた。シルヴィスと出会って二週間ほどの頃、彼が同様にお気に入りの光景を織人に見せてくれたことを思い出す。

（あれから二ヵ月半か。なんだかあっという間だったな）

　初対面のときから、気さくで面倒見の良いシルヴィスに随分と助けられた。彼の隠れた苦悩を知ってからは、悲しいエンディングをなんとか回避したいと考えるようになった。織人にだけは砕けた態度で接し、可愛がってくれているのを実感し、どぎまぎしたけれど嬉しかった。

恋愛感情を向けられていると知ったときも、戸惑いと同じだけ喜びを覚えた。そして、初めての恋であるだけに自覚するまで時間がかかったが、織人も今シルヴィスに同じ気持ちを抱いている。

「綺麗だ……」

目の前に広がる光景に言葉もなく見入ったのち、織人はぽつりと漏らした。宙を舞う精霊たちが水面《みなも》に映り込み、一帯に鮮やかな光の球が溢れている。月が見えない夜は精霊だけでなく星の輝きも増して、頭上から足元までを大小様々な光が彩っていた。

「ああ、本当に」

織人の手を握り直し、シルヴィスが穏やかな声音で返した。それで手を繋いでいる事実を思い出し、織人は照れくささに口を噤む。

満足した様子のヒッポグリフは織人たちの後ろで脚を折ると、その場に身を伏せた。子ヒッポグリフは黄色の精霊を追いかけてぴょこぴょこと跳ね回っている。「俺たちも座るか」と促され、織人はヒッポグリフの横腹に背中を預ける形で座り込んだ。

「ヒッポグリフを説得するために、わざと転んで怪我をしてみせたときは驚いた。なんせ鼻血まで流してたからな」

立てた膝に腕をのせ、くくっと喉の奥から笑い声を漏らしてシルヴィスは語った。あのときはそれが最善の策だと思ったのだが、今考えればもっと良い方法があったような気がする。織人は体育座りの状態で身を縮こめ、子供っぽく唇を尖らせた。

「間抜けだなって思ってんだろ。悪かったな。せっかく指揮官に推薦してくれたのに、あんなやり方しか思いつかなくて」

我ながら嫌になるくらい卑屈だが、好きな人の前で醜態を晒したことを思い返すと、どうしたってポジティブな気持ちにはなれない。

うだうだと自虐をこぼす織人に、シルヴィスは朗らかに目許を和らげた。繋いでいないほうの手が伸びてきたかと思うと、顎に指を添えられ、顔を固定されてこめかみに口付けられる。

「ちょっ、……なんだよっ」

話の筋と沿っていない行動に、織人は顔を真っ赤にしてシルヴィスの肩を押し退けた。髪の毛越しに押しつけられたやわらかな唇の感触が、いつまでもこめかみに残ってちりちりと熱を発している。

「正直、惚れ直した。俺が好きになった相手は、モンスターに対しても真摯に心を砕く人なんだと思ったら愛しくて堪らなくなった。他の騎士たちも『さすが光の聖者だ……』と感動していて、ま、そこはちょっとモヤモヤしたけどな？　ライバルが増えるなんて俺はごめんだ」

一向に身を離す素振りのないシルヴィスが、織人を見つめたまま照れもせず告げた。その内容に織人のほうが恥ずかしくなってしまう。織人は眉尻を下げて視線を外し、へにゃりと唇を歪めた。

「なんでそんな……、……シルヴィスくらいだよ。俺のこと、すっ、好きだなんて言うの。……俺がゲームの主人公だから、なにもしてなくても良く見えちゃうだけなんじゃないの？」

焦りのせいで、胸に秘めていた思いが口をついて出てしまう。「どういう意味だ？」と訝しげに尋ねられ、織人は主人公が愛されキャラになりやすい恋愛ゲームのシステムを一生懸命説明した。

「ああ、それで俺の気持ちを信じられないのか」

「信じられないってほどじゃないけど……」

けれど不安なのは確かだ。いつか主人公補正のフィルターが外れて、魔法が解けるみたいに正気に戻ってしまうのではないかと思う。想いが通じ合ったあとで「やっぱり間違いだった」と冷めた顔で言われたら、きっとひどく打ちのめされて立ち直れない。

　暗い表情を覗かせる織人を無言で見つめたシルヴィスは、繋いでいた手をふいに解いた。両手を織人の頬に滑らせて包むと、そっと自分のほうに顔を向けさせる。

　シルヴィスは精悍な面差しに確かな熱を宿し、空を丸ごと閉じ込めたかのような虹彩に織人だけを映していた。饒舌《じょうぜつ》な瞳が織人への愛情をこれでもかというくらい訴えていて、どうしようもなく照れくさいのに、そのまっすぐな目に吸い寄せられて視線を逸らすことができない。

「オリトの、不器用だけど一生懸命で、自分にできることを必死に探す誠実さが俺は好きだ」

　親指の腹で頬の表面をするりと撫で、シルヴィスは語る。スタンプを押すみたいに眉間にキスをされて、織人はきゅっと唇を結んだ。

「架空のものだと思っていた世界に飛ばされても決して弱気になることなく、案外こっちも悪くないと言える芯の強さが好きだ。自分のことでは決して泣かないのに、俺のために怒って涙を流す優しさも愛しいと思う」

「ちょっ、あの、シルヴィス」

「少しばかり卑屈なのは玉にきずだが、それだって遠慮深さの表れだと思えば可愛くて堪らない。初対面の相手を前にすると緊張して、俺の後ろに隠れる姿なんかもう取って食ってしまいたくなる」

「シルヴィス！」

　織人の好きなところを列挙しながら、シルヴィスはそのたびに目尻や鼻先にちょんっとキスを落とした。肌の露出した部分をすべて真っ赤にして、織人は勘弁してくれとばかりに制止した。

「オリトに恋をするように決められているからオリトを好きになったんじゃなく、俺の気持ちは俺のものだって、ちゃんと伝わったか？」

形の良い唇でゆるやかな弧を描き、シルヴィスは繊細な造形の顔に色香の滴るような笑みを浮かべた。

バクバクと心臓が騒ぎ立てる中、織人は必死に頷いて答える。シルヴィスのストレートな愛情表現にただでさえキャパシティオーバーなのに、こんな風に言葉を尽くされて想いを伝えられたら、もう本当にどうしたらいいのか分からない。

頬にのっていた手が二の腕に落ち、ゆるく引き寄せられてシルヴィスに身をもたせかける体勢になった。

「俺だけじゃない。みんなオリトのことが大好きなんだ。リリアーナもグレゴリーも、聖騎士団の部下たちだってオリトを慕ってる。……本当は、誰の目にも触れさせず俺のもとに囲ってやりたいと思っているよ」

懐の広さで織人を包み、慈しむシルヴィスは、穏やかに響く台詞の中にはっきりと執着心を滲ませた。

それがじりじりと胸を焼いて、織人は抱えきれないほどの羞恥とときめきを持て余す。

国民のために私欲を捨てて尽くしてきた聖騎士が、自分にだけ人間の顔を見せてくれることが、織人は嬉しくて堪らなかった。

（好きだ。シルヴィスが好きだ……）

相手を想うだけで甘美な気持ちが全身に広がって、酩酊《めいてい》したときのような地に足がつかない感覚になったり、同時に切ない心地で胸を締めつけられたりすることを、織人は今まで知らなかった。すぐに自分を卑下しそうになる織人を奮い立たせてくれる人がいることを、自分を必要だと言って、頼ってもらえることの喜びを知らなかった。

それらはすべてシルヴィスが織人に与えてくれたものだ。

溢れる気持ちのまま、織人は濡れた目でおずおずとシルヴィスを見上げた。手をどこに置けばいいのか分からず、そっとシルヴィスの太股にのせる。シルヴィスはわずかに目を瞠ると、一瞬の間ののち小さく苦笑を漏らした。

「あー……、そういう無防備さは男にとって目に毒だと、オリトは自覚しといたほうがいい」

精霊たちが飛びかうおかげで湖の周辺は完全な暗闇にならず、互いの表情を浮かび上がらせていた。こちらに体を向け直したシルヴィスは、織人の喉をついっとたどったのち、顎に手を添えて親指の腹で唇の表面を撫でてきた。

「口説くって言ったろ……？　そんな可愛い顔をされたら、子供にするようなキスじゃ終われない」

左から右へゆっくりと薄い皮膚をなぞられ、やわらかなそこをくすぐられる感覚にゾクリとした。いつでも唇を重ねられる距離にいるのに、シルヴィスは頬に軽く当てるだけの「子供にするようなキス」を繰り返すばかりで、一向に唇を奪おうとしない。それがもどかしくて仕方なかった。

シルヴィスは上体を傾けると、織人の耳朶に優しく口付けてくる。

「お前の前では、俺は無欲な聖騎士じゃいられない」

繊細な仕草とは裏腹に、耳に直《じか》に注がれる声音は明らかな情欲を含んでいて、織人は堪らず息を濡らした。強引に迫って甘く口説くくせに、最後の一線は織人に越えさせようとする。それが告白の返事を保留にしている自分への気遣いなのか、シルヴィスの雄としての手管なのか織人には分からなかった。

シルヴィスの手の甲に恐る恐る手を重ねた織人は、散り散りになっていた勇気を必死に掻き集め、掠れた声で告げる。

「だからっ……、こういうの全部許してる時点で、本当はもうなにされてもいいって思ってんだよ」

心臓が早鐘を打ち、全身が細かく震えた。身を起こしたシルヴィスが瞬きもせずに織人を見つめる。

俺もシルヴィスが好きだと言えたらいいのに、そのシンプルな言葉を伝えるのがこれほど緊張することだとは思わなかった。

「シルヴィスになら、俺、なにされてもいい。頼むよ……、こういうの初めてなんだ。キスしてほしいってねだるときは、どういう風に誘うのが正解なんだ……？」

自分よりずっと社交性に長けたシルヴィスのこと、すでに織人の恋情は伝わっているだろう。伝わっていてくれと、織人は祈るような気持ちで視線を上向けシルヴィスを見つめた。

男らしい喉仏が目の前で上下して、シルヴィスが顔を歪め「はっ……」と笑い声を漏らした。手に負えない強敵に出会ったかのような、どこか悔しそうな、けれど負けを認めることすら楽しくて仕方ないといった血の気の多い戦士の表情。

そんな美しくも男らしい顔が近づいてきたと思ったら、言葉もなく唇を奪われる。

「んっ……」

やわらかな感触に覆われ、織人は口の端から切なく息を漏らした。精霊たちが何体か集まってきて、夜空の下でキスをかわす二人を冷やかすように円を描く。

「オリト……、好きだ。愛してる」

一度口付けを解いたシルヴィスは、熱っぽく愛を説くと織人の腰を抱き寄せ、再び唇を合わせた。やわらかな表面を食《は》み、ちゅっと音を立てて吸いついて、角度を変えてさらに口付ける。

初めてのキスは目眩がするほど気持ち良くて、織人はたっぷりと幸福の蜜に浸されたまま、シルヴィスに身を任せていた。

床に鮮やかなタイルが敷き詰められた食堂で、織人は窓際の席につき、図書館で借りてきた分厚い本を眺めていた。ベネディルミア王国の歴史書なのだが、求めていた情報は今のところ見つかっていない。予想していたとはいえ、つい溜め息が漏れてしまう。

（司書にも該当する本がないか聞いてみたし、貸し出し禁止の本も見せてもらったけど、どこにも書かれてなかったもんな……。やっぱり、俺以外に別の世界からやってきた人はいないってことか？）

　シルヴィスと想いが通じ合ってからというもの、織人は以前にも増してまめに神殿に通うようになった。「もしかしたらシルヴィスが破滅の王になる未来は変わっているのでは」と期待しながら隠し部屋に案内してもらい、そのたびに同じ内容の神託を見てはがっくりと肩を落とす。

　このままでは埒《らち》が明かないと考えた織人は、次に元の世界に戻る方法はないかと模索し始めた。自分が見逃しただけで、攻略本にしっかり目を通せば他にもシルヴィスを救済する方法が掲載されているのではないか、と考えたからだ。

　シルヴィスを助けたい。破滅の王として国民に恐れられ、退治されるラストを書き変えたい。友情だったはずのその気持ちは、グラデーションのように徐々に違う色合いに変化し、今では恋情を含む深い愛情に変わっていた。

（シルヴィスを失いたくない）

　けれど強い気持ちとは裏腹に、解決策が見出せないまま時間ばかりが過ぎていった。シルヴィスが破滅の王と化す予定の年末まで、残り三十日を切ろうとしていた。

　眉間に皺を寄せた織人は、短く息を吐いたのち再度本に目を通そうとした。そのタイミングで入店を知らせるベルが鳴り、「待ち合わせをしているんだが」という声が耳に飛び込んでくる。

織人は慌てて本をしまおうとするが、マジックストーンを取り出す頃にはシルヴィスがテーブルの横まで来てしまっていた。聖騎士団の正装をしたシルヴィスは、興味深げに織人の手元を覗き込む。

「へえ、図書館に行ってきたのか。なにか読みたい本でもあったのか？」

「うん、まあ、ちょっと」

「歴史の本？　……もしかして例の件か？　気になることがあるなら内勤の団員にも協力を頼むが」

　ランチどきが過ぎたために店内の客はまばらだが、シルヴィスは周囲に目を走らせ曖昧な物言いをした。破滅の王との戦いに備えて調べものをしているのだと考えたらしい。下手に同意して嘘を重ねたくなかったため、織人はマジックストーンに本を収納しつつ首を横に振る。

「正確にいうと少し違ってさ……、元いた世界に戻る方法がないか探してたんだ」

　その言葉にシルヴィスは虚をつかれたような顔をした。まずい、誤解させたかと、織人は焦って言葉を重ねる。

「別にあっちに未練があるから帰りたいとかじゃなくて、ほら、元いた世界では例の件はゲームの中の出来事だったって話しただろ？　だとしたらなにか対抗手段があるんじゃないかと思って、その方法を見つけに一時的に戻れないかなって考えてたんだ」

「対抗手段って……それこそが光の聖者であるオリトだろ？　今さら元の世界に戻ってまで新たな策を練る必要があるのか？」

　ぎこちない笑みを浮かべて早口に捲し立てる織人に、シルヴィスは片眉を上げて訝しげな表情を見せた。鋭い指摘に織人は言葉を詰まらせ、視線を泳がせながらも懸命に頭を回転させる。

「だ、だって、少しでも被害を少なくするために早くから手を打ちたいだろ？　今のところ例の件についてはなにも進展がないわけだしさ。現れる兆候とかが分かればより確実なんじゃないかって」

洞察力に優れたシルヴィスを、こんな付け焼き刃の言い訳で誤魔化せるとは思えなかった。さらなる追及に備えて織人は身構えるが、シルヴィスはしばし沈黙して一度テーブルに視線を落とす。

次にこちらを見たときには、シルヴィスはいつもの穏やかな雰囲気をまとっていた。

「オリトは真面目だからな。けどあまり根を詰めるなよ。料理はもう頼んだか？」

「いや、これから」

「じゃあ一緒に選ぼう。空腹が満たされないことには良い案も浮かばないだろ？」

朗らかな口調で告げ、シルヴィスは立ててあったメニューを開いて織人に見せた。「これがおいしそう」「こっちもおすすめだ」などと言い合いながら料理を選んでいると、日光を目いっぱい吸収した金糸に抱きついたかのような、温かくもくすぐったい気持ちになってくる。

（わざわざ待ち合わせして一緒に食事をとるなんて、なんだかデートみたいだ……。シルヴィスとの食事なんて今まで数え切れないほど経験してきたのに、恋人になった途端にこんな風に意識するの、やっぱ俺に恋愛経験がないからかな）

この端正な容姿の男と、顔を突き合わせて一つのメニューを見ていることが急に照れくさくなり、織人は必死に昼食選びに集中しようとする。すると目の前からふっと息をこぼす音が聞こえた。

織人が視線を上げると、組んだ腕をテーブルに置いたシルヴィスが、上体を傾け頭を寄せてきた。形の良い唇が楽しげな笑みを作る。

「こういうの、いかにもデートっぽくて良いな」

秘密を共有するような、どこか悪戯めいた眼差し。それにたっぷり愛情を染み込ませて織人に注ぐので、一生懸命平静を保っていたのが馬鹿らしくなるくらい、織人は見る間に真っ赤になってしまう。

「た……ただの食事だろ」

「なんだよ、浮かれてるのは俺だけか？　少しでもオリトと過ごす時間を長く取りたくて、嵐のような勢いで仕事を片づけてきたっていうのに」

「あ、の、……その、別にシルヴィスだけってわけじゃ……」

「ああ、知ってる。気恥ずかしくてずーっとそわそわしてます、って顔に書いてあるからな」

「も、もうっ、からかうなよバカッ！」

　手のひらで転がされているのが悔しく、織人がつい暴言を吐けば、シルヴィスは「はははっ」と高らかに笑った。その様子に、店内にいた客が驚いた様子で織人たちのテーブルに目を向ける。以前のシルヴィスはいつなんどきも品行方正な聖騎士であろうとしていたので、衆目がある場で声をあげて笑うなんてことは絶対にしなかった。

　世間からエドワードと比較されることについては、シルヴィスの中である程度折り合いがついたのかもしれない。誰からも褒められるような栄養バランスが整った健康的なメニューではなく、彼が好む肉中心のボリューミーな料理を店員に注文する姿を見て、織人はそんな風に考えた。

（だったらどうして、いつまで経っても神託の内容が変わらないんだよ）

　兄に対するコンプレックスが解消されたのであれば、シルヴィスがラスボス化する理由はもうないはずなのに。一体この先、なにがシルヴィスの心を闇に堕とすというのか。

　店員が立ち去ったあと、シルヴィスはテーブルの上で手を組み、織人をまっすぐに見据えて「ところで」と切り出した。

「今度また俺の家に来ないか？　この間は急だった

から、なんのもてなしもできなかったと母上にチクチク言われてな。次は一緒に食事がしたいそうだ」

「ええっ？　招待してもらえるのはありがたいけどさ、もてなしなんて全然気にする必要ないのに」

「母上もオリトと仲良くなりたいんだよ。愛嬌があるからつい構いたくなるんだよな。だからまあ気持ちは分かるんだが、俺だってオリトをもっと独占したいんだけどなあ」

　照れることなく愛情を伝えてくるシルヴィスに、嬉しいやらむずがゆいやらで織人は落ち着かない心地になる。織人を見つめて目許をゆるめたシルヴィスは、深く息を吸い込んでから表情を引きしめた。

「その際は父にも同席してもらって、オリトと結婚を考えていることを伝えようかと思ってる」

　花畑にいるかのように浮かれていた織人は、予想だにしない言葉に、一転して冷や水を浴びせられた心地になった。突然の展開に言葉が出てこずにいる織人に対し、シルヴィスはさらに続ける。

「本当は今すぐにでも、オリトは俺のものだって王国中に言って回りたい。けれど俺たちの敵を倒すまでは、浮かれてばかりもいられないと思ってる。だから目的を達成したらすぐにでもオリトと結婚できるように、あらかじめ両親に紹介しておきたい」

　シルヴィスの想像以上の行動力に、織人は目が回りそうだった。テーブルに肘をついて両手で顔を覆い、混乱とショックでぐらぐらと歪む視界を強引に塞ぐ。

　別にシルヴィスとの結婚が嫌なわけではないのだ。恋を自覚する前からシルヴィスの好意を嬉しく思っていたし、彼を救うためなら生涯をともにしてもいいとさえ思った。オルブライト夫人は気さくで聡明な人だし、彼女の夫ならシルヴィスの父も悪い人ではないだろうと思える。

　けれどまだ破滅の王を倒すという功績をあげてい

ない、光の聖者だと完全に証明されたわけではない自分との婚姻を、シルヴィスの両親は喜んでくれるだろうか。可愛らしいウェディングドレスも着られず、子供も産めない自分を受け入れてくれるだろうか。国民は？　聖騎士団の騎士たちは？

（そういう大切な人たちにもし拒絶されたら、シルヴィスはどう思う……？　絶望して破滅の王と化すきっかけになるんじゃないか？）

　神託に変化がない以上、織人としてはシルヴィスを傷つけかねないイベントは徹底的に避けたかった。もしかしたらオルブライト夫人が抵抗なく受け入れてくれて、男の婚約者である織人にも指輪を渡してくれる可能性もあるかもしれないが、それは一か八かの最後の手段として取っておきたい。

　ぎこちなく視線を外した織人は、テーブルを見つめたまま重たい口を開く。

「俺は……、まだそういうのは早いかなって思う」

　織人の反応に、二人の間に流れる空気が途端にこわばるのを感じた。シルヴィスの顔が見られないまま織人は固い表情で続ける。

「俺だってシルヴィスとの将来についてちゃんと考えてはいるよ？　でもシルヴィスのお母さんと会うのは次で二回目だし、いきなり婚約者だって紹介したら驚かせちゃうだろ？　もっと会う回数を重ねて、この二人って恋人なのかもなってなんとなく察してもらって、それから改めて結婚の意思を伝えたほうが角が立たないんじゃないかなーって……」

　なんだか言葉を重ねれば重ねるほど、結婚を渋る優柔不断な彼氏のような台詞になる。いや、実際そうなのか……と己の不誠実さを自己嫌悪していると、シルヴィスが浅く息を吐く音が聞こえた。

「そうか……分かった」

　落胆させただろうか、と織人が青ざめる中、思いがけず優しい調子の返事がきた。恐る恐る顔を上げると、シルヴィスは小さく口角を上げ、いつもと変わらない和やかな表情を浮かべていた。

「オリトと一緒にいたくて、つい一人で突っ走ってしまった。困惑させてごめんな」

「いや……そんなことは」

「大事なことだから、二人とも納得できる形で進めたほうがいいよな。この件についてはまた時間を作って、改めてゆっくり話そう」

　あまりにもシルヴィスがあっさりと引き下がるので、ほっとすると同時に拍子抜けした。素の状態のシルヴィスは案外強引なところがあるため、もっと食い下がられるのかと思っていたのだけれど。

（ぐいぐい迫ってもらえるのだって本当は嬉しいんだけど……なんて、我が儘もいいとこだな）

　ばつの悪さを誤魔化すように窓の外に目をやった織人は、数人の子供が風変わりな仮面と藁《わら》を抱えて楽しげに駆けていく様子を目にした。

「なんだあれ？　子供たちの間で流行《はや》ってるのか？」

「ん？　ああ、精霊祭の準備だな。来月の初めに、仮面と衣装で精霊の仮装をして夜通し踊り明かす祭りがあるんだよ。来年もまたできるだけ多くの加護をもらい、厄災はできるだけ小さく済むようにと、街に関わりのある精霊たちを呼び込んでねぎらうのが目的だと言われてる」

　誰もが自分の容姿を隠すため、その日ばかりは平民も爵位持ちの貴族も垣根なく酒をかわすそうだ。ハロウィンみたいなものか、と納得していると、シルヴィスが思い立った様子で織人に目を向けた。

「せっかくだから俺たちも参加してみるか」

「えっ、いいの？　仕事は？」

「聖騎士団は祭りの警備にあたるんだが、持ち回りだからどこかで時間は作れるはずだ。出店も多く並ぶから、仮装をして一緒に街を回ろう」

「やった！　じゃあ俺たちも仮装の準備をしないと

だな。どこで仮面を調達するのかとか、色々教えてくれよ、シルヴィス」

嬉々として計画を立てる織人に、シルヴィスも「もちろん」と機嫌良く答えた。少なくとも今この瞬間は、シルヴィスの心を陰らせるものなんて一つもないように思えた。


精霊祭当日は昼間からたくさんの貯光ホオヅキが外に出されていたが、そのどれもが実を彩色されていた。ピンク、黄、水色、紫、緑……様々な色に塗られた貯光ホオヅキが日光を吸収する様を、昼食を買いがてら街を散策していた織人は、不思議に思って観察していた。

その理由が明らかになったのは、陽が落ちて街が夜に飲み込まれてからだ。酒場や食堂、宿屋に、一般住宅といったあらゆる建物の軒先に貯光ホオヅキがぶら下がり、ぼんやりと明かりを灯す。普段はオレンジ色の光を放つ貯光ホオヅキが、今夜は様々な色の光を放ち街中を鮮やかに彩っていた。

(なるほど。確かに精霊が飛びかう様子に似てるな)

目の部分をくり抜き、絵の具で文様を入れた木製の仮面を被った織人は、狭い視界に手間取りながら人混みの中を進んだ。衣服は麻袋に穴を開けて手足を通し、荒縄で腰を縛っただけの簡素なものだ。凝った刺繍を施したり、藁で腰蓑《こしみの》を作っている者もいたが、不器用な織人では最低限の衣装を作るだけで精一杯だった。

この精霊祭が年内最後の書き入れどきらしく、酒場や食堂はどこもごった返していた。店内での接客に加え大抵の飲食店が店舗前に屋台を設置していて、持ち帰り用のドリンクやフードメニューを販売している。まさにお祭りといった雰囲気だ。

広場のそばまでやってくるとどこからか陽気な音楽が流れてきて、仮装した人々が楽しそうにダンスを踊っていた。城での舞踏会のような堅苦しいものではなく、音楽に合わせてぴょこぴょこと跳ねたり大袈裟なターンをしておどけたり、とにかくテンションを上げるための踊りといった印象だった。

　酒入りの木製ジョッキを手に肩を組んで揺れる者もいて、集まった人々は自由に騒いでいる。広場の入口に立つ時計台の下でシルヴィスと待ち合わせをした織人は、人々の熱気に気圧されながらも辺りを見回した。目当ての人物を探し出そうにもあまりに人が密集していて、おまけに仮面を被っているものだから誰が誰だかさっぱり分からない。

　焦る織人の前に突然差し出されたのは、ベリーをふんだんに盛りつけた果実酒入りのジョッキだった。驚いて顔を上げると背の高い人物がすぐ隣に立っていて、どうぞと言わんばかりにひょいとジョッキを揺らしてみせる。

「あ、いえ、今待ち合わせ中なので……」

　一緒に騒ごうという誘いなのだろうか、と思い、織人は顔の前で両手を振った。けれどその人は織人の手首をつかむと、半ば強制的にジョッキの取っ手を握らせる。

「随分と可愛い精霊がいたもんだから、これは一人にしておけないなと思ってさ」

　軟派な口調で話しかけてきた男に、織人は目を丸くした。直後に笑いが込み上げて噴き出す。

「もー。普通に声かけろよ、シルヴィス。なんだこいつって思っただろ」

「気をつけろよー？　オリトは可愛いから。俺が声をかけなきゃ他の奴が誘ってたはずだ」

「可愛くないし、そもそも今夜は誰も顔なんか見えていないし」

「雰囲気からしてすでに可愛いから困るんだよ」

「なに言ってんだ、この色ボケ騎士め」

　ついはしゃいだ声音になるのは、祭りの雰囲気にあてられているからだろうか。織人にジョッキを渡したシルヴィスは左腕でゆったりと腰を抱いてきた。こんな人目がある場所で、と焦るが、広場にいる人人の年齢も性別も今は判別がつかない。多少べたべたしたところで誰も気にしないだろう。

堂々と身を寄せ合えるのが嬉しくて、織人もシルヴィスの肩に頭を預けた。すぐそばでくくっと笑い声がこぼれる。

「随分と酔いが回るのが早いな」

「まだ飲んでないし。……ちょっと浮かれてるだけ」

「だったらもっと浮かれるような話をしようか。今夜の出番はすでに終了したから、明日の朝までオリトとずっと一緒にいられる」

思いがけない発言に織人は「えっ！」と声をあげた。織人と一緒に祭りに参加する時間が欲しいと告げると、聖騎士団の部下たちが「でしたら二十時の交代時にそのまま上がってください！　俺たちだけでも警備は十分回りますし」と喜んで引き受けてくれたのだそうだ。

「だから今夜は俺も飲むぞ」

いつになく陽気な口調で告げたシルヴィスは、織人の腰を解放すると手からジョッキを抜き取り、顔のそばへ運んだ。左手でくいっと仮面の端を持ち上げ、口許を露出して果実酒を含む。顔の大部分が隠される中、形の良い唇だけが覗く様は妙に扇情的で、織人の目は釘《くぎ》づけになる。

濡れた唇を赤い舌で舐め取ったシルヴィスは、仮面を下ろすとジョッキに盛りつけられたブルーベリーを摘んだ。アルコールで濡れた果実を今度は織人の口許に運ぶ。中指の背で器用に仮面の端を上げ、唇に押しつけてくる。

織人も薄く唇を開けて応えると、隙間から小さな果実が口腔《こうこう》に入り込んだ。歯を立てればプチッと表皮が破け、甘酸っぱい味が口の中に広がっていく。

ブルーベリーから滴る酒で濡れた織人の唇を、シルヴィスは指の関節で拭った。やわらかな皮膚をくすぐられる感覚にゾクリと震えが走る。触れられた箇所から発生した淡い熱は、全身にゆっくり広がって織人に甘い疼《うず》きを覚えさせた。

「オリトはどうしたい？」

織人の仮面を元の位置に戻しながら、シルヴィスは艶のある声で問う。

「朝まで精霊祭を堪能するか、切りの良いところで二人きりになれる場所に移動するか」

互いの顔はすっかり隠れているはずなのに、すべて見透かされているようで織人はきゅっと唇を結んだ。悔しくて恥ずかしくて、それ以上にときめいてしまってドキドキする。

選択肢なんてあってないようなものだと思った。木製の仮面の下でシルヴィスがどんな表情を浮かべているのか想像すると、震えが走るほど興奮する。賑やかな夜の広場で、人々の楽しげなざわめきの中にいるのに、誰の目にも留まらない場所で見つめ合っているような錯覚に陥る。

「ずるいだろ……、俺に決めさせようとするの。どんな答えが返ってくるか全部分かってるくせに」

もごもごとこもった声で返した言葉を、シルヴィスは一つも聞き逃さなかったらしい。「なんのことだ？」と白々しく首を傾げ、織人の腰を抱き直した。

精霊祭に誘われたときは、さっと賑やかで楽しいときを一、二時間過ごし、また仕事に戻るシルヴィスを見送らなくてはならないのだと思っていた。同じパーティーとして冒険に行く分顔を合わせる機会はあるが、二人だけで過ごせるのは、聖騎士団副団長としての仕事の合間くらいだったから。

だから朝までシルヴィスを独り占めできるのだと思ったら、舞い上がると同時に昂《たかぶ》った。

二人でジョッキ一杯の果実酒を分け合って、結局ろくに精霊祭に参加しないまま、言葉少なく小さな宿屋にもつれ込んだ。八畳ほどの部屋に入るなり、シルヴィスはランプに火も灯さないまま仮面を放り投げ、もたつく織人の仮面を剝ぎ取って扉に押しつけるようにして唇を奪う。

「んっ……」

　噛みつくようなキスをされ、唇の繋ぎ目から上擦った声が漏れた。シルヴィスは角度を変えて織人のふっくらした唇を食むと、内側にぬるりと舌先を忍び込ませる。

　唾液で濡れた粘膜をくすぐられ、左の奥歯から右の奥歯まで歯列の裏側をじっくり舐められると、なんともいえないゾクゾクとした感覚が臍の下から上ってきた。

（知らなかった……。口の中を刺激されるのってこんなに気持ちいいんだ）

　縮こまっていた舌を誘い出すように絡め取られ、ぴちゃ、と淫靡な水音を立てながら愛撫《あいぶ》される。口腔を犯す舌はまるで意思を持つ生き物のようだ。初めてのキスの相手がシルヴィスなので、もちろんこういった濃厚な口付けの経験もなく、織人はぎゅっと目をつむりされるがまま身を預けた。

　舐められ、吸われ、口腔を余すところなく蹂躙《じゅうりん》されて、とろりと唾液の糸を引きながらようやく唇を解放される。

「悪い。余裕がなくて」

　はあ、とシルヴィスが濡れた息を漏らした。

「いいよ。シルヴィスが俺で余裕なくしてくれるの、嬉しいから」

　欲望を隠さずぶつけられると、シルヴィスも人間だったのだと感じられて嬉しくなる。自分にだけは、ただの男として接してもらえることに体の奥底から悦《よろこ》びが滲み出る。

けれど素直な気持ちを伝えた織人に、シルヴィスはなぜか眉間に皺を寄せ、手強《てごわ》い敵と対峙したときのような好戦的な笑みを見せた。

「……純粋無垢《むく》に見えて、実はオリトの手の上で転がされてるんじゃないかと思うときがあるな」

　それは俺の台詞なんだけど、と反論するよりも先に、シルヴィスは織人の手首をつかみ大股でベッドに向かった。精霊祭の衣装を剝ぎ取られ、互いに一般的なカットソーとボトム姿になる。

　シルヴィスが肩をぐいぐい押してシーツの上に横たわるよう促すので、織人は慌ただしくブーツを脱ぎ捨ててそれに従った。同じくシルヴィスも靴を脱いでベッドに乗り上げ、仰向けに転がる織人の体を跨いで馬乗りになる。

　すぐにシルヴィスが顔の横に肘をついてのしかかってきて、また飽きずに唇を合わせた。肉厚な舌で織人の口腔を辱《はずかし》めながら、手のひらを頬に当て指先で耳をくすぐる。耳の縁をくにくにと揉まれ耳朶を転がされると、シルヴィスの下で織人の痩身がぴくっと跳ねた。

「ぁ……あ、んっ……」

「耳で感じるのか？」

「わ、かんない……っ」

　濡れた唇に熱を孕んだ吐息をかけられ、織人は堪らず背中を仰《の》け反《ぞ》らせた。

「だったら試してみるか」

　潜めた声でそう言うと、シルヴィスは顔の位置をずらし耳に唇を寄せた。やわらかな耳朶に熱く湿った粘膜が触れたと思ったら、驚く間もなく耳介を丸ごと口に含まれる。

　軟骨に軽く歯を立てて甘噛みされ、耳朶を吸われて、ついに小さな穴へ舌先が差し込まれる。じゅぷっと濡れた音を直接耳に注ぎ込まれると、織人は全身にざわめきが走るのを感じた。

「あぁッ！　ゃ、やぁ……っ、そこ舐めちゃだめ……！」

「なんで駄目なんだ？　気持ち良さそうにしてるのに。しゃぶるたびに体を震わせて、ちゃんと感じてくれてるんだって伝わってくる」

「っあ……、しゃ、べんなっ……シルヴィスの声、近くで聞くとやばいから……ッ」

　元々深みのある良い声だとは思っていた。けれど今はそれ以上に、獲物を捕らえた雄の色香をたっぷり滲ませていて、シルヴィスの声が鼓膜を震わせるたびに下肢が疼いて仕方がなかった。

　織人の抗議も虚しく、シルヴィスはふっと笑いを含んだ息を漏らし再び耳の穴に舌先を差し込んだ。小刻みに出入りされると、くちゅ、ぴちゃ、といやらしい音が響きどうしようもなく滾《たぎ》ってしまう。

「あッ、ゃ、だめって……言ったのに……」

　おまけにカットソーの裾から侵入した手が、脇腹を撫でながら胸元まで服を捲り上げるものだから、素肌が外気に触れてぞわぞわと皮膚が粟《あわ》だった。

　胸の横に両手を添えたシルヴィスは、親指の腹で左右の乳首をくりくりと捏《こ》ね回した。

「あンッ……ぁ、あ、そこっ……」

「敏感だな。触れた箇所からどんどん反応を示すから、いくらでも奉仕したくなる。ほら、俺の指の下でここも尖ってきた」

　シルヴィスがわずかに上体を起こすのに釣られて、織人もつい己の胸に視線を向けた。指摘されたとおり、胸の飾りは赤く色づいてツンと上向き、シルヴィスの愛撫に興奮していることを顕著に示す。

　そのままおもむろに顔を上げた織人は、シルヴィスが鮮やかな色の目に自分だけを映し、慈愛と劣情がごちゃ混ぜになった表情で見下ろしているのに気づいた。

「本当に、どこもかしこも可愛いな……。良かったよ、お前のこんな姿を見た奴が他にいなくて。俺以外の奴にオリトが触れられるなんて、想像しただけで嫉妬に狂いそうになる」

　身を焦がす激情を持て余すかのごとく、シルヴィスは綺麗な顔を歪めて舌舐めずりをする。凶悪なほどの色香を浴びせられ、織人も火をつけられたかのように全身が火照るのを感じた。ずくりと下腹部が疼き、織人は堪らず太股を擦り合わせる。

　そんな織人を咎めるように、シルヴィスは唐突に腰を落とし互いの下半身を重ねた。ボトムを押し上げる固い欲望に、同じく勃起した性器を押し当てられて織人は「あっ」と声をあげた。

　シルヴィスが淫らに腰を揺らせば、張った中心がぶつかり合って耐えがたい快感を生む。直接的な性感に目眩がして、織人はシルヴィスの二の腕に縋って身を震わせた。

「あっ、あっ、いいっ、きもちぃっ……」

「やらしいな。耳をしゃぶられて乳首を擦られただけなのに、こんなに滾らせてしまったのか？　俺以外誰にも触られたことのない体なのに？」

　すべての国民に平等に接する聖人君子はもうそこにはいなかった。織人の痴態を嬉々として指摘しながら、シルヴィスは追い立てるように雄を擦りつけてくる。

　親指と人差し指で乳首を捩り、指の腹でつぶし、爪で引っ掻きながら相変わらず耳を舐めしゃぶるので、織人は今自分がどこで快感を得ているのかよく分からなかった。全身が性感帯になったかのように、体温が重なる部分がすべて気持ち良くて堪らない。

「ひぁっ、あっ……、ぁ、だめ、イく、イくっ、出ちゃうっ」

　ボトムをまとったままの下肢は、シルヴィスの固い雄で刺激され爆発寸前まで膨らんでいた。このままでは下着を濡らしてしまうからと、織人は慌ててシルヴィスの肩を押すが、鍛え上げられた騎士の体はびくともしない。

　意地悪く口角を上げて激しく腰をぶつけてきたシルヴィスは、織人の唇を奪って貪るようなキスをした。口の端から唾液を滴らせながら夢中で唇を合わせていると、理性よりも本能が上回り射精することしか頭になくなる。

「んふっ、……ぅんッ、んっ、……んんぅっ……！」

　愉悦の波は抑えきれない高さとなって織人を飲み込み、桃色の快楽を頭の中にまき散らす。濃厚なキスで口を塞がれたまま、織人はびくびくと体を震わせて射精した。

「はあっ……はっ……」

　背中に汗を掻きながら織人はぐったりとベッドに四肢を投げ出した。吐精の余韻で恍惚《こうこつ》としているうちは良かったが、波が引いてくると着衣のまま粗相をしたかのような気持ちの悪さを感じた。ぎこちなく手を伸ばしてボトムを摘み中を覗くと、ライトグレーの下着がはっきりと色を変えていた。

「もおおっ、バカッ！　この変態聖騎士！　パンツぐちゃぐちゃじゃん、どうしてくれんだよ！」

　恥ずかしさのあまり涙目になって訴える織人に、シルヴィスはこめかみに汗を浮かべながら「ははっ！」と笑った。その屈託のない表情に、怒っていたはずなのにきゅんとしてしまう。この男は一体何度惚れさせれば気が済むのか。

「あとで受付に行って下着を買ってくる。ここはそういう宿だからな、一般的なサイズの下着なら新品を販売してるんだ」

　シルヴィスは緩慢な調子で言って、織人のボトムを下着ごと足から引き抜いた。カットソーも脱がせて床に落とすと、サイドテーブルに手を伸ばす。

　引き出しから出てきたのは半透明な液体入りの小瓶だった。シルヴィスはそれを天板にのせる。

「いわゆる連れ込み宿だから、こういうものも用意されてる」

「こういうもの……？　なんかとろっとしてる」

　小瓶を摘んで傾ける織人の前で、シルヴィスはカットソーを乱雑に脱ぎ捨てた。

「薬草を特殊配合した潤滑剤だ。精子の働きを無力化するから避妊ができるうえに、男同士の性行為でも受け入れる側が腹を壊す心配がない」

　シーツに左腕をついたシルヴィスが、上体を傾けて織人に迫る。ギシッとベッドが軋み、織人が顔を正面に戻すと同時に手の中の小瓶を取り上げられた。

「つまり、何度でもオリトの中に俺の精を注げるってわけだ」

　左の口角を上げたシルヴィスは、至近距離で織人を見つめ上機嫌に告げた。そこで織人はようやく、硬質なプレートアーマーや聖騎士団の正装で隠されていた上半身が、眼前に晒されていることに気づく。

　実用的な筋肉がついた体は美しく引きしまっていて、ところどころに残る古い傷跡も含め、精巧に作られた彫刻を彷彿とさせた。端正な美貌と相まって、匂い立つような雄の色気がこれでもかというほど漏れ出ている。

　堪らず喉を鳴らすと、シルヴィスは薄い笑みを浮かべ織人の下肢に手を伸ばした。白濁した体液が絡む下生えに触れ、力を失った性器を撫でる。その下にある窄《すぼ》まりに指を当てられ、織人は一拍ののちにカアッと頬を燃やした。

　性器を擦り合わせるだけで終わる気はない。シルヴィスは今夜、織人を抱くつもりでいるのだ。

「……怖いか？」

　眉を八の字にして顔を横に向ける織人に、シルヴィスが囁くように尋ねてきた。どう答えたらいいか分からず織人は困り顔で唇を結ぶ。

（怖くないって言えば嘘になるけど……、でも）

シルヴィスに抱かれたい、なんて。女性との経験もないのに、初めてのセックスでそんな風に考える自分はおかしいのだろうか。

　無言の織人になにを思ったのか、シルヴィスはわずかに沈黙したのち顔を寄せてきた。頬に軽く唇を当て、労るようなキスをする。

「悪い」

　心なしか沈んだ声音で謝られ、織人はぎくりとした。やめてしまうのだろうか、と慌ててシルヴィスを見上げた織人は、いまだ熱を宿したままの青い瞳に虚をつかれた。

「オリトが怖いならやめる、……と言うべきなんだと思う。けれどもう自分の気持ちを抑えられない。今すぐオリトが欲しい」

　切迫した表情で掻き口説かれて、ぼうっとするほど体温が上がった。きゅうっと胸を引きしぼられたような感覚に陥る。好きな人に求められることがこんなに嬉しいなんて知らなかった。

　シルヴィスの首に腕を伸ばした織人は、ぎこちない動きで頭を引き寄せた。少しでも想いを返せるようにと頬をすり寄せて精一杯甘え、消え入りそうな声で返す。

「していい。しよう。俺もシルヴィスが欲しい」

　その返答にシルヴィスが安堵した様子で肩の力を抜いた。織人から身を離すと、小瓶を手に体を後退させる。うつ伏せになるよう織人に促すと、腰をつかんで尻を高く上げさせた。

　ドキドキしながらベッドに顔を伏せていると、小瓶の栓を抜く音がしたのち、とろみのついた液体をまとった指が後孔に宛がわれた。襞《ひだ》を伸ばすように蕾《つぼみ》を撫でたのち、ゆっくりと内側に入り込む。

　一本くらいでは特に痛みは感じなかったが、敏感な粘膜に触れられる感覚は独特で、織人はシーツに縋って異物感をやり過ごした。シルヴィスの長い指は慎重に内壁を突き進み、潤滑剤を塗り込むように中を探る。

　正直に言えば、今夜はそれなりにつらい思いもするだろうと考えていた。いくら潤滑剤で濡らすとはいえ、性器ではない場所に挿入するのだから当然だ。シルヴィスの想いに応えられたらそれだけで満足だからと、織人はどんな苦痛も受け入れる覚悟を決めていた。

　だから下腹の内側に潜む秘所を指で掻かれた瞬間、びくっと腰が跳ねた理由がすぐには分からなかった。

「あっ……？」

　自分でも想定していなかった反応に織人は戸惑う。肩越しにシルヴィスを振り返ると、一瞬の間ののちに同じ箇所へ指を押し込まれた。

「あァッ！」

　再びあの、脚に力が入らなくなるような、見つけてはいけないボタンを押されてしまったかのような刺激が下半身全体に広がって、織人は訳が分からないまま高い声をあげた。

「待って、そこ多分触っちゃだめなとこ……っ、あっ、あっ、だめ、待ってって……あぁっ！」

　駄目だと言っているのに、シルヴィスは新しい玩《おも》具《ちゃ》を見つけた子供のごとく執拗に同じ場所ばかりを責めてくる。シーツをぐしゃぐしゃにして身悶《みもだ》える織人の目に飛び込んだのは、再び芯を持った己の性器が、鈴口に透明な雫《しずく》を溜めて上向く姿だった。

　ああ、これ、性感なんだ。そう理解したら唐突に頭と体の回路が正しく繋がった。

　頑《かたく》なにこわばっていた内壁がほぐれ、シルヴィスの指を受け入れるのが分かる。潤滑剤とともに指を増やされても、ヒリヒリした痛みより込み上げる快感のほうが強く、織人は背中を汗で濡らしながら意味を成さない嬌声《きょうせい》を漏らし続けた。

　三本の指が出入りする頃には織人の蕾はすっかり

綻び、肉を掻かれる悦びに陰茎を泣き濡らしていた。ゆっくりと指を引き抜かれると、脚に力が入らず織人は下半身をベッドに沈めた。

「なに、これ……、……その潤滑剤、変な成分入ってんじゃないの……？」

息も絶え絶えの状態で、織人はうつ伏せのままシルヴィスに目を向ける。ボトムを脱いで床に落としながらシルヴィスはのんびりした調子で笑った。

「確かに媚薬入りの潤滑剤も存在するが、今回のは違うな。織人が感じやすい体質なんだろ。マンドラゴラの樹液に反応したのは、性行為の経験がないからって理由だけじゃなかったんだろうな」

できれば知りたくなかった情報だ……と織人が唇を尖らせる中、シルヴィスが端に追いやられていたクッションを手にした。腰をつかまれてわずかに浮かされ、シーツとの間にそれを挟まれる。

そのままベッドに手をつき後孔に切っ先を宛がうので、織人は慌てて背後を振り返った。

「後ろからするのか？」

「初めてなんだろ？　この体勢のほうが負担が少ない」

「顔を見ながらしたい……」

「可愛いことを言うなよ、理性が飛ぶ。もう少し慣れたら前からしよう。また『変態』って罵られるくらい、これから数え切れないほどオリトを抱く予定だから」

「ばか」

逐一恥ずかしい発言をする男だ。けれどその一つ一つに深い愛情が滲んでいるから、織人は少しの不安もなくシルヴィスに身を預けられる。

織人を寝転ばせたまま内股を開かせたシルヴィスは、腰を落として後孔に圧をかけた。濡れた音とともに丸い先端を蕾が飲み込む。勇ましい肉杭《くい》は内壁を拓《ひら》きながらゆっくりと体内に侵入してくる。

　己と同程度のサイズを想像していた織人は、肉を掻き分けて進む屹立《きつりつ》のたくましさに息を飲んだ。

「あッ……、ま、待って、一回止まって」

「つらいか？」

「そうじゃないけど、こんなおっきくて太いと思ってなかったから……ぁ、やばい……ちょっと入っただけでゾクゾクする……」

「本当に止まってほしいのか、それとも煽ってるのか、一体どっちなんだ？」

　本気で困っているのに苦笑とともに流されてしまった。ずぶずぶと中に太い雄を沈められ、織人は細かく身を震わせてその輪郭に感じ入る。

　やがて腰骨が臀部《でんぶ》に当たり、シルヴィスが上体を倒して織人の背中に胸板をくっつけた。汗ばんだ肌が馴染むのが気持ち良くて、二人で身を重ねたまましばし沈黙する。

　広場から離れているとはいえ、精霊祭の喧噪《けんそう》は織人たちの宿にも届いていた。今もなお楽しく踊り明かす人たちがいる中、壁一枚隔てた先でシルヴィスとこうして体を繋げているのだと思うと、背徳感と清々しさが入り交じった奇妙な心地になる。

「好きだよ、オリト」

　貯光ホオヅキの明かりがカーテン越しに漏れるばかりの薄暗がりの中で、シルヴィスが織人の胸の下に腕を回しぽつりとつぶやいた。

「ずっとそばにいてくれ。他にはなにも望まないから」

　ぎゅっと織人を抱きしめ、首筋に顔を埋めて静かに続けた。優しいのにどこか切々とした気配のある台詞に、織人は不思議に思って瞬く。

「どこにも行かないよ。ずっとシルヴィスと一緒にいる。前にもそう言っただろ？」

　抱き竦める腕のたくましさとは反対に、懇願する姿はまるで迷子の子供のようだった。どうしたんだろう、と織人が戸惑っていると、前触れなく腰を揺らされて結合部が熱を持つ。

「っあ、ずるい……ッ」

「許してくれ。もう少し馴染むまで待とうと思ってたんだが、そろそろ俺の我慢も限界だ」

　身を重ねたままシルヴィスが布団に膝をつき、わずかに腰を浮かせてゆるやかに中を擦り始めた。埋め込まれた性器がぬかるんだ内壁を小刻みに突き、時折結合が外れるギリギリのところまで引き抜いてはゆっくり中へと沈め直す。

　それは初めて味わう感覚だった。奥へ入ってくるときは少し苦しいのに、抜けていく瞬間に急激な心許なさがぶわっと広がって、雄を咥《くわ》え込んだ内壁が行かないでくれと収縮する。そして次に中へ押し込まれたときには、先ほどよりも苦しさが減り安堵と悦びが湧き出るのだ。

「あっ……ぁ、んっ、はぁぁっ……」

　穏やかな春の水面でたゆたうような、生温《なまぬる》い快感を絶えず与えられ、織人はまぶたを伏せてその幸福に感じ入った。他の男に抱かれた経験はもちろん、女性を抱いた経験も織人にはない。けれどシルヴィスの抱き方が丁寧なのは直感で分かった。

　織人を抱いていた腕をゆるめると、シルヴィスはその手を胸に移動させ、腰の動きと同じくゆったりと乳首を弄《いじ》り始めた。もうすでに織人がそこで感じることを知っているくせに、焦れったくなるほど繊細な触れ方で突起を転がす。

「んっ、ん……ぁ、あぁ……っ」

　堪らずベッドに額を擦りつけると、シルヴィスがすかさずうなじに口付けてくる。その唇の感触にすら煽られてしまい、織人はシーツに指を絡めて身を捩った。

　優しく抱いてくれて幸せだ。けれど味を占めた体は、もっと深い快楽に溺れることを願っている。

「も、もっと……強くして、シルヴィス……」

「もっと？　どこをだ？」

「どっちも……、ち、乳首も、中も、もっと強く擦ってほしい……ッ」

　羞恥に声を震わせながら必死に訴えれば、うなじにふっと息がかかった。その瞬間、シルヴィスが雄の色香をたたえた顔で笑っているのが想像でき、「やられた」と思った。

　思わず目を開けて後ろに首を捻った瞬間、指で暴かれた秘所を目掛けズンッと重たい一突きが入った。同時に乳首をきつく摘まれ、ピリッとした痛みとともに強烈な快感が湧き出る。

「あぁッ！」

　高い声をあげて仰け反る織人を他所に、シルヴィスは性器の出っ張った部分を例の箇所に引っかけるようにしてゴリゴリと擦った。そのたびにどろりと溶け出しそうな悦楽が下肢に広がっていく。

　腰の下にクッションを敷いているのも良くなかった。シルヴィスの律動に合わせて勃起した性器がクッションに擦れ、中と外を同時に責められる悦びに蕩《とろ》けてしまう。

　先ほどまでの初心者向けのセックスは一体どこへ行ったのか、シルヴィスは力強く腰を打ちつけ織人の肉壁を穿《うが》った。長大な欲望で織人の体内を掻き回し、入口手前から最奥まで一気に突き立てる。

　それでも「もう少しゆっくり」なんて言う気にならないのは、シルヴィスの欲求を全身で受け止められるのが堪らなく嬉しいからだ。

「ひぁあ、あ、んぁッ、ひんっ……」

　意味を成さない音を絶えず唇から漏らしながら、織人は様々な体液で体中ぐっしょりと濡らした。クッションは先走りですっかり湿っているし、皮膚を伝う汗はもはやどちらのものか分からない。楔《くさび》を打ちつけられた後孔からは潤滑剤が滴っている。

　このままどろどろに溶け合って、シルヴィスとの境がなくなればいいのに。

「オリト、気持ちいいか……？」

「きもちぃ、きもちい……っ、あ、ぁう、こんなのおかしい……ッ」

　深い場所に雄を埋められたまま腰を左右に揺らされ、中指の腹で乳首をぐりぐりと捏ねられて、織人は悲鳴じみた喘ぎを漏らした。

「俺、誰とも経験なかったのに……っ、こ、こんな、後ろに挿《い》れられて気持ち良くなっちゃうの、絶対おかしい……」

　惑乱し、ぐすっと鼻をすする織人の手の甲にシルヴィスが手を重ねた。指を絡めて繋ぐと、言葉もなく顔を寄せてくる。織人も潤んだ目を伏せてシルヴィスの唇を受け止めた。

　淫靡な状況とは不似合いな、そっと触れるだけのキスを唇にされる。

「他人と比べておかしいかどうかなんて気にするな。俺との睦《むつ》み合いだけをオリトのすべてにしろ」

　迷いのない発言には織人への強い独占欲が滲んでいた。溺れそうなほどの深い愛情と執着に、心の底から歓喜が湧いて震えが走る。

　事前の宣言どおり、体の奥深くへシルヴィスの精を注がれるまで、織人はひどく乱され味わったことのない快楽に身を浸し続けた。


　ひんやりとした冬の空気が頬を刺す。薄ぼんやりと明るくなった空を見上げ、織人は白い息を吐き出した。精霊祭から一夜明け、昨夜の賑わいが嘘のように早朝の街は静まり返っている。

　昨夜外に出たときは仮装姿だったが、マジックストーンに装備一式を入れていたため、今朝はシャツにローブを身に着けた通常どおりの格好だ。

「お待たせ。寒いから中にいれば良かったのに」

すぐ横で宿屋の扉が開き、会計を済ませたシルヴィスがプレートアーマー姿で現れた。出てきた場所が場所だけに、織人は慌てて周囲に視線を走らせる。

「す、少しは警戒しろよ。聖騎士団副団長が朝から男と連れ込み宿から出てくるなんて、今年一番のスキャンダルだろ」

　周囲に人気がなかったのが幸いだが、誰かに見られていたら一大事だ。シルヴィスを信仰する人々から批判の声を浴びせられでもしたら、ショックでラスボス化してしまうかもしれない。

（俺がシルヴィスを守らないと）

　しかし織人の決意とは裏腹に、シルヴィスは「そうか？」と眉を下げるばかりで一向に焦る様子を見せなかった。出会った当初、常に周囲の目を気にしていたのが嘘のようだ。

　あろうことか、シルヴィスは織人の手に自分の手を絡め、のんびりとした調子で歩き出した。

「おい、話聞いてたか？」

「手くらい繋がせてくれよ。プロポーズするくらい惚れてる恋人とようやく体を繋げられたんだから、もう少し余韻に浸っていたい」

　まずいと思うのに、満たされた表情で微笑まれたら拒めない。この完璧な男が自分にだけは甘えてくれるのだと思うと、温かな幸福感が胸に広がってすべて受け入れてしまいたくなる。

　そしてなにより、織人もまた昨夜の余韻でいまだふわふわした心地の中にいた。

（頭の中がお花畑って、こういう状態のことを言うんだろうな）

　照れくささを誤魔化すように首の後ろを掻いていると、聖騎士団本部へ向かう通りの正面から、二人組が歩いてくるのが見えた。織人はすぐにシルヴィスと手を離そうとする。

　けれどシルヴィスはなぜか、強い力で織人の手を握り解放してくれなかった。

「ちょっ……なにやってんだよ！　見られたらまずいって言ってんだろっ」

焦りのあまり険のある態度になる。強引に手を振り払ってシルヴィスを睨んだ織人は、次の瞬間、自分に向けられる目に身をこわばらせた。

いつも優しい慈愛の眼差しばかりを寄越していた青い瞳は、冷え冷えとした悲しみと失望を宿しほの暗く淀《よど》んでいた。

「あ、の……シルヴィ……」

「なあ、聞いたか？　プリミタウンの教会裏に、奇妙なバードバスがあるって話」

ぎこちなく口を開いたタイミングで、先ほど目にした二人組の男性がすぐ横を通りすぎた。広場で行われるマルシェに出店するのか、二人とも木製のワゴンに果物や野菜を入れて押している。

「バードバスの手入れをしようとした修道士が、その場に自分しかいないのに、水面に数人の大人が映り込んでいるのを見たらしい」

「ええ？　幽霊かなにかってことかい？」

「どうだろう。ただ奇妙な発言をしていたそうだよ。『これってゲームなんじゃないの？』『なんでテレビの中からこっちを見てるの？』と、女性が混乱した様子でそばにいる男性に話しかけていたとか」

ごめん、とか。今のは違うんだ、とか。そういった言葉をシルヴィスにかけるはずだった。

けれど彼らの会話を耳にした途端、頭の中に浮かべていた台詞がすべて弾け飛んだ。脳が思考を停止して、織人は目を見開いたまま硬直する。

さすがのシルヴィスも織人の様子がおかしいことに気づいたらしく、「どうした？」と戸惑いながら尋ねてきた。その声で、一気に三ヵ月半前の記憶がよみがえる。

代金の支払い方が分からずトラブルを起こした織

人を、シルヴィスが助けてくれたこと。初めてやってきた不思議な異国を、夢だと思ってのんきに散策したこと。アパートの自室でゲームをしていたはずが、気づけば教会裏に設置されたバードバスの前に座っていたこと。

あの二人組が語っていたバードバスが、自分が最初に目にしたものと同じだとしたら。

「シッ……シルヴィス。俺たちが初めて出会った町の名前、なんていうんだ？」

心臓の音がやけに大きく聞こえる中、織人は震える声で尋ねた。シルヴィスは訝しげに眉を寄せながら答える。

「プリミタウンだが……、それがどうかしたか？」

望んでいた返答に、織人は全身がわななくほどの昂揚を覚えた。シルヴィスの腕をつかむと、進む予定だった経路とは逆の方向へ走り出す。

路地裏で足を止めた織人は、息を切らしながらも勢い良く振り返り、困惑するシルヴィスの肩を揺さぶって喜びを爆発させた。

「戻れる！　戻れるんだ！」

「え？」

「分かったんだよ、元の世界に戻る方法が！」

興奮のあまり舌をもつれさせながら、織人は先ほどの二人組が口にした噂話と、自分がシルヴィスと出会うまでの経緯を語った。

「あのバードバスこそが元いた世界との通路になっていたんだ！　プリミタウンのバードバスに飛び込めば、きっと俺は元の世界に戻れる」

自分の部屋に戻ることができれば、畳の上に置いてあった攻略本を確認できる。そうすれば、シルヴィスの救済方法が見つかるかもしれない。

すべてが解決した気になって織人は有頂天になるが、対照的にシルヴィスは固い表情を崩さなかった。

「なぜそうまでして戻る必要があるんだ？」

　眉間に深い皺を刻み、シルヴィスは唇を引き結んで涼しげな顔を歪ませた。その攻撃的な眼差しにギクリとする。シルヴィスはいつも自分を許し、労ってくれていたので、こんな視線で射られる経験は初めてだった。

「別の世界からやってきたことを打ち明けてくれたとき、元の世界には大した未練がないと話してただろ。戻れないものだと思って諦めていたが、解決策が見出せたからもうこちらの世界に用はないと、そういうことか……？」

　不信感を露わに詰め寄られ、織人はようやくシルヴィスの勘違いを悟った。まさか、と首を横に振り、場を和まそうと口角を上げてみるが、ぐにゃりと唇が歪んだ下手くそな笑みになる。

「あ、の……違うよ？　あっちの世界に行ったらもうベネディルミア王国には帰らないなんて、そういうことじゃないから。ただちょっと調べたいことがあるだけで」

「調べたいことってなんだ？　具体的に教えてくれ。この話題になったとき、オリトはいつも話をはぐらかすよな。なにかまだ俺に隠していることがあるんじゃないのか？」

　鋭い指摘に織人は言葉を詰まらせる。今までも何度かシルヴィスに問われ、その場しのぎの返答で誤魔化してきたことがあった。聡明なシルヴィスは織人の挙動のおかしさに気づいていただろうが、織人を困らせてまで疑惑を追及しようとはしなかった。だから、勝手に許された気になっていた。

　なにも答えられない織人に、シルヴィスは苛立たしげに奥歯を噛みしめる。一度視線を外しまぶたを伏せると、胸の中で渦巻く負の感情を吐き出すような、細く長い溜め息を漏らした。

　再び織人に向けられた青い目は、深い失望に沈んでいた。

「そんなに俺の隣にいるのが嫌か」

地を抉《えぐ》るような低い声は冷え切っていて、織人はひゅっと息を飲んだ。一瞬の間ののち大きく首を横に振った織人は、慌ててシルヴィスの二の腕に縋る。

「違う！　俺だってシルヴィスとずっと一緒にいたいと思ってる」

今までのシルヴィスであれば、「そうか、ごめんな。俺の勘違いだった」と言って優しく微笑んでくれた。大きな手で織人の頭をわしわしと撫でる、その少しばかり雑な仕草が大好きだった。

けれどシルヴィスの凍りついた眼差しに熱が戻ることはなく、溜め息を重ねて織人の体を腕で押しやった。その鬱陶しげな態度がざっくりと胸を裂く。

「出任せばかり言うな」

投げやりな口調で、シルヴィスははっきりと織人を拒絶した。

「プロポーズの返事はいつまで経ってももらえないまま、俺たちが恋人だって事実をひた隠しにされて、……俺に一体オリトのなにを信じろと？」

落胆を隠しもせずに告げられ、織人は強いショックを受ける。大切な人に信じてもらえないことがこんなにつらいだなんて知らなかった。

けれど元をたどれば、信じていなかったのは織人のほうだ。破滅の王と化す未来を知ったとき、自分たちの関係が家族や世間から批判されたとき、悲しみに暮れてシルヴィスが心を闇に堕とすのではないかとばかり考えていた。解決に向けて、根気良く立ち向かっていく姿を想像していなかった。

「兄貴の影を背負って生きるのは、正直に言って苦しかった。窮屈で、重たくて、心が温度を失っていくのを感じた。……けれど、けれど俺は……！」

一切の感情を失ったかのように、それまで淡々と語っていたシルヴィスが、唐突に声を震わせ顔を伏せた。太股の上で拳をぶるぶるとわななかせ、上体を傾けて深くうなだれる。

織人のマジックストーンが奪われた際、少年たちに憤りをぶつける姿は目にしていた。けれど今、織人の前にいるシルヴィスは、あのときとも異なる、初めて目にする姿を見せていた。手ひどい傷をつけられ、絶望の果てに心を失っていく様子。

「お前と、……オリトと会えたから……ッ」

溜め込んだ激情を吐き出すようにシルヴィスは肩を震わせた。うつむいているせいで顔に前髪がかかり、その表情をうかがうことはできない。けれどシルヴィスが深い悲しみに身を浸していることが、織人には手に取るように分かった。

シルヴィスは一度言葉を句切って息を吸い込むと、乱れた感情を懸命に抑え込むように沈黙した。ギリッと音を立てて奥歯を噛みしめ、再び織人に顔を向ける。

そこにあったのは怒りや悲しみではなく、どうしようもない諦念——エドワードの代わりを務める苦しみを、織人に打ち明けたときと同じ感情だった。

「オルブライト家の次男じゃなく、俺を俺として扱ってくれる人と出会えたから、オリトが隣にいてくれたらもうなんにだって立ち向かっていけると思った。お前が……、ただ流されてるだけで、俺と同じ想いを抱いてなかったとしても」

放った言葉をナイフにして、自分自身を斬りつけているのかと感じるほどに、シルヴィスの静かな訴えは痛々しかった。その告白を聞いてようやく、織人は自分の気持ちが正しくシルヴィスに届いていなかったことを悟る。

（なんで……？　だって俺、全部受け入れてただろ。キスやセックスなんて、好きな相手じゃないとできるわけない、って……そう思って……）

だから分かっているはずだと驕《おご》って、自分は一度でもシルヴィスに好きだと伝えたことがあっただろうか。シルヴィスからの好意に甘えるばかりで、なにも返してこなかったのではないか。

　圧倒的なカリスマ性を誇る亡き兄・エドワードでも、シルヴィスを信仰の対象にして重圧をかける国民でもない。織人の態度こそが、シルヴィスにとっての大きな負荷となっていたのだ。

　シルヴィスを孤独から救うつもりだった織人が、誰よりもシルヴィスを孤独にさせた。

　愕然《がくぜん》とする織人に背中を向けたシルヴィスは、ソードホルダーから剣を抜き取り刃先を地面に向けた。美しい太刀《たち》は黄金の粒子をまとい、キラキラと輝いている。

「オリトがいないと自分の心すらまともに保てない男が、この王国の『最後の希望』だなんて……まったく、笑わせてくれるよな」

　自嘲をこぼしたシルヴィスは、深く息を吸い込んだのち、忌々しいものでも取り除くかのように剣を振り払った。ぱっと宙に舞った光の粒子はすぐに空気に溶けて見えなくなる。

　直後、黒い煙が地面から立ち上り、シルヴィスの足に絡みついた。このときを待っていたとばかりに、煙はどんどんシルヴィスの体を這い上がっていく。

　この光景を知っている、と織人は思った。

「シルヴィス、駄目だ！」

　織人は慌ててシルヴィスを煙の中から引きずり出そうとするが、その背中に触れる直前、バサッと音を立ててなにか大きなものが目の前に広がった。驚いて後退した織人が見たのは、コウモリを思わせる漆黒の翼だった。

　黒い煙をまとわせたシルヴィスの体が粘土のようにぐにゃりと変形し、新たな形を作っていく。ゴツゴツとした黒い皮膚に、太く長い尾。頭部に生えた二本の角に、獲物を切り裂く鋭利な爪。

　織人を振り返ったのは気さくでおおらかな聖騎士

ではなく、口から牙を覗かせるブラックドラゴンだった。澄んだ空のような青い虹彩が唯一残されたシルヴィスの特徴だったが、それすらも見る間に濁り闇夜のような色に変わっていく。

――最後の希望は両の手をすり抜けた。新たなる年の幕開けを待たずして、黄金の光は闇に堕ち、清らかな青は漆黒に染まり、破滅の世が舞い戻る。

神託の内容は今まさに、織人の眼前で現実となった。心を闇に堕としたシルヴィスは破滅の王と化したのだ。

『諦めろ、光の聖者』

破滅の王――ブラックドラゴンが発した声は、シルヴィスのものとは似ても似つかなかった。地鳴りのような声を轟かせ、ブラックドラゴンは続ける。

『光は強ければ強いほど濃い影が生まれる。お前がこの世界に舞い降りた時点で、この男の運命はすでに決まっていた』

薄ら笑いとともに告げたブラックドラゴンは、翼を広げて天を見上げると、地面を蹴って飛び上がった。なんとか捕らえようと駆け寄るものの尾は織人の手をすり抜け、ブラックドラゴンは空を泳ぐようにして上昇していく。

「待て！　シルヴィスを返せ！　シルヴィス……シルヴィス！」

喉が嗄《か》れるほど叫んでも、ブラックドラゴンに心と体を乗っ取られたシルヴィスが振り返ることはなかった。ただ一人残された織人は、己の不甲斐なさに奥歯を噛みしめながら、小さくなっていく後ろ姿を見つめることしかできなかった。

王都を囲う城壁を内側から越えたブラックドラゴンの姿は門番によって目撃され、二時間後には王都に住む国民全員が知るところとなった。王都からほど近い森でブラックドラゴンが暴れているという情報が入り、聖騎士団と依頼を受けた冒険者以外、城壁の外へ出ることを禁じられたのだ。

一刻も早く攻略本を確認するべくプリミタウンへ向かおうとしていた織人も、その影響でいまだ王都から出られずにいた。城壁内に混乱が広がる中、聖騎士団の団長に直談判しようと本部に向かった織人は、道中でリリアーナとグレゴリーに遭遇した。

今まさにモンスター討伐に向かうと言わんばかりの完全武装の二人は、織人の姿を認めるなり血相を変えて寄ってきた。

「どこ行ってたのよ、オリト！　めちゃくちゃ探したんだから！」

「ご、ごめん！　なあ、聖騎士団は今どこにいるか分かるか？　団長にお願いしたいことがあって」

「団長を含め、聖騎士団はすでに森に向かっている。我々もブラックドラゴン討伐に任命された」

城壁の外に出るためには聖騎士団本部で発行された許可証が必要になるが、リリアーナたちは織人の分の許可証も預かってきてくれたらしい。外に出られない問題が思いがけず解決し、織人はひとまず安堵の息をつく。

周囲をキョロキョロと見回したリリアーナは、声を潜めて慎重に口を開く。

「ねえ、シルヴィスはどうしちゃったのよ？　この緊急時に副団長の行方《ゆくえ》が分からないってことで、聖騎士団は今かなり混乱してる」

ブラックドラゴンの特徴から、そいつが神託に書かれた破滅の王であることは聖騎士団も把握済みだろう。だからこそ織人たちを同行させようと考えたのに、橋渡し役となるシルヴィスと連絡がつかないとなればパニックに陥るのは当然だ。

「一度しか言わないからよく聞いてくれ。聖騎士団が討伐に向かったブラックドラゴン……破滅の王の正体はシルヴィスだ」

逡巡ののち、織人は細心の注意を払って二人に打ち明けた。

絶句する二人に織人はこれまでの経緯をすべて説明した。自分は別の世界からきた人間で、シルヴィスが破滅の王と化す結末も含め、ここ数ヵ月のベネディルミア王国の内情をすべて把握していたこと。

「これから俺は元の世界に戻ってシルヴィスを助ける方法を探す。そのためにはプリミタウンに行く必要があるから、リリアーナとグレゴリーにも協力してほしい。……こんな話、信じてもらえるか分からないけど」

緊急事態でただでさえ混乱する中、こんな妄想じみた話を語られても困ってしまうだろう。つい弱気になる織人の肩をリリアーナがガシッとつかむ。

「信じるわよ。信じるに決まってるでしょ。オリトはあたしらのリーダーなんだから」

反対側の肩にはグレゴリーのゴツゴツとした手が置かれ、織人の目を見て力強く頷いた。

「我々のパーティーにオリトを疑う者など一人もいない。聖騎士団発行の許可証を持っていれば専用の魔方陣が使える。それを使ってプリミタウンへ向かうといい」

迷いのない二人の言葉に胸が熱くなる。自分にも頼れる仲間ができていたことを今さらながらに実感した。織人は顔を伏せて潤んだ目を隠し、掠れた声で「ありがとう」と返した。

城壁の外では案内役として騎士が二名待っていたが、リリアーナとグレゴリーが熱心に質問をぶつけて気を引いてくれたため、織人はさりげなく彼らの輪を外れることに成功した。魔方陣がある場所まで駆け、プリミタウンへ移動する。

王都近くにドラゴンが現れた件について、プリミタウンにも情報が流れてきているらしい。大半の町民が用心して家にこもっており、町は閑散としていた。以前の記憶を頼りに織人は目的の場所へ急ぐ。

　三角屋根の下に鐘が下がる教会を見つけた織人は、敷地内に入り込み裏手を目指した。銅製のバードバスは以前と同じ場所にあり、織人はすぐさま縁に手をついて中を覗き込む。

　水面に映っていたのは不安に表情を曇らせた自分の顔だった。嘘だろ、と一気に焦りが噴出する。水面を見る角度を変えてみたり、バードバスを揺らしてみても一向に変化はなく、織人は膝からガクリと崩れ落ちた。

（どうして現代に繋がってくれないんだ？　修道士が見たときには水面の向こうに人がいたんだろ？　こうしてる間にもシルヴィスは聖騎士団に攻撃されてるかもしれない。世話を焼いていた部下を、自分の手で痛めつけてるかもしれないのに……っ）

　シルヴィスを想って最初に頭に浮かぶのは、慈愛のこもった眼差しを向ける優しい色の目だ。あの目を濁らせたままにはしておけない。たくさんの人に愛されているあの男を、憎まれる対象として終わらせてはいけない。

　再び腰を上げた織人は、バードバスの縁を握りしめて声を張り上げた。

「頼むよ！　俺を日本に連れていってくれ！　俺の大切な人が今この瞬間も苦しんでる。俺が……俺が信じなかったせいで」

　信じてもらえる喜びをシルヴィスが教えてくれたのに、織人は失敗する可能性に怯えて尻込みするばかりで、肝心なときにシルヴィスを信じてやれなかった。そんな自分が腹立たしくて許せない。

「シルヴィスを助けるためならなんだってする。ずっとそばにいるって約束したんだよ。だから、……だから……っ！」

指が白くなるほど手に力を込め、織人は声を震わせた。祈りを捧げるようにぎゅっと目をつむる。

『……織人？』

聞き慣れた声が聞こえたのはそのときだった。驚いてまぶたを開けると、水面によく知る女性が映っていた。五十代後半で、パーマをかけた黒髪に、いかにもおしゃべり好きな雰囲気の……――。

「母さん!?」

織人が声を裏返らせた途端、水面からまばゆい光が放たれた。

＊＊＊

はたと気づいたときには、織人は実家のリビングにいた。畳敷きのアパートではなく、フローリングにカーペットを敷いた一軒家だ。

目の前にはローテーブルが置かれ、コの字型に設置されたソファに、あんぐりと口を開けた父・昌義《まさよし》と、長兄の賢人《けんと》、次兄の悠人《ゆうと》、弟の陽人《はると》が座っている。

すぐそばでは母の好恵《よしえ》が腰を抜かしており、その隣には例の据え置き型ゲーム機が置かれていた。背後を振り返ればディサピアのプレイ画面が表示されたテレビがある。織人もいまだ理解が追いつかないでいたが、自分がくたびれたTシャツとジャージを着ていることに気づき、ぽつりと漏らす。

「……戻ってきたんだ」

その言葉でようやくスイッチが入ったのか、固まっていた家族がワッと声をあげた。

「もう、もう、どこ行ってたのよ！　三ヵ月半も行方不明で！」

「俺たちがどんな思いで織人を探してたか……！」

「織人だ……織人だ！　感触ある、温かい、幽霊じゃない！」

「生きてた！　織人兄が生きてた！」

　好恵と兄弟たちにひしと抱きつかれ、揉みくちゃにされて一気に視界が狭まった。安堵で力が抜けた様子の昌義だけが、長い溜め息をついていまだソファに腰かけている。元々寡黙で、淡々としたところのある父なのだ。

（こっちの世界でもベネディルミア王国と同じ分だけ時間が過ぎてたのか。……いや、それより）

　予想の一〇〇倍くらい家族に心配されていた事実に織人は驚いた。なにせ盆に帰省していなくても気づかれない程度の存在感しかないため、いてもいなくても大して問題ないだろうと考えていた。

「俺……、存在する意味、ちゃんとあったんだな」

　独り言のつもりでつぶやいた言葉に、好恵が眉を吊《つ》り上げた。怒った顔でぼろぼろと涙を落とす。

「当たり前でしょ、家族なんだから！　急にいなくなったら悲しいし不安だし心配するわよ」

　迷子になっていた小学生の息子に対するような叱《しっ》責《せき》が、じんと胸に響いて織人は思わず笑みをこぼした。家族が自分を大切に思っていることが分かり、そんな家族を安心させられて良かったと思う。

　泣きじゃくる家族が少し落ち着きを取り戻した頃、陽人が恐る恐るといった様子で口を開いた。

「ところでさぁ……、織人兄、テレビから出てこなかった……？」

　信じられないものを見たとばかりに陽人がテレビを指差せば、他の家族も同様に固い表情を見せた。

　好恵によると、織人が行方不明になってから一ヵ月ほどで織人が暮らしていたアパートを引き払った下村一家は、最近になってプレイ途中のまま放置されていたゲームをテレビに繋いでみたらしい。織人の行方についてあまりに手掛かりがないため、当時の状況を再現すればなにかヒントが得られないだろうか、という苦肉の策だったそうだ。

そこで、まるで好恵たちに驚いているような反応を示す修道士のキャラクターと、テレビ画面越しに遭遇した。薄気味悪くなってその後ゲームは起動していなかったそうだが、息子たちが集まったタイミングで思い切って再度ゲームを繋いでみると、どこからか織人の声が聞こえてきた。

慌てて起動してみるとテレビ画面に織人に酷似したキャラクターが映っていて、次の瞬間には実物の織人が目の前に現れていたというわけだ。

「そこまで体験してるなら信じてくれるんじゃないかと思うんだけどさ、俺、この三ヵ月半ゲームの世界にいたんだよ」

真面目《まじめ》な表情で告げる織人に、好恵たちは唖然として反応を示さなかった。「なにを馬鹿げたことを」と言いたい気持ちはあるが、自分たちが目にした光景を思えば下手に否定もできないのだろう。

織人はディサピアの世界で自分がどんな三ヵ月半を過ごしてきたかを語った。それから、こちらの世界に戻ってきた理由も。

「お願いだ。俺はシルヴィスを助けたい。そのためにはシルヴィス救出ルートを見つけ出す必要があるんだ。みんな協力してくれないか」

床に手をついて必死に頼み込む織人に、家族は戸惑う様子を見せた。ゲーム内のキャラクターに対し、そこまでする意味が見出せないらしい。

誰もが沈黙する中、最初に腰を上げたのは賢人だった。テレビ台の引き出しに収納されていた攻略本を手に取ると、最終ページに目をやる。

「攻略本は全九二八ページか。六人でチェックすると、一人で一五五ページくらい目を通す計算だな」

同じく腰を上げた悠人が、賢人の隣で攻略本をペラペラと捲った。すぐに陽人も続き、悠人とは反対側から賢人の手元を覗き込む。

「最後五分の一はアイテムの入手方法一覧だから、

実際はもう少し少ない枚数で済むだろ」

「どうする？　攻略本、カッターで切ってみんなで分ける？」

「いや、どんな効果が働いてゲーム世界と繋がっているのか分からないから、下手に傷つけないほうがいい。スマホで写真を撮って確認しよう」

　てきぱきと動いてくれる兄弟に、織人は口を開けて呆《ほう》けてしまう。いまだ床に屈んだままの織人の横に賢人が膝をつき、肩にぽんと手をのせてきた。

「ほら、ぐずぐずしてる暇はないぞ。大切な人を助けるんだろ？」

　兄の力強い後押しに胸を打たれる。織人は深く頷いて、床に手をつき立ち上がった。

　賢人が主体となってチェックする担当ページを決め、各々のスマートフォンで確認し始めた。誰もが真剣な表情で、一語一句漏らすまいと印刷された文字を追いかける。先に読み終わった悠人を筆頭に、今度はシルヴィスの隠し生存ルートが存在しないかネット上の攻略ページをくまなく探索し始めた。

　しかし家族総出でどんなに探しても、女主人公との婚約ルート以外にシルヴィスを生き残らせる方法は見つからなかった。誰も口には出さないが、もう諦めたほうがいいのでは……という空気がリビングに満ちる。

（なにかないのか……？　シルヴィスを助ける鍵になるもので、今の俺でも手に入れられるものは）

　何度開いたか分からない攻略本を開き、織人は女主人公のシルヴィスルートについて記載されたページに再び目を走らせた。破滅の王と化したシルヴィスが、女主人公との戦いの末、婚約指輪から放たれた光によって人間に戻るシーンが画像つきで解説されている。

『真実の愛によってシルヴィスは闇から解き放たれ、心から愛した人を再びその腕で抱きしめるのだった』

　画像の横に記載された文字を心の中で読み直し、織人はふいに顔を上げた。テレビ画面の中では、教会裏のカットが描かれたゲーム画面が変わらず映し出されている。

（……真実の愛？）

　最初に攻略本を読んだとき、シルヴィス生還に必要なアイテムとして〈オルブライト夫人から渡された婚約指輪〉が記載されていた。だから織人は、指輪こそが鍵となるのだと思い込んでいた。けれど指輪自体に魔力が宿っていたり、特別な言い伝えがあるといった説明はどこにもない。

　もし婚約指輪が、証としての意味しか持たないとしたら。

（大切なのは指輪じゃなくて、『真実の愛』のほうだったんだ）

　涸《か》れかけていた大地に水が湧くように、折れそうになっていた心が再び奮い立つ。攻略本をローテーブルに置いた織人は、勢い良く立ち上がりテレビに向かって歩き出した。

「とにかくもう一度あっちの世界に行ってみる。もしかしたら俺にもやれることがあるかもしれない」

　シルヴィスを救えるかもしれない。もう一度彼の手を取れるかもしれない。一縷《いちる》の望みを胸に織人は宣言した。

　けれど弾かれたように腰を上げた好恵が、テレビの前に回り込み両腕を広げて立ち塞がった。

「具体的な方法が見つかったわけではないんでしょう？　つまり、あなたが無事でいられる確証はないってことよね？」

　不安そうに眉を下げて尋ねてくる好恵に、織人は返す言葉が見つからなかった。悠人と陽人も織人の両隣に立ち、腕をつかんで阻止する。

「もう諦めろ。ゲームの世界に戻って待っているのは、ドラゴンが暴れ回る危険な国なんだろ？」

「せっかくこっちの世界に帰ってこられたのに、わざわざ危ない目に遭いにいくことないじゃん」

　今の今まで熱心に協力してくれていた家族から突然の反対を受け、織人は呆然とした。思わず賢人を振り返るが、聡明な長兄も同じ考えらしく、ソファに座ったまま組んだ手に顎をのせ織人と目を合わせようとしない。

（………諦める？）

　考えてもみなかった発想に頭が真っ白になった。脳が機能を停止したかのようになにも思考できなくなる。シルヴィスを諦める？　この三ヵ月半の出来事を忘れて今までどおり現代日本で暮らしていく？

　――お前が隣にいない人生なんてもう考えられない。

　兄に好きな人を紹介する約束だからと、肖像画の前でプロポーズしてきたシルヴィスの言葉が、唐突によみがえる。

「無理だよ、諦めるなんて」

　湧き上がった言葉は考える間もなく押し出された。はっきりと断言する織人に、家族が驚いた様子で顔を上げる。

「あいつ……賢人兄さんみたいに頭が良くて、悠人兄さんみたいに要領が良くて、陽人みたいに愛想が良いんだよ。でも肝心なところが埋まってなくて、いつも胸にぽっかり穴が開いてる」

　自分を自分として見てくれる人を、シルヴィスはずっと探していた。張りつめた心を解いて、預けられる人を探していた。――それが織人だった。

「なんで俺なんだろって自分でも思うよ。俺みたいに鈍くさくてコミュ力低くて、面倒くさい奴を特別だって言っちゃうなんて、あいつあんなにスペック高いのに意味分かんないなって思う。……でも俺、シルヴィスに必要とされて、初めて自分の居場所みたいなものを見つけた気がしたんだよ」

声が震える。まぶたの裏が熱くなって、視界に透明な膜が張る。

今まで織人はなにに対しても中途半端だった。大学デビューを目論《もくろ》んだわりに外見だけ変えて満足し、結局友人を増やすことは叶わなかった。転職したいと口癖のように言いながら、行動に移すことは一度もなかった。シルヴィスや自分の気持ちを察しながらも、結論を出すことを避けてなあなあにした。

けれど。けれど今回だけは、途中で投げ出したくなかった。

「シルヴィスがくれたたくさんのものを、俺もシルヴィスに返したい。こんな終わり方なんて絶対に嫌だ。俺だって……、俺だって、シルヴィスが隣にいない人生なんて考えられないんだよ！」

声を荒げた弾みで、目からぼろっと涙が落ちた。感情を爆発させる織人を、家族は戸惑いを露わに見つめていた。織人はいつも周りに流されるばかりで、自分の意見など言わずに生きてきたから。

「分かったよ、織人に」

沈黙を裂いたのは昌義の静かな声だった。おもむろに腰を上げた昌義は、織人の前にやってくると、随分と皺の増えた顔に穏やかな微笑みをたたえる。

「織人の人生に必要な人なら、自分の手で勝ち取ってきなさい」

「ちょっとお父さん、なに言ってるの」

一人賛成する昌義に好恵が抗議した。けれど昌義のまっすぐな目は決して揺るがない。

「自分にとって必要な糸を一本一本選んで、悔いのない人生を織り上げられるように、織人という名前をつけたんだ。彼という糸がなくなったら、できあがった人生は織人が望むものではなくなってしまうのだろう？」

「……うん」

「だったら行ってきなさい。その代わり、私たちという糸も決して織人の人生から外さないと約束してくれ。ちゃんとまた私たちの前に元気な姿を見せること。いいね？」

昌義の言葉がじわりと胸に染みて、織人はまた一つ涙をこぼした。織人の決断を父は信じてくれたのだと思った。

「家長が賛成したならこれ以上の異論はないだろ」

賢人がやれやれとばかりに腰を上げるが、諦めたような笑顔はどこか清々しい。長兄の言葉に、悠人と陽人も頷いた。

「いっつも貧乏くじ引いてた織人が、我が儘言うのなんて初めてだしな」

「織人兄が主人公なんだから、文句なしの完全無欠のハッピーエンドにしなよ？」

昌義が後押ししてくれたことをきっかけに、急激に旗色が変わっていく。母親としてはとても笑顔で見送ることなどできないらしく、好恵だけはギリギリまで渋っていたが、最終的には「仕方ないわね」と許してくれた。

冷蔵庫からペットボトル入りの飲料水を持ってきた織人は、一呼吸置いてからゲーム機に少量の水をかけた。狙いどおり、テレビ画面には『この世界での冒険を続けますか？』の文字が現れる。

「それじゃ行ってくる！」

織人が晴れやかな顔で家族を振り返れば、「行ってこい！」「生きて戻れよ！」と声援が返ってきた。

（今行くから待ってろよ、シルヴィス）

煌々《こうこう》と燃える火を胸に宿し、織人は『はい』を選択したのだった。

＊＊＊

プリミタウンに戻ってきた織人は、すぐに魔方陣を使って王都に戻り、ブラックドラゴンが暴れる森を目指した。途中でグレゴリーを加護する水の精霊が迎えに来てくれて、聖騎士団がいる場所まで迷わずたどり着けたのがありがたかった。

　ブラックドラゴンは視界が開けた丘の上にいた。織人の前で破滅の王と化したときはシルヴィスの身長より一回り大きい程度の小柄なドラゴンだったのが、今はベネディルミア城と同等の巨体に成長している。それだけ破滅の王がシルヴィスと深く一体化しているのだろう。

　丘の頂上で、ブラックドラゴンは聖騎士団所属の修道士たちによって光の足枷を作られ、身動きが取れないでいた。とはいえ聖騎士団が有利かといえばそうでもなく、ブラックドラゴンが修道士に危害を加えないよう騎士たちによって攻撃を散らすのが精一杯のようで、互いに進むことも退《ひ》くこともできない状況らしい。一向に進展しない事態に、辺りには重たい空気が漂っていた。

　後方集団にリリアーナとグレゴリーを見つけた織人は、すぐさま駆け寄り潜めた声で会話をする。

「お待たせ。現状はどんな感じ？」

「見てのとおりよ。光属性の攻撃をできる騎士がいないから、足止めはできても弱らせることはできない。あれほど圧倒的な魔力を持つ闇属性のドラゴン相手じゃ、光以外の属性の攻撃なんて虫に刺された程度のダメージしか与えられないもの」

「怪我人は？　ブラックドラゴンは誰も傷つけてない？」

「今のところはな。だがこのままでは修道士が魔力切れを起こし、いずれはブラックドラゴンが自由の身となる。その前に手を打ちたいのだが……オリト、元の世界で策は見つかったか？」

　グレゴリーの問いに織人は首を横に振った。けれど織人が悲観していないことは、眼差しの強さから二人にきちんと伝わったらしい。リリアーナとグレゴリーが表情を引きしめる。

マジックストーンから杖を取り出した織人は、二人を連れて早足で歩き出した。お守り代わりだった魔術書を手にすることはもうない。どの魔法もすべて暗唱できる、自分ならやれるはずだと、胸に燃やした闘志が熱く語っている。

「まずは対話からだな。援護してくれ、リリアーナ、グレゴリー」

「オリトは殺気立ったヒッポグリフも手懐《てなず》けるくらいだしね。期待してる」

「承知した。光の足枷によって奴が炎を吐ける距離は限られているが、攻撃の間合いに入ればそれも意味を成さなくなる。気をつけろ」

　聖騎士団の間を縫って先頭に躍り出た織人たちは、ブラックドラゴンの正面に立った。少なからず視界に映っているはずなのに、足枷を引き千切ろうと暴れるブラックドラゴンは織人に目もくれない。織人への興味など一切湧かないというように。

　冬の乾いた空気を深く吸い込んでから織人は口を開く。

「迎えにきたぞ、シルヴィス！」

　緊迫した空気の中、織人の高らかな声が丘の上に響き渡った。ブラックドラゴンの頭がぴくりと震え、黒く染まった瞳が織人を捕らえる。

　背後で騎士たちが「え？　なぜオルブライト副団長の名を……」「一体どういうことだ？」とざわめくが、織人に焦りはなかった。破滅の王に飲み込まれたシルヴィスの自我を取り戻すには、直接彼の心に訴えるしかない。ブラックドラゴンの正体を隠したまま語りかけるのは不可能だと思った。

「お願いだ、シルヴィス。もう一度ちゃんと話がしたい。俺のもとに戻ってきてくれないか」

　織人の言葉におとなしく耳を傾けていたブラックドラゴンが、すっと目を細めた。随分と聞き分けの良い……と感じたのはほんの一瞬だった。

　おもむろに身を伏せたブラックドラゴンは、体をすばやく回転させ尾の先端で織人をなぎ払おうとした。反応する間もなく一メートル先まで巨大な尾が迫る。

　織人の右側に飛び出て、顔の前で腕を交差させてそれを受け止めたのはリリアーナだった。

「あっぶな！　こんなのぶつかったらオリトなんて簡単に吹っ飛ぶっつの。あんた、あんなにオリトのこと可愛がってたくせになに考えてんのよ！」

　驚異的な脚力で尾を蹴り返し、リリアーナが睨みを利かせた。しかしブラックドラゴンは悠然と首をもたげ、怯むどころか挑発するような態度を見せる。そう簡単にはいかないか……と織人は唾液を飲み下し、グレゴリーに目を向けた。

「俺とリリアーナでギリギリまで接近する。グレゴリー、空中に足場は作れそう？」

「滞空時間五秒ほどの足場なら」

「上出来だよ。目指すのはブラックドラゴンの頭頂部。合図を送るから、それまでは守備魔法でブラックドラゴンの攻撃を防いでくれ」

　てきぱきとグレゴリーに指示を出すと、織人はリリアーナに目配せした。二人で呼吸を整えたのちに駆け出す。それに気づいたブラックドラゴンがすぐさま攻撃を仕掛けてきた。

　後ろ足で土を抉って岩を投げつけ、尾を頭上から振り下ろし、正面に回れば黒い炎を吐く。次々と仕掛けられるそれらの攻撃を避け、ときにはグレゴリーの魔法で防いでもらいながら、織人とリリアーナは螺旋状に丘を走り確実にブラックドラゴンとの距離を詰めていった。

「リリアーナ、俺を担いでブラックドラゴン目掛けて投げることはできるか？」

　息を乱しながら織人はリリアーナに尋ねる。

「できると思うけど、ドラゴンの頭にはさすがに届かないわよ？　それに走ったままじゃ難しいから、どこかのタイミングで一度立ち止まらなきゃ」

「それで十分だ。ドラゴンの攻撃は俺が防ぐから、よろしく頼む」

　足を止めずに呪文の詠唱を始めた織人は、ブラックドラゴンに向けて杖を振った。足元から双葉が生えたかと思うと、童話「ジャックと豆の木」のように急激に成長して太い蔓になり、マズル部分に巻きついて口を閉じさせる。蔓を引き千切ろうともがくブラックドラゴンに一瞬の隙が生まれた。

　腕で膝を抱えるよう指示を出したリリアーナは、ボールのように織人を抱え、両手を使ったアンダースローで力いっぱい投げ飛ばした。

　宙に放り出された織人は、地上十メートルほどの高さで体勢を整えつつグレゴリーの名を呼んだ。地上でグレゴリーが祈りを捧げると、落下し始めた織人の足元に、レンガほどの大きさの氷のブロックが複数現れる。

　目の前にどんどん増えていくブロックを階段代わりにして空中を駆け、織人はブラックドラゴンの頭頂部を目指した。しかしあと五メートルに迫ったところで、蔓を千切ったブラックドラゴンが口を開け織人に向かって黒い炎を噴いた。

　咄嗟にブラックドラゴンの首目がけ織人はジャンプするが、目的地に足が届かないまま体が落下し始める。聖騎士団が息を飲む音が聞こえた気がした。

「「オリト!!」」

　リリアーナとグレゴリーの絶叫が重なる中、織人は斜め下へ杖を向けた。

「吹き荒れろ突風！　我が身を害する者たちを空の彼方《かなた》へ消し去りたまえ！」

　敵を散らす攻撃魔法を応用して強風を吹かせると、織人の体がふわりと舞い上がった。ブラックドラゴンの背中の上まで飛ばされ、うっかり通りすぎないよう慌てて翼につかまる。なんとか背中に這い上がると、一連の流れを青い顔で見守っていた聖騎士団が大きく息を吐いた。

　凹凸《おうとつ》のある固い皮膚を手掛かりに、ボルダリングの要領で織人は懸命にブラックドラゴンの首をよじ登った。それに気づいたブラックドラゴンが体を振り回す。

　うっかり手が離れ織人は再び宙に放り出されるが、再び魔法で突風を吹かせ決死の思いで背中に舞い戻った。今度はうまく着地できず、固い皮膚に叩きつけられ全身が跳ね上がる。その拍子に手から杖がこぼれ落ちた。

　体中に擦り傷を負いながらも、織人は必死にブラックドラゴンの背中にしがみついた。

（杖がなけりゃ魔法は使えない。次に振り落とされたら、為す術なく地面に叩きつけられるしかない）

　ベネディルミア王城と同等の高さから落ちればひとたまりもないだろう。死というものを初めて身近に感じ、織人は眉間に皺を刻み鋭く息を吸った。

　恐ろしくないと言えば嘘になる。けれどやめようという気は微塵も湧かなかった。シルヴィスを絶対に取り戻す。その気持ちが恐怖心を凌駕《りょうが》していて、体を巡る血を熱く燃え上がらせていた。

　打ち身と擦り傷で全身が痛む中、織人は不安定な背中を駆け上がった。足元がぐらりと動くのを悟り、ブラックドラゴンの首の後ろに腕と脚を巻きつけて抱きつく。

　小賢《こざか》しい虫を追い払うかのようにブラックドラゴンは左右に頭を振った。視界がめちゃくちゃに揺れる中、織人はぎゅっと目をつむって耐え忍ぶ。力いっぱい頭を動かしすぎてブラックドラゴンがふらつくと、その隙にまた首をよじ登った。

（シルヴィス。シルヴィス、シルヴィス……ッ！）

心の中で何度も彼の名を呼ぶ。そうすると織人がよく知る男は、鮮やかな色の目を細め、「どうした？」と表情を綻ばせるのだ。自分にだけ向けられる特別な微笑みが、織人は好きだった。

（なんでちゃんと言わなかったんだろう。破滅の王に心を飲み込まれるくらいシルヴィスは不安を抱えていたのに、どうして「好きだ」の一言が伝えられなかったんだろう）

　完全に自分の驕りだと分かっているから、己に腹が立って、悔しくて涙腺がゆるむ。泣くな、と自分を叱責して、織人は必死にブラックドラゴンの頭頂部を目指した。

　どんなに暴れても体から離れない織人に、ブラックドラゴンが苛立った様子で呻き声を漏らした。自《や》棄《け》を起こしたのか、手当たり次第に周囲を燃やそうと黒い炎を噴く。

　けれどその炎は木々に届くことなく、吐き出すたびに火力を弱めた。

「光の足枷の威力を強めろ！　この王国を愛したオルブライトに、王国を傷つけることなど決してさせるな！」

　団長の声がするほうに目をやれば、修道士たちが必死に祈りを捧げていた。その筆頭に立つのはグレゴリーだ。厳めしい顔に皺を寄せ、必死に祈りの言葉を唱え続けている。

「ブラックドラゴンの動きを少しでも止めて！　オリトを振り落とすなんてこと、シルヴィスに絶対にさせちゃいけない！」

　リリアーナの叫びに騎士たちが呼応して、一斉にブラックドラゴンの足元へ駆け寄ってきた。マジックストーンから鎖を取り出し、尾やマズルに絡めて身動きを封じようとする。

　テレビ画面に映っていたシルヴィスは、主人公に倒されて命を落とす、悲しいキャラクターだった。

シルヴィスの苦悩を悟り、彼を守ろうとした人物は誰もいなかった。

けれど一人の人間となったシルヴィスは、こんなにもたくさんの人に愛されている。彼を助けようと、この場にいる誰もが心を砕いている。

ぐすっと鼻をすすった織人は、ブラックドラゴンの動きが小さくなっているうちに、急いで頭頂まで登りきった。膝をついて腰を落とすと、巨大な頭に両手をつけてそっと撫でる。ブラックドラゴンはひどく苛立ち、騎士たちに抵抗するべく鼻息を荒くしていた。

「聞いて、シルヴィス」

破滅の王に取り込まれた恋人に向かって、織人は静かに語り出した。

「俺が初めて会ったシルヴィス・オルブライトは、ゲーム世界のキャラクターだった。俺はその世界で冒険をして、行き詰まったら何度でもやり直しをして、ときには攻略本に頼りながら、物語の結末を見届けたんだ。シルヴィスが破滅の王になる結末を」

織人の声はきちんとシルヴィスに届いているだろうか。届いていたとして、どの程度まで理解してくれるだろうか。

なにも想像がつかないまま、それでも織人は頭に浮かぶ言葉を飾ることなく口にする。

「だからさ、ゲームだったはずの世界に自分が入り込むっていう奇妙な経験をしてからも、本当は全部知ってたんだ。お兄さんの影を背負って生きる苦しさや、シルヴィスがいずれ破滅の王と化すことを。……全部知ってて黙ってた。俺がシルヴィスを守ればいいなんて、浅はかな考えで決めつけて」

傲慢だったと思う。シルヴィスはいつも織人の考えを尊重してくれたのに、織人はシルヴィスに意見を聞くことすらしなかった。その自分の身勝手さを織人は悔いている。

一番守りたかった人を、自分の手で傷つけてしまった。

「なにも説明されないまま拒絶ばっかされて、悲しかったし寂しかったよな。シルヴィスが目いっぱい愛情を注いでくれてたから、俺はいっつも満たされてて、心に穴が開くってどういうことか分かってなかった。……本当にごめん」

　修道士たちの祈りの言葉や、奮闘する騎士たちの声で周囲は騒がしいはずなのに、織人はシルヴィスと二人でゆっくりと対話しているような奇妙な心地になった。ブラックドラゴンの動きがほとんど止まっているのは、騎士たちの拘束によるものか、織人の話に耳を傾けているためか。

　いつ頭から落とされてもおかしくないのに、胸の内は不思議と凪《な》いでいて、織人は思わず口許をゆるめた。四つん這いの姿勢でブラックドラゴンの眉間に移動すると、上体を伏せて額を押し当てる。

「俺がこれだけスムーズにしゃべれること、滅多にないからさ。本当に伝えたかったこと、全部聞いてくれる？」

　春の陽光を浴びて木々が芽吹くような、温かな気持ちが胸に満ちていく。やわらかく表情を綻ばせ、織人は告げる。

「大好きだよ、シルヴィス。『王国を巻き込んだ痴話喧嘩をしたこともあったな』って、いつかそう言って笑えるくらい、皺くちゃの爺《じい》さんになるまでずっと一緒にいよう」

　口角を上げて無邪気に笑むと、織人はブラックドラゴンの眉間にキスをした。

　ドッと地の底から突き上げるような衝撃が走ったのはその直後だった。ブラックドラゴンの体が内側から発光し、それと同時に丘全体に激しい縦揺れが起こる。

「なんだ!?　なにが起こってる!?」

「とにかくブラックドラゴンから離れろ！」

　騎士たちの混乱する声が飛びかう中、織人はブラックドラゴンの顔にぎゅっと抱きついた。なにが起こっているかは分からないが、シルヴィスを置いて逃げられるはずがない。

　貯光ホオヅキにでもなったみたいに、ブラックドラゴンの体を通してまばゆい光が溢れてくる。光の洪水に飲み込まれ、織人の視界はみるみるうちに白く染まっていった。

　ブラックドラゴンの輪郭すらおぼろげになる直前、その背中側の地面に、一人の男が立っているのを織人は見た。氾濫する光に塗りつぶされ、周囲の人間も景色もまともに見えないのに、彼の姿だけははっきりと認識できる。

　シルヴィスと同じ聖騎士団のプレートアーマーをまとったその男は、うねりのある赤茶の髪から野性的な目を覗かせていた。青色のマントをはためかせながらソードホルダーに手を伸ばし、腰に差した剣の柄を握る。

　瞬きをする間もなく男は剣を振るった。ドサッとなにかが落ちる音がして、織人が目を凝らせば、飛膜がついた巨大な黒い羽が一対地面に転がっていた。

　剣をしまい終えた男はおもむろに織人を見上げた。視線が合うと、白い歯を覗かせてくしゃりと顔を崩し、屈託のない笑みを見せる。それから、まるで「弟をよろしく」とでも言うように、織人に向かって拳を突き出した。

　ふいに見せる子供のような笑顔は、やはりシルヴィスとよく似ていると織人は思った。

　ふと気がついたときには、織人はプレートアーマーの背中に腕を回し冬の丘に立っていた。頬を掠める風は相変わらず冷たいが、薄曇りの空からは陽が差し始め日向《ひなた》にいるとほんのり暖かく感じる。

ブラックドラゴンの顔にしがみついていたはずの織人は、いつの間にかシルヴィスと抱き合っていた。

顔を上げると、シルヴィスもまた呆気に取られた様子でぼんやりと宙を眺めていた。狐《きつね》につままれたよう、とはこういう顔を表現するのだろうと思ったらおかしくて、ふふっと織人は小さく笑う。

その音に反応し、シルヴィスの視線がこちらに向いた。少し離れたところで身を低くしていた騎士たちも我に返り、続々と腰を上げて織人たちの様子をうかがう。その中にはリリアーナとグレゴリーの姿も見えた。

言葉もなく織人と見つめ合ったシルヴィスは、息をこぼすと同時に小さく口角を上げた。

「そうか。オリトが迎えにきてくれたんだもんな」

囁くような声には、戦いきったあとのような疲れと、優しく温《ぬく》もる安堵が滲んでいた。空色の目には織人が映っていて、そのなにげない光景が織人の胸に迫る。嬉しくて口角を上げたのに唇が震えた。

「俺の声、ちゃんと聞こえてた？」

泣いてしまわないように鳩尾《みぞおち》に力を込めて織人は問う。

「ああ、聞こえていた。少しも自由が利かない夢みたいだと思っていたんだ。みんなが懸命に俺を止めようとしてくれているのに、体は勝手に動くうえに、心はなんの感情も得ようとしなかった。だが……オリトの声だけはまっすぐに耳に届いた」

不可解だった織人の言動の裏には、自分を守ろうとする気持ちがあったこと。言葉には出さずとも、織人もきちんと自分を想っていたこと。

それがじわじわと心に染みて、破滅の王に飲み込まれていた自我が徐々に目を覚ましたのだという。

「オリトのもとに帰らないと」と、果てしない暗闇の中でシルヴィスは思ったそうだ。

擦り傷を負った織人の頬を、シルヴィスの大きな

手が包む。

「俺のせいで怪我をさせて悪かった。助けにきてくれてありがとう」

　雲の隙間から陽光が落ちて、金色の髪をキラキラと輝かせた。織人に注がれる眼差しに、悲しみや失望といった感情はもう宿ってはいなかった。心の隙間をすべて満たしてくれるような優しい慈愛だけがそこにある。

　まぶしくて愛おしい希望の光に、織人は目を眇《すが》めた。

「あのさ、俺、実はあと一つだけ伝えたいことがあって」

　頬にのる手をそっと引き剝がすと、織人はその手を両手で握った。仲間たちが見守る中、まっすぐにシルヴィスの目を見つめ穏やかな気持ちで口を開く。

「俺、人前に出るのは相変わらず苦手だし、やっぱりそんなに自分に自信とか持てないけどさ。でもシルヴィスが隣にいてくれたら、恥ずかしくても緊張しても、最後まで投げ出さずにちゃんと頑張れると思うから。だからこれからも俺の隣にいてほしい」

　一度は振り払ってしまった手を、こうしてまた握れたことが幸せだった。そんな些細《ささい》な幸福を、この先もずっとシルヴィスとともに積み重ねていきたいと思った。

「シルヴィスが好きだ。俺と結婚してください」

　感動的な言葉がするっと出てくるほど話術に長けていないので、至極シンプルな言葉で愛を告げた。シルヴィスの目がわずかに見開かれ、それから参ったとばかりに眉尻を下げくしゃりと笑む。

「ああ、喜んで」

　織人の手から逃れた両手が二の腕をつかみ、たぐり寄せるような動きで抱きしめられる。

　長い腕で織人をしっかりと閉じ込め、シルヴィスが頭を擦り寄せてきた。その仕草に笑みをこぼして広い背を抱き返せば、周囲にいた騎士たちがワッと歓声をあげた。シルヴィスの幸せを願う人が大勢いるのだと実感し、湧き上がる喜びに胸が熱くなる。

　ふと地面に視線をやれば、そこにはブラックドラゴンの羽が落ちていた。刃物で落とされたかのような切り口に、光の中で見た光景がよみがえり織人は顔を上げる。

「なあ、そういえばさ……」

　騎士たちが天に腕を突き上げ、泣いて喜ぶ中で、織人はこっそりシルヴィスに声をかけた。「うん？」とシルヴィスが首を傾げるが、少しばかり考えたのち、織人はその肩に頭を預けまぶたを伏せる。

「やっぱりあとで話す。今はもうちょっとだけ、俺のことだけ考えていてほしいから」

　普段なら照れくさくて言えないような台詞も、この昂揚の中でなら口にできる。織人の後頭部に触れて髪を梳きつつ、シルヴィスは「ええ？」と笑った。

　シルヴィスを愛しく思う織人の気持ちも、弟の幸福を願う兄の優しさも、きっとどちらも『真実の愛』に違いないと、歓喜に湧く冬の丘で織人は思った。

　シルヴィスが破滅の王と化したことと彼の今後の処遇について、謁見の間で国王と対話したのは、一連の騒動から十日が過ぎた頃だった。

「司祭様のご協力のもと、三〇〇年前に襲来した破滅の王の正体について調査を重ねた結果、シルヴィス・オルブライト副団長と同じく『光の聖者にとって最も親しい間柄の者』であった可能性が高いという結論に至りました」

　真紅の絨毯に片膝をついて織人が報告すると、国王と大臣たちが驚きの声をあげた。会社員時代の会議以上に緊張するが、後方に控えるシルヴィスの存在が織人の勇気を何十倍にも膨らませる。

　聖騎士団の団長と精鋭たちに囲まれたシルヴィスの手首には手錠がはめられていた。その拘束を解くための重要な謁見だと思うと、怖《お》じ気《け》よりも使命感のほうが自然と強くなる。

　予想はしていたが、人間に戻ったシルヴィスは自分を聖騎士団の監視下に置いてほしいと訴えた。しかしそれは永久的な投獄ではなく、なぜ破滅の王が自分を狙ったのかを調べ、再発を防げるのかどうかを明確にするための拘束だった。

『三〇〇年前と今回の件に共通点が見出せれば、今後同じ神託が下りたとしても対策を講じられる。破滅の王が復活するための依《よ》り代《しろ》に俺が選ばれたことに理由があるなら、罪を償ったのち、オリトとともに生きる選択肢が与えられるかもしれない。苦しい頼みだろうが、調査を引き受けてくれないか』

　ともに戻った聖騎士団本部で、シルヴィスは落ち着いた調子で織人に告げた。織人としてもある程度想定できた提案だったため、一時的とはいえシルヴィスが拘束されることへのショックはあったものの、取り乱さずに受け入れられた。

　女主人公の婚姻ルートでは、パーティーメンバー以外に破滅の王の正体を知る者はいないが、今回は聖騎士団全員に目撃されている。二人で国外逃亡を図るのは無理があるし、少なくとも織人が知るシルヴィスという男は、真実を闇に葬るような行為を望まない気がした。

「つまり、光の聖者と親しい者ならば誰であっても破滅の王と化す可能性があるということか？」

　慎重な口調で問う国王に、織人もまた真剣な面持ちで頷く。

「はい。三〇〇年前に破滅の王と化した者は、光の聖者がのちに配偶者とした男性であったと見ています。聖騎士団の皆様、オルブライト副団長の背中を見せていただけますか？」

　織人の指示に従って、シルヴィスが国王に向かって背中を向け前傾姿勢を取ると、両脇に控えていた二名の騎士がそっとその上着を捲った。シルヴィスの肩甲骨の辺りには、十センチほどの縦長の傷跡が二つ並んでいた。ブラックドラゴンと化した際、羽の付け根にあたった位置だ。

「三〇〇年前の光の聖者の配偶者にも、オルブライト副団長と同じ傷跡があったと書物に残されています。今回の事件が起こるまではブラックドラゴンと戦ったときについた傷跡と思われていましたが、そもそも彼はブラックドラゴンの討伐に参加していなかったのです」

　三〇〇年前にブラックドラゴンを討伐したのは、光の聖者と彼が選んだごく少数の仲間だ。彼らが山中に入っていく姿を数名の国民が目撃しているが、配偶者となる男性の姿はなかったそうだ。

　しかしブラックドラゴンの羽を持って帰還した際には件《くだん》の男性が加わっていたため、目撃した人々が見逃したようだと結論づけられた。破滅の王と化した恋人を救出した光の聖者が、なに食わぬ顔で彼を「元々討伐隊の一員だった」と説明したのだろう。

「人は誰でも少なからず心に弱さを抱えています。光の聖者と最も親しい人物を狙い、破滅の王がその弱さを憎しみに変えて己の糧にしていたとしたら……オルブライト副団長が破滅の王と化したことも、本人の悪意によるものではなく、防ぎようのない厄災だったのではないかと思います」

　司祭と出した結論をグレゴリー監修のもと文章にまとめ上げ、必死に報告の練習を繰り返しただけあって、織人にしてはかなり冷静に語ることができた。

　頼むから想定していない質問はしないでくれ、と織人が祈るような気持ちでいる中、玉座に座った国王は顎に手を添え「ふむ……」と思案する様子を見せた。

「確かに今回の件のあと、神託は以前と同じベネディルミア王国の繁栄を示す文面に戻っている。ブラックドラゴンの羽を得られたために、騎士たちも再び神の加護を受け聖騎士に戻ることができた」

　周囲の大臣たちに言い聞かせるように告げた国王は、しばし沈黙したのち、「分かった」と言った。

「シルヴィス・オルブライトの拘束を解くことを認めよう。今回王都付近の森へ降り立ったブラックドラゴンが破滅の王であったことや、その依り代としてシルヴィスが使われたことについては秘匿事項とし、一切の口外を禁じる。シルヴィスは今後も聖騎士団副団長として国に尽くすように」

　国王の言葉に、謁見の間には二種類のざわめきが生まれた。騎士たちの喜び、それから大臣たちの戸惑いのざわめきだ。

「国王陛下、本当によろしいのですか？」

　初老の大臣が困惑した様子で問うが、国王は問題ないとばかりに頷く。

「事の経緯をすべて明かしたうえで、国民から厚い信頼を得ているシルヴィスを処罰すれば、余計な混乱を生み内乱の原因を作りかねない。幸いにもみなの働きによって、被害がほぼ皆無の状態で終幕することができた。下手に処罰するより、今までどおりの平穏な生活を続けるほうが得策だろう」

「しかし……」

「シルヴィスに危害を加えることで、神託に不穏な変化が現れる可能性も否定できない。誰かに責任を取らせることに注力して、せっかく取り戻した平和を乱しては元も子もないだろう」

　国王の説明には説得力があり、一度は渋い顔をした大臣も最終的に納得してくれた。初めて会ったときは随分楽観的な国王だと思ったが、案外と冷静な判断をするようだ。

とはいえシルヴィスが再びブラックドラゴンと化す可能性も捨てきれないため、王都を出る際は聖騎士団に目的地を申告したうえで必ず同行者を伴うよう命じられた。予想以上に寛大な処置で済み、織人は胸を撫で下ろす。目の前でシルヴィスの手錠が外され、目配せをして微笑みをかわした。

その様子を見ていた国王は、スイッチを切り替えるかのように表情をゆるめた。

「さあ、難しい話はここまでだ。王国の平和と聖騎士団副団長の命を守ってくれたオリトにはしかるべき褒美を取らせねばならん。なにか望みはあるか？」

手を太股に置いて前のめりになり、わくわくした様子で尋ねる国王に、織人は思わず頬を染めた。気恥ずかしさから視線を泳がせ、顔をうつむけつつ口を開く。

「あ、あの……では、こっ……恋人であるオルブライト副団長と、結婚させていただきたく……」

シルヴィスの解放を求めていたときの滑らかな弁舌はどこへ行ったのか、織人はどもりながらなんとか要求を伝えた。王女がシルヴィスを気に入っていたようなので嫌な顔をされるかもしれない、と身構えていたが、予想に反して国王は上機嫌に手を叩く。

「ほっほっほ！　やはりそうであったか。いや、実は風の噂が届いておったのだ。一分の隙もない完璧な貴公子のシルヴィスが、最近は恋に身を焦がしているようだと。『副団長に恋人と過ごす時間を作ってあげないと』と騎士たちが意気揚々と語るのを、精霊祭にこっそり参加した際に耳にしてな」

即席舞踏会の夜と同様、完全なるお節介仲人おじさんと化す国王に、織人は耳まで真っ赤に染めながらぷるぷると震えた。斜め横で跪《ひざまず》くシルヴィスも赤い顔を隠すように額に手を当てている。団長や騎士たちは不自然な咳払いを繰り返し、必死に笑いを噛み殺していた。

秘密の関係だと思っていたのは本人たちだけで、周囲にはとっくにばれていたうえ、温かく見守られていたらしい。どこの中学生カップルだよ、と羞恥で卒倒しそうになる。大臣だけが「お忍びで祭りに参加するのはおやめくださいとあれほど申しましたでしょう！」と目を吊り上げていた。

「良い良い。他ならぬ光の聖者の願いだ、叶えてやらねば国王の名が廃《すた》る。ブラックドラゴンを退治した英雄として、シルヴィスとの挙式は国をあげて盛大に執り行おう」

　国王の快諾に、集まっていた人々から温かな拍手を送られる。それをありがたく思いながらも、織人はとある決意を胸に顔を上げた。

「恐れながら、実はその件について国王陛下にお願いがございます。今回の結婚を機に、同性同士の婚姻を全面的に認めていただきたいのです」

　この要求はまったくの予想外だったらしく、シルヴィスが弾かれたように織人を見た。謁見の間がしんと静まり返る。国王も意表をつかれた様子で眉を上げていた。

「功績を残した人間にしか愛する人との婚姻が許可されないなんて、この豊かな国に見合わない不自由な法律だと思います。少なくともこの場にいる方々は、私たちが破滅の王を消滅させたからという理由で結婚を喜んでくれたわけではないはずです」

　国王をまっすぐに見て語る織人に、大臣や騎士たちがはっとした様子で息を飲んだ。国王も感心した様子で織人の言葉に聞き入る。

　渋られるかと思ったが、存外早く国王は首肯した。

「そうだな。今までも要望はあったが、色々と理由をつけて先延ばしにしていた。英雄からのたっての希望という後ろ盾があれば、前時代的な考えの貴族たちも反論しづらかろう。分かった、性別を問わず婚姻できるよう法律を改正しよう」

最良の形で謁見が終わることに、織人は今度こそ肩の力を抜いた。誰もが感じ入った様子で再び手を叩き、先ほど以上の盛大な拍手に包まれる。自分たちが幸せになれたらそれで良し、という終わり方にはしたくなかったので、みんなが賛成してくれたのが嬉しかった。

じっと織人を見つめるシルヴィスが、まぶしいものを前にしたかのように目を眇める。

「オリトを好きになったことを、俺は心の底から誇りに思う」

大袈裟だな、と織人ははにかんで、けれどシルヴィスに褒めてもらえるのが一番嬉しいとも思った。

国王の宣言どおりシルヴィスとの結婚式は盛大に行われた。シルヴィスは聖騎士団の正装、織人は白を基調に豪奢な装飾が施されたジャケットとスラックスで、荘厳な佇まいの教会を腕を組んで歩く。

結婚式の参列者は主に両家の関係者だ。織人の親族席にはプリミタウンの教会裏から運ばれたバードバスがあり、中に注いだ水がこぼれないようグレゴリーに凍らせてもらった。

おかげで円形のテレビ画面のような状態になり、その中でモーニング姿の昌義と黒留め袖姿の好恵、礼服を着た兄弟が並んでいる。背景から実家のリビングであることがうかがえて、自分の結婚式ながらなかなかシュールだ。

現代日本にいる家族にはゲーム画面に見えているのだろうが、それでも好恵はハンカチを手に涙を抑えているし、昌義や兄弟も真剣な面持ちで参列していた。考えが柔軟な家族をこれほどありがたく思ったことはない。

結婚したい相手がいる、とバードバスを通じてシルヴィスを紹介したときの、好恵の第一声は『やだっ、イケメンじゃない！　うちの息子でいいの!?』

だった。

『息子がゲームの世界に引っ越した驚きに比べたら、相手が男だなんて些細なことでしょ』

　とのことで、呆気ないほど簡単に同性婚を受け入れられた。盆と正月くらいは顔を出すように言われているのだが、今のところ現代日本とベネディルミア王国を行ったり来たりできるのは織人だけなので、なんとかしてシルヴィスを向こうに連れて行く方法はないか考えている。

　驚いたのは、シルヴィスの両親もまた簡単に織人との結婚を承諾したことだ。

『オリトさんの前で心から楽しそうに笑うシルヴィスを見て、きっと友情以上の結びつきがある特別な方なのではないかと思ったのです』

　そう言って微笑むオルブライト夫人はとても嬉しそうで、祝福してもらえる喜びに胸が震えた。

　ちなみにシルヴィスの父は可愛らしいお嬢さんがやってくることを期待していたらしく、少しばかり複雑そうだったが、『あら、本人が幸せならそれでいいでしょう？』というオルブライト夫人の圧力にあっさり屈していた。裏表のない豪快な人で、今では会うたびに気さくに声をかけてくれる。

　ガチガチに緊張しながら挙式を終えた織人は、華やかな装飾の馬車にのってベネディルミア城に移動した。広間を使って盛大な披露宴が行われるのだが、まずはシルヴィスと並んで正面バルコニーに立ち、国民へのお披露目をすることになっている。

　衣装係によって再度身なりを整えられ、バルコニーに続くメインルームに送り出された織人は、待っていたシルヴィスに苦笑を見せた。

「なんだかもう、自分の身の丈にあってなさすぎて目が回りそうだよ」

　すでにへろへろになっている織人に、シルヴィスはおかしそうに肩を揺らして白手袋を着けた手を差し出した。なんの躊躇いも照れもなく織人もそこに手をのせる。

「大変だとは思うがなんとか慣れてくれ。国王陛下は華やかな会を好む方だから、俺のパートナーとしてこの先も人前に出る機会が山ほどあると思うぞ」

「うっ、庶民には荷が重い……」

「オリトは二重の意味でこの国の英雄なんだよ。ブラックドラゴンから王国を救い、同性同士の結婚を望む恋人たちに光をもたらした。残念だけど、庶民なんて思っているのはお前だけだな」

「えええ。俺、全然そんな柄じゃないのに」

「けど、後悔はしていないだろ？　この世界に来たことも、俺との結婚も」

　悪戯っぽく左の口角を上げるシルヴィスの、その強気な発言に笑ってしまう。織人からの愛情を疑わなくなった証だと思うと嬉しかった。そもそも織人はシルヴィスがたまに見せる強引さに堪らなくときめくのだ。

「するわけないだろ。シルヴィスのパートナーになれるんだったら、このくらいの気疲れなんてどうってことないですよ」

　すました顔を作りわざとらしい口調で言えば、シルヴィスが堪らずといった調子で噴き出した。端正な顔を崩し白い歯を覗かせて笑う姿に、織人も知らず口許が綻ぶ。胸を満たす温かな気持ちを「愛しい」と呼ぶことを、織人はシルヴィスに出会って初めて知った。

　窓が開け放たれたバルコニーからは、主役の登場を階下で待つ国民のざわめきが聞こえる。シルヴィスの手に導かれるまま彼らが見える場所まで立てば、ベネディルミア城の広大な庭にぎゅうぎゅう詰めになった群衆がワアッと歓声をあげた。

　割れんばかりの拍手と祝福の声、風にのって宙を舞う色とりどりの花びら。広く名を知られることになった二人の新たな門出を、数え切れないほどの人が目を輝かせて祝っていた。

自分には縁がないと思っていた光景を前に、織人の胸はいっぱいになる。

（こんな日が来るなんて、部屋にこもってゲームをしていた頃は想像もしてなかった）

いくらでも替えが利く存在だと自分を卑下しながら、会社とアパートを往復するだけの彩りのない生活を送っていた。それなのに架空の物語であったはずの世界に飛び込んで、悲しい結末を迎える予定だった聖騎士と出会い、恋をした。

ゲーム内で元々用意されていた唯一のシルヴィス救済ルートですら、王国中の祝福を受けて結婚することなどできなかった。だから今目の前に広がるこの光景は、間違いなく織人が自らの手でつかんだ完全無欠のハッピーエンドだ。

手を叩いて喜ぶ群衆の中には、織人たちの恋路を近くで見守り続けたリリアーナとグレゴリーの姿もあった。

「オリトー！　シルヴィス～！　せっかくだからキスしなよキス！」

「おい、やめろリリアーナ」

すべての人に振る舞われたというウェルカムドリンクですでに酔っ払っているのか、リリアーナが腕を振りテンション高く煽ってきた。その横でグレゴリーがげんなりした顔で制止している。

二人の声はシルヴィスにも届いたようで、困った仲間だと言わんばかりに眉を下げて笑っていた。品の良い横顔をまじまじと見た織人は、少し考えてからシルヴィスの肩に手を置き、背伸びをしてその頬にキスをした。

キャーッ！　という黄色い声が庭を埋め尽くす。

目立つことを苦手とするはずの織人の行動に、誰よりもシルヴィスが驚いた顔をした。悪戯が成功した気分で、織人は頬を染めへへっとはにかむ。

「俺のものだって見せつけてやろうかなと思って」

　自分らしくない言動に照れが募るが、今日くらいは浮かれてしまうのも許してほしい。幸せを噛みしめるように目尻を下げたシルヴィスは、体ごと織人に向き直ると両手で頬を包んだ。

「それは俺の台詞だな」

　甘い囁きとともに眼前で顔が傾き、織人は静かにまぶたを伏せた。唇にやわらかな感触が重なった瞬間、この日一番の歓声が王都に響き渡った。


　入浴を終え、ゆったりとしたチュニック風のカットソーとボトムのナイトウェアに着替えた織人は、そわそわした心地でオルブライト邸の廊下を進んだ。大きな扉を躊躇いがちにノックすると、中から「どうぞ」と声がする。

　扉を開いて顔を覗かせると、クイーンサイズのベッドに腰かけたシルヴィスが、口許に手を添えおかしそうに肩を揺らした。

「俺たちの寝室なんだから、ノックなんかしなくても自由に入ってくればいいのに」

「そっ、そうなんだろうけど……でもまだ緊張するんだよ」

　部屋の中に身を滑り込ませわたわたと返事をする織人に、シルヴィスはやはり楽しげな笑みを見せた。初夜に戸惑う新妻のような反応をする自分が恥ずかしい。いや、実際そのとおりなのだけれど。

　披露宴のあとは国王の計らいでベネディルミア城の客室に宿泊させてもらったのだが、疲労困憊で初夜どころではなかった。一晩明けて今日は近隣国の要人に魔法の水鏡を通して紹介され（Ｗｅｂ会議みたいだなあと思った）、シルヴィスとともにオルブライト邸に着いてからは義父母の熱烈な歓迎を受けつつともに食卓につき、ようやく今に至る。

（シルヴィスとセックスするのが初めてってわけじゃないけど……）

　なんとなく照れてしまって扉の前でもじもじしていると、シルヴィスがベッドを軽く叩いて隣に来るよう促した。おとなしく従ってシルヴィスのもとへ向かう。

　肩を並べて腰かけると、シルヴィスは組んだ腕を膝にのせ、低い位置から織人を見上げた。目が合うとそれだけで嬉しそうに微笑むので、織人もなんだかおかしくなってくすくすと笑い声を漏らす。それで随分緊張がほぐれた。

　くすんだミントグリーンを基調にした部屋は、爽やかでありながら落ち着きのある印象だった。ヴィクトリア調の装飾が施された内装は品が良く、ベッド脇に置かれたサイドテーブルもクラシックな雰囲気がただよう。

　そのサイドテーブルの天板に、六角形の瓶が二つ並んでいることに気づいた。思わず手に取ってみると両方とろみがついた液体が入っていて、片方はうっすらと白みがかった透明、もう片方は蜂蜜のような色合いをしている。

「うん？　潤滑剤、二種類も用意したのか？」

　一度経験したのでなんとなく中身の予想ができ、織人は瓶を傾けながら尋ねた。

「通常の結婚初夜は黄色のほうを使うんだ。マンドラゴラを中心に催淫作用のある薬草を配合してる。いわゆる媚薬入りなんだが、織人に使うには刺激が強すぎるかと思って」

　前回シルヴィスに抱かれた際、敏感だと指摘されたのを思い出す。居たたまれない気持ちになりつつ織人は二種類の潤滑剤を見つめ、ややあって白いほうをサイドテーブルに戻した。蓋を開け、媚薬入り潤滑剤の香りを確かめる。

「なんか良い匂いがする」

「花の蜜を混ぜてるからな」

「もしかして食べられたりする？」

「ああ、舐めても問題ないが……体に取り入れるから媚薬が効いてしまうぞ？」

　戸惑った様子で確認され、どれだけ初心《うぶ》だと思っているんだと織人は苦笑した。そんなこと分かっている……とは答えないまま、シルヴィスの手を取って瓶をのせ、餌をせがむ雛鳥《ひなどり》のように口を開けた。

「シルヴィスが食べさせてよ」

　なんでもない風を装って告げれば、シルヴィスは目を丸くして面食らった。躊躇《ちゅうちょ》されると恥ずかしくなるが、半ば意地で織人は「あーん」と身を乗り出す。シルヴィスは迷う様子を見せつつも、とろっとした液体を中指にまとわせ織人の口許に運んだ。

　唇から覗かせた舌で指の腹を舐め、織人は「ん、甘い」と漏らした。今度は第一関節までを口に含み、ちゅっと音を立てて吸いつく。媚薬を服用させていいものかと悩んでいたシルヴィスも、唇を結び織人の口許に意識を集中させ始めた。

　剣を握る固い皮膚を舌先でなぞり、軽く歯を立てて甘噛みし、口腔の粘膜で包む。ぬるぬると指に舌を絡ませながら根元まで舐めしゃぶれば、シルヴィスの男らしい喉仏が上下した。

　一度口から指を引き抜いたシルヴィスは、今度は二本の指に液体を絡ませて織人の口腔に差し入れた。舌をくすぐられ、唇の裏側を撫でられて口腔に唾液が溢れる。指での愛撫はキスとはまた違う感覚があって、ゾクゾクと体の芯が甘く痺れた。

「ふっ……は、んっ……」

　自ら頭を揺らして指を口腔に出し入れすると、シルヴィスの顔が劣情に歪んだ。強引に指を抜かれ口の端から唾液が垂れる。名残《なごり》惜しさに織人は舌を出して追いかけるが、すぐに唇でそこを埋められた。性急に舌が差し込まれ、湿った粘膜を遠慮なく犯す。

「ぁ、んっ、ふぅ……っ」

シルヴィスに好き勝手させているのだと思うと興奮し、鼻にかかった声が漏れた。媚薬を共有するように織人からも深く舌を絡める。貪るようなキスの傍ら、シルヴィスの手が織人の太股に伸びた。

内股をまさぐった手は兆《きざ》し始めた織人の中心をするりと撫で、腹をたどって胸へとやってきた。唾液で濡れた指先でナイトウェアの上から乳首を捏ねられる。

人差し指と親指で捩られ、布が擦れる感覚にじんと痺れが走った。それは甘い毒のように全身に回り織人の体温を上げていく。酒に酔ったような心地になるのは媚薬の効果が表れてきたからか。

何度も角度を変えて唇を深く味わい、乳首を執拗に嬲《なぶ》られて、織人の中心は固く張りつめていく。触ってほしくて仕方がなくて、織人は切なさに眉を寄せながら膝頭を擦り合わせた。

唾液の糸を引きながらシルヴィスはようやく織人の唇を解放した。「おいで」と耳許で囁かれるとそれだけで鼓膜が溶けそうになる。シルヴィスに導かれるまま織人はベッドに上がった。

腰の下にクッションを敷いて壁にもたれたシルヴィスは、すぐそばに潤滑剤の瓶を置くと、織人に自分の太股を跨いで膝立ちになるよう促した。

「オリトが触ってほしいとこ、俺に見せてくれよ」

余裕たっぷりに指示され、羞恥と興奮に手を震わせながら織人はトップスを胸まで捲り上げた。同時に、反対の手でボトムを太股まで下げ、上向いた性器を露出する。淫猥《いんわい》に尖った小さな乳首と、鈴口を湿らせた屹立を前に、シルヴィスは満足げに目を細める。

「欲張りな体だな。どっちか一つじゃ満足できないのか？」

揶揄《やゆ》する口調で問われ、頬がひどく熱を持つ。涙で目を潤ませながら織人がコクコクと頷けば、シルヴィスが口角を上げ喉を鳴らした。

　反り返った欲望を右手で包みながら、シルヴィスは左手で織人の腰を引き寄せ、胸の突起を口に含んだ。じゅっと音を立てて吸いつかれ、堪らず腰が跳ねる。

「あっ……、ぁ……！」

　ゆったりとした動きで撫でられるだけでも気持ち良いのに、シルヴィスは手に潤滑剤を足して再度織人の中心を握った。手を筒状にして雄を扱《ぬ》かれると、じゅぷじゅぷと濡れた音が漏れる。

　左手の指にも潤滑剤をまとわせ、織人の乳首に塗りつけたシルヴィスは、淫靡に光る突起をねっとりと舐め上げた。舌全体で撫で、先端で転がされれば、耐えがたい疼きが走る。

「ああぁっ……！　もっと吸って、歯立てて……っ」

「オリトは少し痛いくらいに刺激したほうが興奮するもんな？　少し前までなにも知らない体だったのが嘘みたいだ」

　突起を囲う輪ごと唇で食み、シルヴィスが楽しげに口角を上げた。卑猥な願いを口走ったことを自覚して頬が熱を持つが、懇願のとおりにきつく吸われ、突起に歯を当てられるとすぐにどうでも良くなった。いつもは紳士的なシルヴィスに、意地悪な物言いをされるのもひどく興奮する。

　トップスを脱ぎ捨てた織人は、空いた腕でシルヴィスの頭を抱き頬擦りした。

「俺もシルヴィスを気持ち良くしたい……」

　どうしたらいい？　と囁けば、シルヴィスの手が胸から離れ自分のボトムに移動した。中に手を差し入れると、固く勃起した雄が顔を覗かせる。

　金色の茂みの下から生えた茎は血管が浮き上がるほど張りつめていて、同じ男として感服するほど太く勇ましかった。こんなものが前回は後ろに入ったなんて信じられないほどだ。

（でも……これで中を突かれるの、死ぬほど気持ち良かった）

連れ込み宿の狭いベッドでめちゃくちゃに乱された記憶がよみがえり、織人は思わず唾液を飲み下した。腰を落とすよう指示を出したシルヴィスは、互いの雄を突き合わせると織人に握らせる。

「俺のとオリトのを一緒に扱いてくれよ。気持ち良くしてくれるんだろ？」

唇を啄《ついば》みながら告げられ、心地よさにぼうっとなりつつ織人は頷いた。恐る恐る手を動かせば、シルヴィスのそれに裏筋がぶつかって初めて味わう快感を得る。自慰を見られるようで恥ずかしい、と思っていたのは最初だけで、織人はすぐに二本の雄を夢中で撫でさするようになった。

拙い手淫ではあるが、触れるたびにシルヴィスの雄が震える様を前にすると、感じてくれているのが分かって嬉しくなる。初めての自慰を知った少年みたいに、手を止めることができない。

「あっ、あ、きもちい……きもちぃ、シルヴィス……ッ」

「ん……、俺も気持ち良い」

「ほんと……？　んっ、ぁ、あっ」

恍惚の表情を浮かべて扱いていると、シルヴィスの濡れた指がふいに蕾へ宛がわれた。身構える間もなく内側へ入り込まれる。

「ああっ、ぁ……！」

織人がそこで快感を得られると知っている指は、迷うことなく奥を目指した。熱を持った体はすぐに異物を受け入れ、長い指にいやらしく絡みつく。

シルヴィスは何度も瓶に指を浸《つ》けては、織人の後孔に媚薬入りの潤滑剤を塗り足していった。ぬぷっと濡れた音を漏らして蕾に指を突き立てられると、体の芯を失ったような心許なさが生まれる。けれどそれこそが甘い愉悦を作り出すことを、前回のセックスで織人は体に教え込まれていた。

「だめ、……ッあ、だめ、イくっ……も、出ちゃうから……っ」

　中と外の性感帯を同時に刺激され、織人の中心は透明な体液で恥ずかしいほど泣き濡れていた。だめ、だめ、と譫言《うわごと》のように繰り返しながら、織人の腰は勝手に揺らめき絶頂を目指している。

「好きなだけ出せばいい。どうせ一回じゃ終われないさ」

　敏感な秘所をぐっと押し込むようにしながら、シルヴィスは機嫌良く織人の耳に口付けた。その言葉の意味を理解できないまま、織人は手の動きを速める。煮詰まった性感が体の中心に集まり、脳を焼くような強烈な感覚とともに一気に弾けた。

「あッ……、……！」

　織人はきつく眉を寄せ、太股を震わせて射精した。

生温かい体液が手の中から溢れ、シルヴィスの雄にとろとろとこぼれ落ちる。

　中から指を引き抜いたシルヴィスは、ぐったりと身をもたせかける織人の肩をつかみベッドに仰向けに寝かせた。太股のあたりで止まっていたボトムを取り払ってしまうと、自分もナイトウェアを脱ぎ捨て均整の取れた体を晒す。

　睫毛に汗の雫をのせ一連の動作を見上げていた織人は、自分の体がおかしな状態になっていることを今さらながら察した。一度精を吐いたはずの中心が萎えないのだ。

「あ……っ、なに、これ……ぁ、あっ……」

　顔の横のシーツに指を絡め、織人は身を苛《さいな》む欲望に悶えた。触れられてもいないのにどこからともなく性感が湧き上がり、織人の中心を固く漲らせる。発散できない熱が皮膚の下に滞っていて、内部からくすぐられているようだ。

シルヴィスは織人に膝を折らせると、右の太股の裏を持って胸のほうへ押した。局部が丸見えの格好をさせられ、困惑する間もなく再び後孔に指を挿入される。今度は人差し指と中指の二本が、潤滑剤の助けを借りて織人の体内を行ったり来たりした。

「あっ……ぁあっ、ゆ、ゆび、いやぁっ……！」

　すでに織人の内壁は蕩けきっていて、シルヴィスの指に吸いつきさらなる快感をねだる。反り返った雄は先端が腹につきそうなほどで、鈴口からは先走りがたらりと垂れて皮膚を汚した。ピースサインを作るように中で指を広げられると、潤滑剤が後孔から滴りシーツを濡らす。

　もっと太いもので中を擦ってほしいのに、指ではほぐされるばかりではいつまで経っても下腹部に集まる熱を解放できない。絶頂に達することができない程度の快楽を、延々与えられておかしくなりそうだった。

「いれて、シルヴィス、もういれて……ッ！　ゆびじゃ足りないからぁっ……」

　自由になる左足でベッドを蹴って指を抜こうとするが、脚に力が入らず踵《かかと》はシーツを滑るばかりだ。それならばと織人は両手で尻たぶを左右に引っ張り、自ら後孔を広げて誘うが、シルヴィスが襲いかかってくる気配はない。

「もう少し馴らしてからじゃないとつらいだろ」

　緩慢な調子で告げると、シルヴィスは三本目の指を足した。それでも彼の長大な肉杭で穿たれる悦びにはまだ足りず、織人は目尻から涙を流してのた打つ。

「こっち……、こっちがいいっ、シルヴィスのこれ挿れて……ッ」

　ベッドに肘をついてわずかに上体を起こし、織人は天を仰ぐ凶悪な欲望に触れた。丸い先端を指の腹で擦ると、シルヴィスはようやく少し余裕を失った様子で眉を寄せた。形の良い唇に悪い笑みをのせる。

「だから言っただろ。オリトの敏感な体に、媚薬は刺激が強すぎるって」

　手首を回し、秘所にぐりぐりと指を押し込みながらシルヴィスは言った。体を支える腕に力が入らなくなり、織人は再びベッドに身を沈める。

「だって……お、俺だって、シルヴィスに触られて嬉しいって、ちゃんと伝えたかったから……っ」

　決して興味本位で使ったわけではないと思ったら、なんだか情緒がぐちゃぐちゃになってしまい、あっという間に視界が滲んだ。織人は目許に手の甲を当ててぐすぐすとすすり泣く。

「俺だってシルヴィスが好きなのに、照れちゃってうまく甘えられねえんだもん。だからせめて今日くらいは、媚薬に頼ってでも素直になれたらって、そう思って……」

　はっきりとした恋愛感情を抱くのも、デートもキスも、セックスも、なにもかもシルヴィスとするのが初めてなのだ。どうしたって羞恥が先走り、受動的になってしまう。

　織人の涙ながらの訴えに、楽しげに痴態を観察していたシルヴィスの表情からふいに毒が抜けた。織人の中から指を引き抜くと、涙で濡れた頬や目許を隠す手に何度もキスを落とす。

「悪い。そんな風に思ってたなんて考えもしなかった。もう意地悪しないから、顔を見せてくれないか？」

「…………」

「ここにキスさせてくれよ」

　指先で唇をなぞられると、織人もそこが寂しくなってしまい意地を張るどころではなくなった。

　そっと手を下ろして潤んだ目を向ければ、シルヴィスはなにかいじらしい生き物を見るような、慈愛のこもった眼差しを織人に注いだ。

「愛してる、オリト。俺の心も体も、命ですら、俺が持ちえるものはすべてお前に捧げる」

　織人の手を取ったシルヴィスは、唯一無二の君主にこうべを垂れるように、恭しく指先にキスをした。その手を自分の手と絡めて顔の横に置くと、勃起した欲望を後ろに宛がってから身を倒してくる。

　顔が近づくのと同時にシルヴィスの怒張がどんどん中へ入ってきて、織人は堪らず喉を反らせた。

「あ、あぁ……あァッ……、……ッ！」

　肉を掻き分けながら中を拡げられる感覚に、濃厚な快感が一気に体の中心を上りつめる。唇を重ねられると同時に、織人は足の爪先を丸めぶるぶると身を震わせて絶頂に達した。潤滑剤の色と同じ、甘い蜂蜜に浸けられたような濃度の高い愉悦に、頭の中が桃色に染まってなにも考えられなくなる。

　織人の内部を奥までみっちりと埋めたシルヴィスは、絶頂の余韻で時折びくっと体を揺らす織人を、言葉もなく見つめていた。顎から汗を滴らせながら、織人の頬に手をのせて顔のラインを指でたどる。

「どんな風にされたい？」

　宝石のような目に隠しきれない色欲を宿しながら、それでもシルヴィスは穏やかに問う。

「優しくでも、丁寧にでも、オリトが望むようにする」

　なにもかもすべて織人を優先させる、シルヴィスの深い愛情が嬉しい。けれどそれは心の話で、飢えた体はもっと強烈な悦楽を求め、咥え込んだ雄を夢中でしゃぶっている。

「ぐちゃぐちゃにして。訳が分からなくなるくらい、シルヴィスので俺を犯して」

　もはや恥も外聞もなく、まっすぐにシルヴィスを見つめたまま織人は告げた。その言葉に、聖騎士としての穏やかで清らかな眼差しが消える。唇を舌で濡らし劣情を露わにしたシルヴィスは、獲物を前に

した獣の目を織人に向けた。シルヴィスが雄になる瞬間の濃密な色香は、何度浴びてもくらくらと目眩がする。

　織人の裸を掻き抱いたシルヴィスは、躊躇なくズンッと奥を穿った。

「ひっ……！」

　あまりの衝撃に声すら出せず、織人は目を見開く。休むことなく二撃、三撃目が送られ、体ごと揺さぶられる重たい抽挿に頭が真っ白になった。

　内壁の締めつけを堪能するように織人を串刺しにしてから、シルヴィスは素早く腰を動かして小刻みに中を擦り始めた。浅い場所をぬぷぬぷと雄が出入りし、かと思えば再び深く沈められて奥を何度も突かれる。えも言われぬ快楽を絶えず与えられ、織人は全身をびっしょりと汗で濡らして身悶えた。

「ッあ……、ぁ、くぅっ……う、うぅっ……」

　糸をピンと張ったように体が引きつれて、膨らんだままの雄から白濁した体液がまた少量こぼれた。秘所を抉られ、太い幹で中を掻き混ぜられるたびにそこから精液が垂れる。

　平常時と絶頂の境が曖昧になってしまった自分を、小さな割れ目の入った樽のようだ、と織人は思った。いっそのこと叩き壊してくれたら溜め込んだ液体を一気に放出できるのに、たらたらと蜜をこぼすばかりで、熱に浮かされるような快楽からいつまで経っても解放されない。

　だからずっと愉悦に身を苛まれて、ずっとつらくて、ずっと気持ち良い。

　身を起こしたシルヴィスに腰をつかまれ、肉がぶつかる音を響かせながら激しく腰を送られて、織人は悩ましい体を捩った。

「あ、あぅ、きもちぃ……すき、すき、シルヴィス……っ」

「俺が好きなのか？　それとも俺と睦み合うのが好

きなのか？」

「どっちも……どっちもすき……っ、だいすき、シルヴィス」

シルヴィスの右手を取って頰に触れさせると、織人は自ら頰擦りをして手のひらに何度も口付けた。玉のような汗を浮かべながらシルヴィスは満たされた顔で微笑み、身を寄せて唇にキスをくれる。

シルヴィスが幸せそうな表情を見せてくれることが、自分にとってなによりの幸福だと織人は思った。体の快感と心の充足感が合致して、より大きな愉悦の波が押し寄せてくる。

「あ、あ……っ、イく、もうでる、きもちいいのくる……っ」

シルヴィスの背中にしがみついてか細い声を出すと、耳許にふっと息がかけられた。

「ずっと達しているだろう？　突かれるたびに精液を漏らして、腹の上を汚して」

「ちがう、もっとおっきい……あっ、くる、くる、あッ……、……――っ！」

たくましい腕の中で逃げ場を失い、織人は全身をしならせて高すぎる波に飲み込まれた。眼前で細かな光がスパークして織人の目を眩ませる。随分と薄くなった精液をびゅるっと吐き出し、織人は深すぎる絶頂にまぶたを伏せて感じ入った。

それなのに、ギリギリまで腰を引いたシルヴィスは、達したばかりの敏感な体を容赦なく突き刺した。最奥に楔を打たれ、織人は「ひっ」と悲鳴を漏らす。

「だ、だめ、だめっ、もうだめ……！　今イったばかりだから……っ」

「ぐちゃぐちゃに犯せと、オリトが言ったんだろう？」

腰を引いて必死にシルヴィスの雄を取り出そうとするのに、そのたびに肩を押さえつけられ深くはめ直されて、結合は一向に解ける気配がなかった。織人の太股を腕で抱えてがっちりと固定したシルヴィスは、剝き出しになった後孔へ上から押し込むように腰を落としてくる。

　シルヴィスも絶頂が近いのだろう。ぬめった穴に夢中で雄を出し入れされ、織人はシーツに縋って目を見開いた。

「ひぃっ……あ、ぅあ、ひッ……！」

　下腹部から催す熱に、織人は喉の奥から細い声を漏らした。今度ばかりは吐き出すものが精液で済まないと体が訴えている。さすがにまずいと思うのに、ゴリゴリと秘所を押しつぶされるとその液体は織人の中心を駆け上がって、今か今かと解放の瞬間を待ち侘《わ》びていた。

「い、いやぁ……、もれちゃう……もれちゃうからぁ……っ」

　細かく身を痙攣《けいれん》させながら、織人は弱々しく首を横に振った。それでもシルヴィスが抽挿をやめる気配はなく、織人をまっすぐに見下ろして目を細める。

「全部俺に見せてくれ。感じているところも、恥ずかしいところもすべて」

　掠れた声で言うと、シルヴィスは最奥目がけて激しく腰を打ちつけた。それで最後のたがが外れた。

「あッ……、あっ、あ、ひんっ……ひぃぃっ……——！」

　頭の先から爪先までに力を込め、織人は幾度目か分からない極みに達した。震える中心からぶしゅっと透明な液体が吐き出される。精液より粘度の低いそれは、織人の腹やその下のシーツまでもぐっしょりと濡らした。粗相をしたのではないかと焦ったが、特有の臭いは感じられない。

　上りつめた瞬間に中が激しく蠕動《ぜんどう》し、シルヴィスが顔を歪め吐息を震わせる。

「く……ッ」

　低い呻き声を漏らすと同時に熱い体液を中に撒《ま》か

れた。織人の中でシルヴィスの雄が脈打ち、種付けをするかのように腰を揺らして精を注がれる。

太股を解放された織人は、そのままベッドに四肢を投げ出した。二人ともなにも言葉にできず、荒い呼吸音だけが寝室に響く。

先に落ち着きを取り戻したのはシルヴィスのほうで、織人と身を繋げたまま、腹の上に広がる透明な液体に指で触れた。

「中で達して潮を噴いたのか。媚薬を使ったとはいえ、本当に感じやすいな」

いまだ陶然とした心地から抜けきらないまま、織人はぼんやりとその言葉を聞いていた。シルヴィスを飲み込んだ後孔は犯される悦びにひくつき、内壁からはまるで愛液のように潤滑剤が滴り、体内を突かれて絶頂に達し潮を噴く。

シルヴィスに拓かれたことで、織人の体は雌になったのだと思った。誰かを抱くのではなく、シルヴィスに抱かれることで初めて悦びを得る雌に作り替えられてしまった。

「シルヴィス……シルヴィス……」

込み上げる愛しさのまま織人が腕を伸ばせば、シルヴィスが身を倒し様々な体液で濡れた体を抱きしめてくれた。広い背中に腕を回すと、ブラックドラゴンと化した際に生まれた傷跡が指に触れる。

破滅の王に飲み込まれる運命から逃れられなかった痕跡。けれど一見すると完璧な聖騎士が、ラスボス化するほどの闇を抱えているという点に興味を持たなければ、互いに好意を抱くことはなかったかもしれない。

だからきっと、こうして結ばれることも含めて「運命」だったのだと、うっすらと盛り上がった皮膚をなぞりながら織人は思った。自分は、たった一人の運命の人を救うためにこの世界に呼ばれたのだ。

「好き。大好き」

まだ媚薬が効いているから、と己に言い訳して織人は胸の内を隠さず晒した。その言葉にシルヴィスは目許を崩し、心の底から嬉しそうに笑う。きつく抱きしめられ、苦しいほどの抱擁に胸が高鳴った。シルヴィスの執心が心地良いなんて、自分も大概だと思う。

しばらくそうやって抱き合っていたが、やがてシルヴィスはゆるやかに律動を再開させた。

「あっ……ぁ、またおっきくなってる……」

中に埋まった雄が力を取り戻しているのを察し、織人は切なく睫毛を震わせた。

「媚薬を舐めたのは俺も同じだ。煽った責任が誰にあるかは、オリトも分かってるだろ？」

雄の色香がただよう声を耳に注がれ、耳朶を甘噛みされれば、枯れ果てたはずの中心に再び熱が集まってくる。際限のない快楽に怯えながらも、織人はシーツの海に身を投げ出し、シルヴィスが満足するまでその身を差し出したのだった。


木々の隙間からは陽光が注ぎ、森には穏やかな空気が満ちる。木の根を足にしてバタバタと突進してくるトレントに、織人は表情一つ変えず杖を向けた。

「赤き火よ、禍々しき者たちを燃やし尽くす灼熱の炎よ。今、我が手駒の一部となりて、行く手を阻《はば》む者を滅せよ」

以前は魔術書を片手に必死で詠唱していた魔法を、今は滑らかに暗唱できるようになった。地面にトンと突き立てれば、杖を飾るオブジェから無数の火球が飛び出しトレントを直撃する。巨大な木炭のように丸焦げになったトレントが、大きな音を立ててその場に倒れ込んだ。

「よーっし、終わり終わり～。ええと、『女神の祈り』と呼ばれる銀色の百合は……おっ」

マジックストーンから地図を取り出し、周囲の景色を確認した織人は、少し離れた場所に年季を感じさせる大樹を見つけた。その足元に銀色に輝く花が咲いている。探していた収穫依頼の品だ。

「今回の依頼は余裕だったなあ」などと鼻歌混じりに進んでいた織人は、地面に張ってあった荒縄に気づかず力いっぱい踏みつけた。途端に、足元に敷きつめられた落ち葉の中から勢い良く網が飛び出す。

「どわああ!?」

　まるで投網漁の餌食になった魚のように全身を包まれ、織人は大樹の枝付近まで一気に引き上げられてしまった。織人がバタバタと網の中でもがいていると、地上からガサッと落ち葉を踏む音が聞こえた。

「随分典型的なトラップに引っかかったもんだな」

　笑いが混じる声はすっかり耳に慣れたもので、織人はばつの悪い思いで身を捩った。

　こちらを見上げる男は、すらりとした長身にプレートアーマーを身に着けている。肩から下がるロイヤルブルーのマントは、ベネディルミア王国を守る聖騎士の証だ。

「のんびり観察してないで助けてくれよ、シルヴィス」

　ふてくされた調子で唇を尖らせる織人に、シルヴィスは「了解」と言って肩を竦めた。一呼吸置いてソードホルダーから剣を抜くと、力強く地面を蹴る。装備品の重さを感じさせない身のこなしで大樹の木肌を駆けると、シルヴィスは網を繋いでいた縄を一刀両断した。

「う、わ、落ち……っ！」

　網から脱出できないまま織人は落下するが、地面に直撃する前にその体を受け止められた。先に着地していたシルヴィスが、お姫様抱っこの状態で織人を抱えていたのだ。

「お怪我はございませんか？　奥様」

　長い睫毛に縁どられたキラキラした目を織人に向

け、シルヴィスがゆったりした口調で尋ねてくる。

「……まだ網を被ってること以外は問題ございません、旦那様」

ゲームの恋愛イベントにありそうなロマンティックなシチュエーションのわりに、織人はいまだ捕獲された魚状態だ。げんなりした顔の織人にシルヴィスは声をあげて笑い、拘束を解いてくれた。この世界で冒険者になってからすでに半年以上経つのに、元々の要領の悪さからか今一つ格好がつかない。

ようやく『女神の祈り』を回収した織人は、ふーっと息をついてシルヴィスを振り返った。

「それにしても、本当にこんな感じで冒険しててもいいのか？　結婚後すぐにもらえる休暇って、普通は新婚旅行をするための期間なんじゃねえの？」

婚姻に伴う諸々の行事が済んだあと、聖騎士団から一週間の休暇を与えられたシルヴィスは、ギルドで依頼を引き受けつつのんびり冒険でもしないかと織人を誘った。

森や洞窟を歩く分には著名な英雄夫夫《ふうふ》として注目されることもないし、織人としては気楽でありがたいのだが、せっかくの新婚旅行なのにこれでいいのか……とは思う。

夫となった相棒を見つめ首を傾げる織人に、シルヴィスは青色の目を細め表情を綻ばせた。

「俺は楽しいぞ？　オリトと思う存分二人きりで過ごせるし、変装して小さな宿屋に泊まるのもわくわくする。王都を目指して二人で旅をしていた頃を思い出すからな」

嬉々として返すシルヴィスに、織人も懐かしい気持ちになって「それもそっか」と微笑んだ。あの頃はまだシルヴィスについて、爽やかで良い人すぎてとっつきづらいなどと思っていた。そんな男が実は案外口調が荒くて、織人をからかうのが好きで、惚れた相手には仲間が呆れるほどの執心を向けるなんて、当時の自分が知ったらどんな顔をするだろう。

　ふふふ、と笑い声を漏らしつつ、織人はマジックストーンに銀色の百合を収納した。それからシルヴィスを見上げ、革紐を摘んで軽く持ち上げてみせる。

「王都に戻るのにテレポートアイテムを使っとく？」

「いや、せっかくだから一晩泊まっていこう。ここら辺は星が綺麗に見えるんだ」

「お、いいねー。せっかくだから空気のおいしい場所で食べたいなと思って、森に入る前に露店で色々食料を買い込んだんだ。適当な場所で野営の準備をして、果実酒を飲みながら星を見よう」

「最高だな。肉は買ってきたか？　手のひら豚の露店も出てただろ」

「買った買った。シルヴィス、ほんと手のひら豚好きだよね」

「濃い味つけの肉を肴《さかな》にして飲む酒って、どうしてあんなにうまいんだろうな……」

「シルヴィスに夢を見て、清廉潔白な聖騎士だと思ってるお嬢さんなんか、今の発言できっと引っくり返るよ」

　軽快なやりとりが楽しくて、二人とも自然と笑みがこぼれた。聖人君子に見せかけて二面性のある聖騎士と、コミュニケーション能力に難ありなポンコツ黒魔導師。決して完璧なキャラクターとはいえない二人だけれど、お互いの存在がなによりも自分を強くしてくれることを、織人もシルヴィスもよく分かっている。

「なあ。この先どんな出来事が待ってるのか、オリトは知ってるのか？」

　シルヴィスが破滅の王と化す結末を知っていた、という発言を覚えているのだろう。悪戯っぽく口角を上げて肩を竦めるシルヴィスに、織人もニヤリと笑みを返す。

「ぜーんぜん。エンディングの先なんて、プレイヤーにとっても未知の世界だよ」

もう攻略本を読んで最適解を選ぶことはできないし、シナリオどおりのルートを進み、待ち受ける未来を予想することもできない。

けれどそれを怖いとは思わなかった。なにか問題が起こるたびにシルヴィスと顔を突き合わせ、さあどうしようか、と二人で解決策を練る未来を楽しみにすら思う。だってこの先は、完全オリジナル展開の、織人だけに与えられた物語なのだ。

「だからなにかあったときは、シルヴィスが俺を守ってくれよ。その代わり、シルヴィスは俺が必ず守るからさ」

自分ではなんの役にも立たないと、織人が卑屈になることはもうない。いや、嘘、この先もちょっとはあるはずだけど、でもきっと大丈夫だと言える。心から信じ合える人が、いつも隣にいてくれるのだから。

「それは心強いな」

悠々と広がる青空と、織人の姿をその目に閉じ込めたシルヴィスは、白い歯を覗かせ屈託なく笑った。

愛しい聖騎士と手を繋いだ織人は、冒険という名の刺激的なデートを再開するべく、モンスターが闊歩《かっぽ》する森の奥へと足を踏み出したのだった。

あとがき

初めまして、もしくはこんにちは。村崎《むらさき》 樹《たつる》と申します。樹と書いて「たつる」と読む、ルビ必須の名前で……と、前作、または前々作からお付き合いいただいている方にはおなじみのくだりで始めてみました。三冊目まで続けたいなーと目論んでいた導入なので、達成できて大変嬉《うれ》しく思っております。

というわけで、応援してくださるみなさまのおかげで、商業作品三冊目となる「ラスボス予定の聖騎士に求婚されています」を刊行していただくことができました！　いつもありがとうございます！　今作で初めて村崎樹を知った、という方にも楽しんでいただけていたらいいなあと思っているのですが、いかがでしたでしょうか。

今作はお話を考える時点で、〈西洋ファンタジー〉〈イラストはサマミヤアカザ先生〉の二点が決まっていました。そのうえで、

・サマミヤ先生のイラストやレーベルカラーに合いそうなセンシティブファンタジー
・駄目元で提出した異世界トリップラブコメファンタジー

という二種類のプロットを提出したのですが、予想に反し採用されたのは後者でした。なかなかチャレンジャーな担当編集様です。

突然ですが、みなさまはテレビゲームはお好きでしょうか。わたしは好きだけど決してうまくはない、織人《おりと》タイプのプレイヤーです。モンスターをハンティングする某ゲームではフィールド内で迷子になり、制限時間内に依頼を達成できなかったことがあります。方向音痴具合はゲームでも発揮されるものなんだな、と思いました。

そんなわけで織人のポンコツ感は個人的に共感するところが多く、親戚の子の成長を見守るような気持ちで書いておりました。が、予想に反しわたしの頭を悩ませたのはシルヴィスのほうでした……。初稿の時点では完璧な聖人君子だったシルヴィスに「なんかちょっと違うな？」と首を捻《ひね》り、改稿を重ねて今の性格に落ち着きました。頼もしくも人間くさい聖騎士になったんじゃないかなと考えています。

ラスボス予定の聖騎士×存在感の薄い社会人……と書くとどちらも不憫《ふびん》な感じですが、極力暗くならないよう明るくライトに仕上げたつもりです。恋愛に不慣れな織人がすぐに照れてしまうので、少々お友達カップル感がある二人ですが、シルヴィスが織人をベタベタに可愛《かわい》がるため周囲からは「一生やってろ」と思われていそうだな～と妄想しています。リリアーナとグレゴリーには苦労をかけます。

洞窟のシーンで一役買ったファンタジーの王道（？）マンドラゴラは、ベッドシーンの方向性まで決めてくれる有能ぶりに舌を巻きました。ありがとうマンドラゴラくん。

イラストをご担当いただいたサマミヤアカザ先生には心より感謝申し上げます。余裕ある大人の男といった雰囲気の超ド級美形聖騎士・シルヴィスに対し、余裕のない普通の男の子感満載の職人に萌えまくりでした。

担当編集Ｔ様には今回も大変お世話になりました。改稿の打ち合わせ中に「わたしの個人的な性癖なのですが」と切り出され、「Ｎｏ・２萌えなので聖騎士団本部での会議シーンが良きでした」とご報告いただいたのが予想外で笑いました。えっ、そこですか？

最後になりましたが、この作品を手に取ってくださったみなさまに、心よりお礼を申し上げます。二段組みのファンタジーであるために身構えた方もいらっしゃるかもしれませんが、中身は元気いっぱいのラブ＆コメディなので、気持ち良く読了されていることを願うばかりです。編集部にご感想などお寄せいただけますと、新たな原稿への活力になりますので、何卒よろしくお願いします。

慌ただしい世情の中でＢＬ小説家としてデビューし、丸一年が経《た》ちました。何年かあとにこのあとがきを読まれた方が、「今はすっかり落ち着いたけど、そんな時代もあったな」と懐かしむ日が来ることを願っております。

それでは、またどこかでお会いする機会があることを祈りまして。

二〇二二年一月　村崎樹

大神官に捧ぐ甘美なおもてなし

だいしんかんにささぐかんびなおもてなし

月森あき

イラスト：カズアキ

957円（本体870円+税10%）

料理人の旭は、アルドという男の子に連れられ異世界・ヘイデン王国へ飛ばされてしまう。アルドは天上から舞い降りた神様で、旭は神様を唸らせる料理を模索することになり、慣れない異世界の食材に悪戦苦闘する。無口な神官ロイグラーフはアルドと違い食にまったく興味がなく、旭が一生懸命作った料理もほとんど口にしない。神官になる前は国を治める王族の王子だったらしいが、何か事情があるのか、今は感情を忘れたように冷めた態度で周りを遠ざけ続けていた。旭は次第にロイグラーフも笑顔になるような料理を作りたいと思うようになり…？

リンクスロマンス大好評発売中

アゲインスト ～犬嫌いは黒柴社長と恋に落ちるか～

あげいんすと～いぬぎらいはくろしばしゃちょうとこいにおちるか～

寺崎 昴

イラスト：yoshi彦

957円（本体870円+税10%）

製菓会社の人事異動により過疎化の進んだ山奥の温泉街担当にされてしまった赤城。現地で出会った取引先新社長は、黒柴犬型の獣化症患者・洞ケ瀬猛だった。しかし、赤城は実は大の犬嫌いで、恐怖に固まってしまう。洞ケ瀬に申し訳なさを覚えつつも、近寄られたらびくついてしまう。仕事で接する日々の中、相変わらずびくびくしてしまう赤城だったが、洞ケ瀬は嫌うどころか興味津々で赤城を見るたびに尻尾を揺らしている。聞けば犬嫌いなのに自ら寄ってこようとしている人間は赤城が初めてだから面白いのだと言う。黒柴社長・洞ケ瀬に気に入られた犬嫌いの赤城の運命と恋の行方は——？

お稲荷様はいつも空腹
～神のお宿のもてなしご飯～

おいなりさまはいつもくうふく～かみのおやどのもてなしごはん～

鏡コノエ
イラスト：大橋キッカ

957円（本体870円+税10%）

人の世に来る神、去る神をもてなすための不思議なお宿『銀杏荘』。現世と神界の間にあるこの館に新たな守り手（従業員）としてやってきた静佳は、館の主である謎めいた美貌の稲荷神・一葉とともに住み込みで宿を切り盛りすることに。来て早々、一葉の食事の世話と館の修復に奔走する静佳だけど、やがて初恋の人に面差しが似た一葉におさえがたい恋心を抱いてしまい…!?
スキンシップ過剰なお稲荷様×元社畜サラリーマンの和風ファンタジーBL!

リンクスロマンス大好評発売中

森羅～救いの狼王と祈りの騎士～

しんら～すくいのろうおうといのりのきし～

戸田環紀
イラスト：円之屋穂積

957円（本体870円+税10%）

人狼の王国・リヒタルフ。第二王子マックスは「国を導く者」として国民に期待されていた。マックスの近衛騎士として仕える幼馴染みのミランは、ずっとマックスに淡い恋心を抱いていた。だが、マックスが25歳の誕生日を迎えた日、本格的にマックスのつがい探しが始まった。運命のつがいが見つかった暁には婚儀を執り行い病に臥せる現国王に代わり王位につくという。その後、予言通りマックスと同じ紋様を持つ女性が現れ、着々と婚儀の準備が進む中、騎士として誓った生涯の忠誠と長年抱き続けた己の恋心に激しく揺れるミランは…!?

失恋オーナーは魔法使いの愛にほころぶ

しつれんおーなーはまほうつかいのあいにほころぶ

高原いちか

イラスト：古澤エノ

957円（本体870円+税10%）

サラリーマンの航は、会社にゲイであることが知られてしまい居心地の悪い日々を過ごしていたある日、幼少期に「カモミール・ハウス」で一緒に暮らしていた祖母の訃報が届く。彼女が航をカモミール・ハウスのオーナーにすると遺言を残したことで、航は会社をやめて引っ越すことに。しかし十年放置された家は謎の魔物が住み着いており、どうすることもできない。そこで航が遺言にあった「マジックドラゴン魔法使い派遣会社」に助けを求めると、自らを魔法使いと名乗る男、ヒューバート・クレイトンがほうきに乗ってやってきて、家を綺麗にするあいだ屋敷で一緒に暮らすことになり…!?

リンクスロマンス大好評発売中

竜の守人は騎士団長に愛される

りゅうのもりびとはきしだんちょうにあいされる

葉山千世

イラスト：カズアキ

957円（本体870円+税10%）

竜と人間が共存するユミルナ国で、エイノは竜騎士団長であるアレクシの屋敷で十八年間暮らしている。十八年前に起きた”神殿の悲劇”の日、神殿があったフレイ山に赤ん坊だったエイノが捨てられていたのを、そこに向かったアレクシが見つけて引き取ったのだ。それ以来、忙しいにも関わらずエイノのことをいつも気にかけて甘やかしてくれる彼のやさしさに、いつしか主人への尊敬以上の特別な想いを抱いてしまい、そのことに悩みながら毎日を過ごしていた。そんな中迎えたエイノの十八歳の誕生日に、突然高熱を出して倒れてしまい…!?

運命の騎士と約束の王子《うんめいのきしとやくそくのおうじ》

真式マキ
イラスト：兼守美行

957円（本体870円+税10%）

新人小説家の有樹は、「ラガリア物語」という小説を上下巻で出すことになるも出版社の都合で上下巻での刊行ができなくなり、上巻部分のみで急遽完結させた。徹夜で作業を終わらせた有樹は、夢の中で自らを「ラガリア物語」主人公の王子・ユリアスだと名乗る、自分と同じ姿の青年に出会う。彼は有樹に無理矢理完結させられた「ラガリア物語」を正しく完結させてほしいと言う。目覚めると、そこにはラガリア王国騎士・アルヴィアが、本文には描写のない優しい眼差しで王子である有樹に接していた。物語を進めていくうちに、有樹はアルヴィアが王子に向ける優しさに惹かれていき…!?

リンクスロマンス大好評発売中

神使いの蝶は誓いの聖騎士に祝福を捧ぐ《かみつかいのちょうはちかいのせいきしにしゅくふくをささぐ》

葵居ゆゆ
イラスト：北沢きょう

957円（本体870円+税10%）

幼少期の記憶がない施設育ちの実羽は、ある日リスタリニア王国という異世界に飛ばれてしまう。そこは「神の使い」と呼ばれる神秘の蝶人・フェアリル族と人間が共存する世界で、実羽はその国で生まれたフェアリルらしい。フェアリル族の体液には傷や病気を癒す不思議な力があるが、一度誰かと体液を交わしたら最後、七日内に再度相手の体液を摂取しなければ命を維持できないという。さらに、最初に発見し助けてくれた銀髪の騎士・アルギュロスに、「お前とは幼馴染みで、ずっと好きだった」と一途な想いを告げられるも、子供の頃の記憶がない実羽はどうしても彼の言葉が信じられなくて…!?

溺愛社長のまっすぐすぎる純愛

できあいしゃちょうのまっすぐすぎるじゅんあい

名倉和希

イラスト：兼守美行

957円(本体870円+税10%)

両親を亡くし祖父と暮らしている音大生・井澄広翔は、奨学金とアルバイトでなんとか学校に通っていたが、来年以降の学費を捻出できず、さらに祖父の体調や今後の進路など心配事が尽きずに一人不安を抱えていた。そんな中出会ったのは、小さな子供と大きな犬を連れたイケメン・立石尚行。悶々と悩んでいた広翔を心配し介抱してくれたのだ。そこから二人と一匹は距離を縮め、尚行に広翔は心惹かれていく。一方尚行も純粋でかわいい広翔に惹かれ、何より大事にしたいと夢中になっていたが、実は尚行が広翔と出会ったことにはとある目的と秘密があって——？

リンクスロマンス大好評発売中

セレブ結婚はシナリオ通りに進まない

せれぶけっこんはしなりおどおりにすすまない

藤崎 都

イラスト：円之屋穂積

957円(本体870円+税10%)

警備員の椎名大智は、新作映画のプレミアムイベントで ボディーガードを務めた超美形の人気俳優・佐宗司に、後日、突然「僕と結婚してほしい！」と懇願される。実はそれは、佐宗の俳優業を良く思わない名家の親族たちを あざむくための『偽装結婚』で、恋人のふりをしてほしいという“仕事の依頼”だったのだ。借金返済に追われる椎名は、多額の報酬と引き換えに依頼を引き受けることに。ところが、演技派・佐宗の恋人役を演じることは、ろくな恋愛経験がない椎名には心臓に悪いことばかりで…!?

緑の神子は夢を見る
～英雄王に捧げる四度目の初恋～

みどりのみこはゆめをみる～えいゆうおうにささげるよんどめのはつこい～

飯田実樹
イラスト：金ひかる

1，100円（本体 1，000円+税 10%）

人々を正しく導く神の依り代としての神子・セラフィと、彼を守るため人間の中から選ばれた英雄王。英雄王は命尽きても魂の転生を繰り返し神子を守り続け、二人は永久に絶対的な主従のはずだった。しかし三人目の英雄王・ヴィルヘルムとセラフィの結びつきは強く、いつしか主従以上の特別な想いを寄せ合うように。そんな中、敵に急襲され英雄王は重傷を負い、神子は英雄王の最後の魔力で異世界へと転移させられる。そして、いざ転移先から元の世界に戻って来たセラフィだったが、すべての記憶を失い、光樹という平凡な日本人として生きていたらしく……？

リンクスロマンス大好評発売中

アドレアの祝祭～聖獣王と幸運の番～

あどれあのしゅくさい～せいじゅうおうとこううんのつがい～

宮本れん
イラスト：サマミヤアカザ

957 円（本体 870 円+税 10%）

両親を亡くし一人健気に生きるアンリは、大雨の日に森で迷っていた一人の男と出会う。静かに語り合う中で、穏やかで頼もしい彼に心惹かれていくアンリ。一夜限りの逢瀬だと思い寂しく思っていたアンリの元に、数日後、王太子からの遣いがやって来る。実は彼は、国を治める五人の領主の一人で【真の聖獣王に最も近い】と言われるサーベルタイガーの獣人王子・ジークフリートだったのだ。アンリこそが長年探し求めていた【運命の番】だと確信したというジークフリートに、番になってくれと求められたアンリは……？

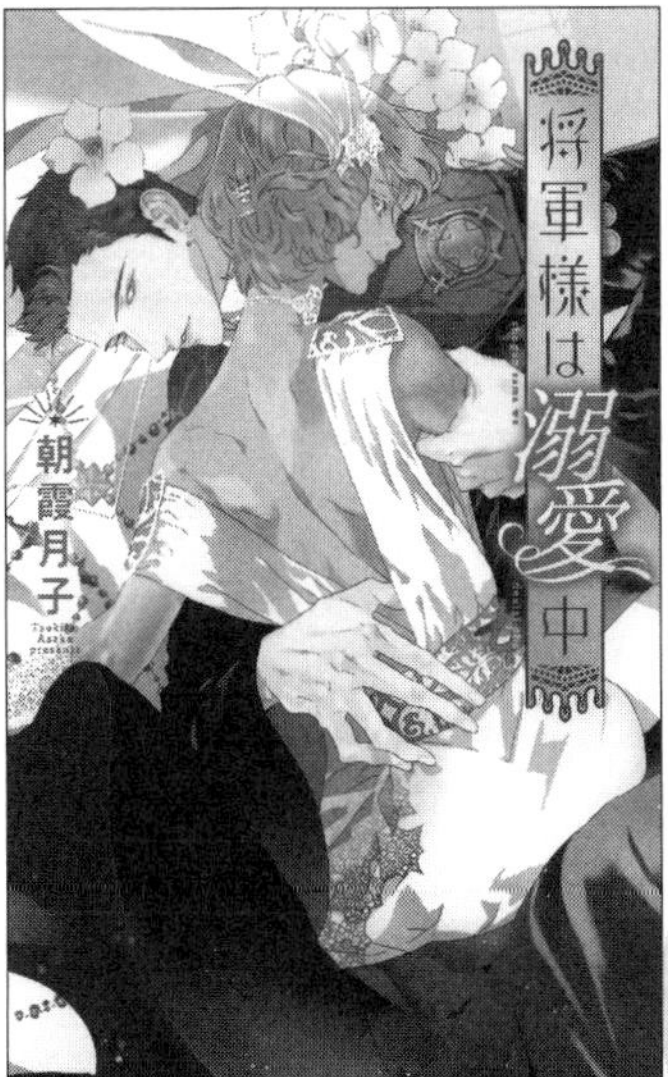

将軍様は溺愛中

しょうぐんさまはできあいちゅう

朝霞月子

イラスト：兼守美行

957円(本体870円+税10%)

異国出身ながらその実力と功績から「三宝剣」と呼び声高い二十七歳の寡黙な将軍・ヒュルケンと、元歌唱隊所属の可憐な癒し系少年・フィリオ。穏やかな空気を纏う二人は、初心な互いへの想いを実らせ、紆余曲折の「仮婚」を経て、めでたく結婚！ 幸福の絶頂の中、穏やかで愛しい時間を紡いでいたのだが、フィリオを独占したいヒュルケンの熱い想いの前に、様々な障害が……？
＜寡黙な将軍 × 癒し系少年＞溺愛結婚ファンタジー。

リンクスロマンス大好評発売中

ギフテッド
～狼先生は恋をあきらめない～

ぎふてっど～おおかみせんせいはこいをあきらめない～

寺崎 昴

イラスト：笠井あゆみ

957円(本体870円+税10%)

【先天性獣化症】というめずらしい症状のため、狼のような姿で生まれてきた祭は、人と違うことで偏見の視線を受けながら育ってきた。それでも、母や弟たち家族は皆優しく、友達も少なからず居る。社会の中で心に刺さる棘を時折意識しながら、それでも大学生になるまでまっすぐ生きてきた祭。そんな祭はある日、家庭教師と教え子として出会ったクールな高校生から目が離せなくなり……？ 人とは違う【個性】を抱えた二人が等身大の互いを見つめ合う、優しくも瑞々しいデビュー作。

小説原稿募集

リンクスロマンスではオリジナル作品の原稿を随時募集いたします。

募集作品

リンクスロマンスの読者を対象にした商業誌未発表のオリジナル作品。
（商業誌未発表のオリジナル作品であれば、同人誌・サイト発表作も受付可）

募集要項

＜応募資格＞

年齢・性別・プロ・アマ問いません。

＜原稿枚数＞

４５文字×１７行（１枚）の縦書き原稿、２００枚以上２４０枚以内。
※印刷形式は自由。ただしＡ４用紙を使用のこと。
※手書き、感熱紙不可。
※原稿には必ずノンブル（通し番号）を入れてください。

＜応募上の注意＞

◆原稿の１枚目には、作品のタイトル、ペンネーム、住所、氏名、年齢、電話番号、メールアドレス、投稿（掲載）歴を添付してください。
◆２枚目には、作品のあらすじ（４００字～８００字程度）を添付してください。
◆未完の作品（続きものなど）、他誌との二重投稿作品は受付不可です。
◆原稿は返却いたしませんので、必要な方はコピー等の控えをお取りください。
◆１作品につき、ひとつの封筒でご応募ください。

＜採用のお知らせ＞

◆採用の場合のみ、原稿到着後６カ月以内に編集部よりご連絡いたします。
◆優れた作品は、リンクスロマンスより発行させていただきます。
原稿料は、当社既定の印税でのお支払いになります。
◆選考に関するお電話やメールでのお問い合わせはご遠慮ください。

宛先

〒151-0051
東京都渋谷区千駄ヶ谷４−９−７
株式会社　幻冬舎コミックス
「リンクスロマンス　小説原稿募集」係

この本を読んでの
ご意見・ご感想を
お寄せ下さい。

〒151-0051
東京都渋谷区千駄ヶ谷4-9-7
(株)幻冬舎コミックス　リンクス編集部
「村《むら》崎《さき》 樹《たつる》先生」係／「サマミヤアカザ先生」係

リンクス ロマンス

ラスボス予定の聖騎士に求婚されています

2022年2月28日　第1刷発行

著者……………村《むら》崎《さき》 樹《たつる》
発行人…………石原正康
発行元…………株式会社　幻冬舎コミックス
〒151-0051　東京都渋谷区千駄ヶ谷4-9-7
TEL 03-5411-6431（編集）
発売元…………株式会社　幻冬舎
〒151-0051　東京都渋谷区千駄ヶ谷4-9-7
TEL 03-5411-6222（営業）
振替00120-8-767643
印刷・製本所…株式会社　光邦
検印廃止

ISBN978-4-344-85001-9 C0293
Printed in Japan

幻冬舎コミックスホームページ　https://www.gentosha-comics.net